斗猫记

余同友 著

陕西新华出版
太白文艺出版社·西安

图书在版编目（CIP）数据

斗猫记 / 余同友著 . --西安：太白文艺出版社，2023. 7

ISBN 978-7-5513-2391-8

Ⅰ. ①斗… Ⅱ. ①余… Ⅲ. ①短篇小说-小说集-中国-当代 Ⅳ. ①I247. 7

中国国家版本馆 CIP 数据核字（2023）第 076623 号

斗猫记
DOU MAO JI

作　　者　余同友
责任编辑　曹　甜
封面设计　书香力扬
版式设计　书香力扬
出版发行　陕西新华出版传媒集团
　　　　　太 白 文 艺 出 版 社
经　　销　新华书店
印　　刷　成都兴怡包装装潢有限公司
开　　本　880mm×1230mm　1/32
字　　数　237 千字
印　　张　9. 5
版　　次　2023 年 7 月第 1 版
印　　次　2023 年 7 月第 1 次印刷
书　　号　ISBN 978-7-5513-2391-8
定　　价　68. 00 元

联系电话：029-81206800
出版社地址：西安市曲江新区登高路 1388 号（邮编：710061）
营销中心电话：029-87277748　029-87217872

目 录

CONTENTS

台 上

庄台：简称“台”，淮河流域的百姓为躲避洪水而修建的永久性高地村庄，高度三十多米，面积不等，台上的住户少则百十人，多则上千人。平日里，当地群众多在庄台上居住，在台下的田地里种植庄稼。

——摘自《淮河水利手册》

2018年10月13日　晚7点

老范拍拍收音机，恰好听见里面的女声播报：“现在是北京时间19点整。”然后是熟悉的音乐，他知道接下来就要播报从中央到地方的各种新闻了。但那过门的曲子响过后，收音机里却传出来嗞啦啦的噪声，像是从天空上倒下来一堆堆沙土，扑火一样地把从中央到地方的各种新闻给扑住了。老范像往常一样再拍拍收音机，这回老招数不灵了，小塑料四方体里索性连沙子也没有了，这鬼东西彻底把自己倒空了，成了一个哑巴。

老范旋转了几下收音机开关，看它直接罢工了，便站起来。老伴王爱梅还在闷头剥黄豆，她一点也没有觉察到有什么不同，看来，她的耳朵背得比上个月更厉害了。

老范走到门外边，秋凉了，草窠里泥层下的蝼蛄子还是像夏天那样紧密地叫着，但已经隐隐地透出了衰气了。几只露水蚊子扇动着长长的翅膀，在杨树叶上飞舞，它们细长的脚试探着要降落下来，却惊动了树叶背面的一只金龟子，它急急慌慌连滚带跳地跌向另一片树叶，但一只黑蜘蛛早把八卦网张在那里，黑蜘蛛像一个黑铁的锚稳稳地站在网中央，金龟子扑在网上，就像扑腾进深深的河水里，扑腾扑腾着，它就沉了下去。屋子里太阳能电池板供的电只能点亮堂前的一盏灯，屋外一团漆黑。虽然看不见，但是老范通过听，就知道露水蚊子、金龟子、黑蜘蛛的动作了。

在门外站了一会儿，用耳朵细细“看”了一会儿，老范准备回屋洗漱睡觉，因为依靠太阳能电池板取电照明，所以，老范老两口基本都是在每晚 8 点之前就早早上床睡觉。就在他一脚跨进门槛里的时候，老范似乎听到了一阵轻微的陌生的声音。他说不清那是什么声音。老范太熟悉夜晚的声音了，自从庄台上只剩下他一户人家两口人时，他就天天像录音机一样在心里录着音呢，十二年了，每个季节每个夜里有哪些声音，他都一清二楚。庄台上的各种声音，就像是他喂养的那几头牛，他闭上眼睛都摸得到，可是这一阵声音却像是牛栏里挤进了一头象啊，这不是庄台上的声音。

老范扭头怔住了，他把耳朵竖了起来，听了又听，那声音似乎没有了，突然消失了。也许是自己听错了？老范关上门，到后院里去打水洗脸，他望望天空，天上的星星东一颗西一颗散开了，散得像一盘白棋子，这预示着明天又将是个晴天，今年的秋旱还是没到头啊。老范把脸盆里的水往地上一泼，地面“嗞啦”一声，立即把水吸了进去。

2018年10月13日　晚11点

老范起来撒尿时，又仰头看了看星星，天空变成了深蓝，蓝得像一块印染的土布，土布上满是星星点点的野花。老范想起四十多年前结婚时，他婚房的窗帘就是一块大蓝花土布。

那也是个秋天，那一年算是个丰收年，淮河没有发大水，河滩地里种什么都发旺，红芋、苞芦一串串挂在屋檐下，芝麻、绿豆、花生装了几大缸。他父亲请媒人到王爱梅家说亲的时候，自豪地说："别的不敢保证，家里的粮食那是吃个三年都吃不空的。"也不知是不是这句话起了作用，反正，秋收一结束，王爱梅的父母就同意将女儿从河北嫁到河南的黄台子上来。

那时候，"黄台子"还是一个响亮的地名，还是一个正规的村民组，碰上放电影了，人家要是问："今晚上轮哪个队里放片子了？"台子里的人就会答："轮到我们黄台子了，到时来家看啊。"二十多年前因淮河治理需要，兴建行洪区，把这一片滩地让出来给洪水走，政府搞庄台迁建。黄台子因为紧靠淮河，滩地又十年九淹，成为第一批淮河行洪区，首当其冲被要求整村迁走，迁到十几里外的镇上。这么多年了，"黄台子"这个村子早没有了，地名也就随着消失了。

老范（那时当然还是小范）结婚那天，黄台子上的所有人家都来帮忙，屋里屋外摆了十桌流水席。烧开水的烧开水，煮羊肉的煮羊肉，炒大锅的炒大锅，放炮仗的放炮仗，吹响器的吹响器，把个黄台子闹翻了。这一带红白喜事都兴"响"，王爱梅母亲结婚前就通过媒人向老范家提了一个要求，娶王爱梅时，男方得请三班"响"。于是，老范的外婆家请了一班，老范的姑姑家请了一班，老范的姨父又请了一班，三班"响"比着吹，吹得家里的那只老公鸡此后三个月没敢啼叫一声。流水席从日头刚出吃到了晚上满天繁星，和老范一般大的小伙子们又在新房里闹了好一会儿，总算散去了。老范闩上房门，拉上蓝布窗帘，吹灭了煤油灯，扭扭捏捏又勇猛决绝地扑向王爱梅时，却听到屋外墙根下哧哧的笑声，那时候王爱梅的耳朵还好着呢，她又急又羞地推开他，指着窗帘那儿。老范拉开窗帘一角往外看，看到几个黑影子兔子样地跑开了，边跑边嘎嘎地笑。老范记得，当年扯开那个蓝土布窗帘一角时，星光照进来，就像一群星星在窗帘布上闪烁一样。待他放下窗帘时，堂前王爱梅陪嫁来的挂钟响了，响了十一下。

2018 年 10 月 14 日　凌晨 3 点

3 点的时候，老范又醒了。

这个时候，是这个旧庄台最黑的时候，黑得像埋在土地深处，但这并不意味着旧庄台是“死”的。

老范闭着眼睛，用耳朵去“看”旧庄台上的一切。老范有这个本事，自从老伴王爱梅听不见后，他发现自己这个本事反倒越来越强了。

淮河上的风吹过来了，这个风是从河北吹过来的。它先是吹过旧庄台子林子里的树叶，然后，俯下身来，又吹过地面的细沙土，接着，就依次吹过那些空房子的木门。这些风几乎每晚都来敲门，它大概不知道老范的这些邻居们早就搬走了，房子早就是空房子了。风没有记性，但老范有，老范还记得那些邻居。

黄台子庄台是哪一年建的，老范也说不准，他以前听父亲说，总得有几百年了。老早的时候，淮河被黄河压了水路以后，这个地方的人就住不成河边了，可是先人们又舍不下河边的地，于是就在河边用石头和碎瓦垒起了一座高台，这就是庄台。住在这高台上的过去大都是姓范的这一族，按说应该叫“范台子”，可是为什么又叫“黄台子”呢？父亲那一辈的人讲古说，那是有一年淮河又发大水，水太大了，几个月都退不下去，范台子浸泡久了，台基松软，突然发生垮塌，眼看着住在台子上的老人、小孩子跑不脱了，这时，河上跑船的一个船队看见台子上的人哭爹喊娘，便掉转船头赶来了，冒着危险，把这一庄台的人都救起来了，这个船队就是对岸河北黄家的。后来，水退了，庄台加固了，人又住上来了，为了表示对河北黄家的恩情永世不忘，就把这个台子叫黄台子了。

这个故事老范听父亲讲了很多遍。有一年，在县城中学教书的侄子告诉他，说在县志上也看到过这一段记载，是放在地名录那一章节的。这让老范再看这个庄台子时感觉就很有些不同，原来这个黄台子虽然小，那也是上过县志的，那也是名留史册的，不是别的什么刘台子张台子，那些台子又没上过县志。

其实老范自己也说不清自己到底为什么不愿意离开这个被废弃的旧庄台，非得要苦苦守着，二十年前庄台集中迁建的时候，他到镇上住了几个月后，就又偷偷地回到了这里。头几个月，镇上的、村上的干部们还来做他的工作，动员他回去，后来见他油盐不进，渐渐也就算了，他们认为，只要断了水断了电，赖在这里的人又能坚持几个月呢？也确实是这样的，一开始，也有好几户是和老范家一样，不愿搬走，但慢慢地，他们待不下去了，今年迁一家，明年走一户，最后就只剩下老范老两口了。

“为什么不走呢？”老范到镇上药店为王爱梅买药时，那些人总会这样问他。这个问题老范答不上来也想不清楚，他也不愿意想清楚，他就是不想离开，但有一点他是清楚的，每当别人家向他翻白眼认为他是个怪人时，他就在心里想：你们知道个什么呀，黄台子可是上了县志的。

风继续在旧台子里穿行，老范认为这个执着的家伙比他更犟，它刮了有几百上千年了吧，还是天天到庄台里以前的每户人家里转一圈。它难道不知道吗？很多人家的房屋和院子都倒塌了。

屋子如果不住人，它就塌得格外快些。东头的老王家，那房子的砖虽然是土砖，但在拓砖时，老范帮助他们家拉过石磙子，老王家讲究，起田泥时加了好些稻草屑、石灰浆，三个大小伙子，花了半个月时间，起早摸黑，结结实实地把一田泥碾了上万遍，揉搓得又黏又稠，这样的泥拓出的土砖晒干后有时都能把泥刀弹出老远，这样的砖房大水浸泡几十天都不会垮掉。可是老王家搬出后，这样的好砖房，没过了几年，墙皮就一层层地往下脱落，它好像一下子就老了，皮肤上迅速地长出了老年斑，然后，这里冒一个伤口，那里掉一颗牙，腰弯了，背驼了，雨季一过，它连站立都困难了，它身上原先那么团结的泥巴，都纷纷离开了，土砖块最终又成了地上的泥土。前年春天的一个早上，老范出门砍柴去，走到老王家的老砖房前，发现一夜春雨让四面墙倒了三面，只有门楼这一面还站着，一扇大门、两扇窗子张开着，像一个人张大着嘴巴和眼睛，老范走上前，看见门坏了，但那把铁锁还锁着。老范把锁摆正了，又把原先靠在墙边的板车架子移到仅剩的这面墙的屋檐下。板车架子以前是老王的爱物，邻居要想借用一下，他都不乐意，总是找各种理由拒绝。他搬家走的时候，还说过一阵子来驮走他的板车架子，但他一直没有来。老范虽然嫌自己家的板车架子不好用，但他一直不用老王家的。

和土砖比起来，青砖房子还算是扛事的，台子上有三户人家砌的是青砖到顶大瓦房，老辈人说，一幢青砖到顶的房子能管到千秋万代呢，到现在这些房子也确实都还能站稳了，不过衰老却是和土砖房一样的。人不在房子里住，别的东西就在房里住。说来也怪，人在房里住是养房子的，别的东西在房里面住着却是吃房子的。青苔吃它，蜘蛛吃它，薜荔藤吃它，野花野草吃它，雨吃它，霜吃它，连日头和月亮也吃它。老范能听见它们啃食的声音，像蚕吃桑叶一样，听得最清楚的还是隔壁范六三家的房子。

说起来，范六三和老范还是未出五服的堂兄弟，但是老范和范六三因为一条地沟，二十多年没有说过话。其实事情不大，也就是两家紧挨着偏房的地沟，一共才四五十厘米宽，范六三一到下雨天，总是扛着锄头把地沟泥往自己家这边扒，把雨水引向老范家那边，眼看着老范家的屋基石墙都要露出来了，老范实在忍不住，便和范六三吵了一架，吵着吵着激动了，隔着地沟互相又推搡了几把。后来，两个人见面就扭头，走过就吐痰，再也坐不到一张桌子上去。范六三全家搬走的那天，老范站在一边看他们家装车，本想着和他们一家打个招呼送行一下的。老范其实很喜欢范六三的小儿子范团结，这孩子浓眉大眼，憨得像头狗熊，经常趁范六三不注意就溜到他家来，围着老范说话，要老范给他讲《三侠五义》。老范那天的口袋里捂着两只白水蛋，准备掏给范团结的，可是没等老范靠近，范六三隔空“呸”了一声，拉了范团结上车就走，留下了一股灰尘飘扬在土路上。老范的手僵在了口袋里的鸡蛋上，他把两只白水蛋捏碎了。不几年，蓼草、臭蒿、三节草长满了原先的地沟，这些草野心勃勃，不仅把一条地沟全填满了，还心连心手拉手，往沟两边扩展，硬是把两家的房子牵连成了一片，分不出彼此了。

现在，老范就听着风从家家户户的门前走过，风摸摸这家的屋瓦，碰碰那家的土墙，拐到了范六三家了。风先是晃晃范六三家屋门前的竹晒衣竿，晒衣竿不晾晒衣服了，就长满了霉点。风又用脚踢踢披厦边的鸡食盆，鸡食盆没有鸡啄食了，就落上了树叶，然后，风缩起身子从漏雨的屋瓦上、裂开的门板里、朽烂的窗眼中钻到屋子里面去，堂前、东厢房、西厢房、耳房、厨房都走了一遍，这才又钻出来。老范也从没有到范六三家里去过，虽然他只要轻轻推一推门闩，就能走进去，但老范不进去，有几次，风把范六三家的门推开了，还是老范找了根铁丝，把门环穿上把门重新掩上，老范站在范六三家的门槛上做这些时也没想着进去看看。老范只是每天跟着风去看一次。风走过屋子里每个角落的声音也是不一样的，有时大，有时小；有时粗，有时细；有时高兴，有时愤怒；老范都能听得出来。以往，风吹到范六三家后，老范就又迷糊了，很快又重新睡着了，但今天有点奇怪，老范听着那风声也觉得有点陌生，风好像在范六三的屋子里碰上了与平日不一样的东西。能是个什么东西呢？莫非是条长虫溜进去蜕下一层花皮了？这让老范不太能睡着了，在风离开庄台后，他又细细听了一会儿，他发现，傍晚的时候那种陌生的声音原来就是从范六三家发出的。老范把那声音在脑子里刻着，这种情况也是常有的，就像南边的杨树上飞来了一窝雀子，西边的猪圈里住进了一群白蚁，开始是陌生的，就好像一窝鸡里来了一只鸭似的，但过了一些天，就和周围的一切都搅和熟了，都成了废庄台的一部分了。废庄台就有这个本领，它能把所有的新东西都变成旧东西。

2018 年 10 月 14 日　清晨 5 点 30 分

老范拉开门闩，黄猫立即钻了进来，它贴着老范的脚边走，有意要擦着老范的脚踝骨，看到大黄，老范这才想起大黑从昨天早上起就不见影子了。大黑是一条黑母狗，前不久下了四只小狗，老范到镇上去买高血压药时，全都送了人，大黑对此很不满，接连几天，一到天黑就呜呜地站在台子的高处“埋怨”老范。这下，它竟然离家出走了。老范有点后悔，但后悔了一阵后，他又反过来责怪大黑。一般人都认为，狗比猫实在，狗是老实货，猫是滑头鬼，现实却不是这样的。起码在老范的这个废庄台上不是这样的，老范观察过很多次了，就说他离家去干农活吧，大黄和大黑都会跟着，先开始都围在他的周围，但过了一会儿，大黑就借故去追野兔子、野雀子，浪得毛都飞了，不到天黑是不会回家的。但大黄呢，它也会撵蜻蜓、撵蝴蝶，却绝不会跑远，它总是记着老范呢，只要老范扛着锄头动身回家，它必定会出现在老范的脚边。“你长本事了。”老范在心里骂着大黑，“有本事你别回来。”

老范来到门前的晒场上，天一点点地亮了，林子里的鸟雀们在清嗓子，草叶上的露水滑落到土里，果然又是个大晴天，日头还没完全出来，但云层里已经红了一大片了。老范谋划了一下，今天上午还是去地里起红芋吧，这么好的天气，起红芋能省好多力气。

厨房里，王爱梅坐在锅灶前生火，她一颗脑袋扑在灶眼里，用吹火筒往锅灶里吹风，一点火星炸开来，引燃了松毛，松毛又烧着了荆条，荆条又烧着了栎木，火势一下子旺了，锅里的水叫了起来，王爱梅开始往锅里下米。老范家早上还是吃米饭，几十年没变。老范偶尔到镇上去，遇到那些原来住在黄台子上的邻居们，发现他们早上都不吃米饭了，改吃稀饭、馍馍了，他们住的房子里没有土锅台，也没有生火柴，煮饭用的是电饭锅，锅底里也出不了锅巴。老范的锅巴成了稀罕东西，住在镇上但常年在江苏打工的儿子女儿，一到台子上来，就到香台上的洋铁瓶里去摸，王爱梅给他们各准备了一大瓶，儿子女儿讨好地说："好吃，辣椒糊蘸锅巴，吃了不想家。"王爱梅凑近了勉强能听见他们的夸奖，笑得嘴歪到耳朵背后去了，所以，她每天早晚两餐必须是要煮米饭的，而且还煮得多多的，那样锅底才能起厚厚的锅巴。

"大黑跑走了！"老范大声对王爱梅说。

王爱梅扭过头："啥？"锅炉里的火映得她的脸红红的。

"大黑跑了！"老范喊。

王爱梅听清了，她拍着大腿说："怪不得呢，锅台上昨晚新起的一锅锅巴不见了嘛，原来被它叼走了，这个狗东西。"

2018 年 10 月 14 日　上午 9 点

老范用的是长条挖锄，一锄下去吃土很深，用力一撬，一串红芋就露头了。红芋耐旱，今年秋旱时间长，别的庄稼不行，红芋倒是收得不错，每一丛芋藤下都窝藏了一堆彪悍的红芋。刚出土的红芋，表皮鲜红，个头端正，日头照在上面，泛出一种釉质的光。

老范一连起了两垄，才坐在田埂上歇息。老范吸着烟，鼻孔里也吸到新翻开的地里的土气。自从黄台子迁建后，这里的地也不让种了，老范偷偷地种着自己家以前的几亩熟地，而别人家撂荒的地里，早长起了一人高的芭茅草，把他家的地围在了中间。在过去，这些可都是好地啊，种了几十年，靠着这些地，黄台子上的人娶妻生子、养老送终，几百年过下来，最后说丢就丢了。这是最让老范想不通的。

老范的妹妹范小云大学毕业工作后，嫁到县城里。为给王爱梅抓药，老范曾经到她家去过。范小云住在一个高楼上，站在她家阳台上望，四周都是高楼。老范问她："这么多地种楼房不种庄稼，人吃什么呢？人长嘴总是要吃的呀。”范小云的儿子就是做建筑的，他嘲笑老范咸吃萝卜淡操心：“那是国家考虑的事，现实是种房子比种庄稼赚钱多了！”

范小云其实不是老范的亲妹妹，她是老范的爹从大水里捞上来的。1968年发大水，水真大啊，黄台子上的人眼看着上游一整个草垛、一整个屋梁都浮着下来了，那些草垛、屋梁上，站着鸡鸭猪还有人，全都睁大着眼睛惊恐地看着身边的洪水，他们只能祈祷这草垛、屋梁能不倒塌，能冲到岸上，但这种可能性很小，很多漂浮物浮浮沉沉，就被漩涡吞没了。黄台子上的人站在台边，手里拿着扬叉，见到河边有可用的木材、农具，便奋力地叉住，系上绳子拖到岸边。那天，人们看见一架由木头做成的婆婆车浮在洪水中，婆婆车上坐着一个两三岁大的小女孩，她大声地哭喊着，两只手在空中乱抓。老范他爹扔了扬叉，把绳子一头系在大树上，一头系在自己腰间，扑通一下扎到水里，游到婆婆车边，一把抱住了小女孩，这边台子上的人，一起使劲把他们拉回到岸上。这小女孩就是范小云，就成了老范的妹妹。老范的爹妈很疼这个从水里捡来的女儿，本来老范是有机会念高中的，但家里困难，供不起，爹妈选择让老范回家盘泥巴，让范小云继续念书，老范对这事有点意见，他爹就骂他：“你妹妹是我一条老命换来的，她又自小没爹没娘，你一个男子汉的好意思跟她拼？”老范从此再也没有说过不满的话。

每年红芋下来后，老范都要拣个头均匀的、皮红肉甜的，塞满满一蛇皮袋给范小云送去，但今年老范送不成了，范小云去年得了病，走了，走在他这个哥哥前面。给范小云送葬的那天，老范淌了眼泪，他想起了小时候和这个妹妹一起在台子上放牛、挖地、割麦的情景，他忽然担心，等到自己死了，这个曾经叫黄台子的庄台，恐怕也就在这个世上真正死了。

老范把烟头丢到地里，未燃尽的烟丝吓得蚂蚁们四下逃窜，他用脚把烟头踩进土里，站起来，直起腰，准备接着挖完剩下的红芋地，却忽然发现地埂边有一个新鲜的脚印，再看看地垄，他看出来了，有人在这里掘了几根红芋。红芋又不值钱，老范不心疼，但让老范心里奇怪的是，这是谁到他这个废弃的黄台子上来了呢？

台子上几乎没有人来，只是在每年汛期来之前，镇村的干部会来找他，让他注意安全，接到通知就要立即转移到安全的地方去，其他就再也没有人来了，就连那些开着三轮车走村串巷卖水果、卖肉、卖鱼、卖豆腐的人也不来，一是上台子的路不好走，这么多年没修，坑坑洼洼的；二是即便来了，老范也不会买。

老范盯着那个脚印看了大半天，没看出个头绪，他想，也有可能是哪个要饭的走错了路，走到这旧台子上来了。他朝手心里啐了口唾沫，握住锄头柄，继续挖起红芋来。

2018 年 10 月 14 日　下午 1 点

老范挑着一担红芋，从土路上往家走。

大黑还是没有回来，大黄还是和往常一样，不紧不慢地，像是不经意，其实很精准，或前或后，或左或右地走在老范的身边。

老范对大黄说："好久没下河了，到时网些小鱼小虾让你吃个快活。"

大黄扭头看了老范一眼，俯身向一旁的草丛里一纵，一只黑蝴蝶逃走了。

老范走过庄台子先前的大晒场，这里以前每隔一段时间就要扯开大幕，放电影。夜黑里，台子上的男女老少挤在一起，看《地道战》《白毛女》《小兵张嘎》，后来还有彩色的《白莲花》《少林寺》《刘三姐》，经常两三部片子连放，从傍晚放到深夜，没有一个人离开，看得一台子的人像是一起生活在一块幕布上。那时候，整个黄台子有一百四十多口人，三十多户，小孩子也多，一会儿哭，一会儿笑，一会儿叫。就是这些小孩子，大概是1985年吧，也不知道是哪个小孩闹顽皮，把范六三家的草堆点着了，差点把房子烧掉，火光冲天，把整个台子都照亮了，老范那天和台子上的人一起，就是用担红芋这样的大柳条筐，从地里挑干土来扑火，挑得肩膀头上磨破了一层皮才把火扑灭。这恐怕是老范在台子上遇到的不多的几件大事了，还有一桩，老范也记得清楚，那年秋天，红芋收了，晚稻将割，突然下了一场大冰雹，冰雹有鸡蛋大，所有的稻谷都被砸在地里，真是颗粒无收。那一年，台子上的人可是吃了不少红芋。

老范将肩上的柳条筐换了一边肩膀，想着台子上的大事。他觉得，这就像看一场电影，电影放完了，只剩下一块幕布在那里。黄台子就是放完了电影的那块幕布，没有人收拾，它越来越旧了，越来越破了，它再也放不出一场电影了。

2018年10月14日　傍晚5点30分

老范把最后一担红芋挑完，堆放到自家门前时，日头就落了下去。

这是一天中的擦黑时分，一切都半明不明，半暗不暗。鸡公鸡婆叽叽咕咕拥挤着钻到鸡栅里，王爱梅在喂猪，猪食倒在猪食盆里，两头猪竞赛般拼命吃着，不远处，几只苍蝇嗡嗡嗡地低空飞行，更远的林子里，各种鸟雀鸣叫着飞进窝里，这其中，有一大群乌鸦，也在林子上空盘旋着。有那么些年，乌鸦好像在淮河滩地上绝迹了，不知道从什么时候起，它们又飞回来了，它们要么不大叫也不沉默地在树梢上站着，要么就是在台子傍晚的天空上成群结队地飞翔。

一到天黑，老范眼睛就不大好用了，他的耳朵却更灵敏了，他用耳朵去“看”，能“看”到很远的地方，淮河的水，滩地上的红蓼草，林子里的黄鼠狼，大黄在别人家的老墙上像干部那般散步的样子……

就在这个时候，老范又听到了那种陌生的东西，同时也听到了一辆车子驶进台子里的声音。车子的四只轮胎在泥土里爬动着，不一会儿，响起了一阵脚步声，声音不是一个，而是一群，急促，齐整，紧张。

老范往台子下望去，这个时候天突然全黑了。

老范不知道发生了什么，他听见那些住在村口林子里的乌鸦少有地叫了起来，它们齐声大叫，“哇——哇——哇——”，声音里满是不安，满是惊慌，也满是焦虑，叫声雨点一样密集，落在庄台上，叫得老范头皮发麻。

黑暗中，同时亮起了好几只炽亮的手电筒，手电筒随着脚步声，齐齐地来到了老范跟前，却不进老范家，而是直冲向一旁的范六三家，那一群人，踹开了范六三家的大门，手电筒的亮光在他家老屋子里四处照射，老范隐约听到有人喊道：“跑了，人跑了！快追！”

那些手电筒摇晃着，分成几路往台子的四边追去。

老范站在范六三家的门前往屋里望，看见地面上有一块红芋，一块锅巴，一只黑狗，狗的身下流着一摊血。

几只手电筒围着老范："你看见范团结往哪里跑了？"

老范说："范团结？你说的是范六三的小儿子？"

一只手电筒不耐烦地说："是的，是的，你有没有看见他？我们是公安局刑警队的。"

老范摇摇头，说："我没看见，大夜黑里，我看不见。"老范在刚才乌鸦鸣叫的时候，隐隐约约地听到有一个身影朝台子西边跑去了，可是不知道为什么，他没有对手电筒们说。

"你也不知道他什么时候来这屋子里的？"手电筒问。

老范接着摇头："团结，他怎么了？"

手电筒们相互看了看，其中一个说："这小子在城里瞎混，偷鸡摸狗犯了命案，没想到躲到了这里，你要是发现了，得立即告诉我们，打110！"

2018年10月14日　晚10点

自从迁建后，废弃的黄台子还从没有今晚这么热闹过。

警车一辆辆闪烁着警灯，呼啸着停在台子下，估计总得有一二十辆吧，一队队警察带着狼狗在台子四周搜索着，范六三两口子也赶到了台子上，这么多年，他们第一次回到黄台子，回到他们曾经的家，可是他们进不了门，警察就在他们家老房子四周拉了一道警戒线，不让外人靠近。范六三和老伴就坐在老地沟边，身边的藤藤蔓蔓几乎要淹没了他们。范六三死死地看着老屋，半天眼珠子都不转一下，好像老屋子里放了一场好看的电影似的。范六三的老伴一手拍打着胸脯，一手揪扯着蔓草，大声哭喊着："团结啊，你到底在城里作了什么孽啊，团结啊！"她的胸脯发出空洞的咚咚声，她身边的蔓草也被撕扯得像拔了毛的公鸡。

老范端了两只茶碗，各倒了一碗水，送到范六三两口子身边，他们俩一口没喝。

手电筒的光在黄台子上晃动。好久没有见到这样多的光亮了，老范有些不习惯，他觉得头晕，好像台子在走，台子在晃动的灯光中也跟着晃动。老范闭了眼，他想用耳朵去听一下黄台子现在的情形，但他发现，他突然一点也听不见了。

老范正疑惑的时候，刹那失去的听觉又恢复了，他的耳朵又能“看”到远处的情景了，他听到了台子西边“砰”的一声枪响，他听到了一颗子弹穿透了一根年轻的腿骨，接着，他听到“扑通”一声，一个人倒下了，一群人扑了上去，狼狗叫了两声。

范六三两口子也听见了枪声，他们倏地站起来，跌跌撞撞地往枪响的方向奔去。

2018年10月14日　晚12点

像一场大水来了又退了，台子上亮了又暗了。

老范和老伴王爱梅用一块破门板抬着大黑来到河滩边。黑夜给大黑描出了一道黑边，原来，黑夜的黑和大黑的黑是两种黑。

老范没有立即动手，他先点着了一根烟，在浓浓的黑幕里有了一个红点，像一只红爬虫，慢慢爬向老范的嘴唇边，爬着爬着爬没了，老范便把烟头吐了，抡起挖锄挖起地来。

老范挖一锄，王爱梅也挖一锄，远处林子里的哼子鹰也跟着哼一声：“哼——哼——”

土坑越挖越深，其实埋葬大黑不需要那么深的坑，王爱梅说：“够了，够了，你当是埋人呀！”但老范不理会王爱梅，他跳下坑里，呼哧呼哧地继续挖掘着。滩地上的浮土挖过后，是松软的河沙土，河沙土下面就是坚硬的马肝土，老范仍然不放下手中的铁锄，“咚，咚，咚”，河滩地震得像鼓一样响。

这时，离老范一箭地的淮河里，跃起一条鲤鱼，“啪”，拍打出一阵水花。瓦蓝的天空下，河水泛白。老范一边奋力挖着，眼眶里却流出了两行眼泪。

这些，王爱梅没有看见，但晚上的风看见了。风是从黄台子上下来的，它显然是被老范的样子惊住了，它在老范身边转了好久，随后便用它的大手一遍遍地抚摸着这片河滩地，它吹得稻子起伏、树叶摇摆，吹得老范的衣服旗子一样翻卷。

（原载《安徽文学》2019 年第 5 期，《小说月报》大字版 2019 年第 7 期选载）

幸福五幕

第一幕

【日，幸福花园小区 405 室，客厅】

看着奶奶下楼到镇街上买早点去了，王子涣立即“啪”地关上门，神秘兮兮地凑到王文兵耳边说：“爸爸，告诉你，奶奶可能是个巫婆！”

八岁的王子涣这一阵子迷上了《格林童话》，老是幻想着身边随时冒出来会说话的青蛙、会自动打人的棍子或自己会做饭的餐桌，当然，还有几乎在所有童话里都会出没的神秘巫婆。

王文兵说：“你这孩子，怎么说话的？奶奶怎么会是巫婆？巫婆多邪恶哪，奶奶可是好人哪。你看你昨天晚上说要吃糯米甜心粑粑，今天她一早就去买了；哪次过年回来，奶奶不是做了好多好吃的给你？”

王子涣说：“可是，奶奶昨天晚上真的像巫婆，你知道吗？她半夜起来趴在床底下念咒语！”看着王文兵不信任的眼神，王子涣急了，说：“不信你去奶奶房间看看！”

因为淮河行洪区调整，住在河边的村庄实行整村移民迁建，母亲现在住的这楼房就是去年搬迁进来的。父亲很早就过世了，王文兵早在城里工作成家，唯一的姐姐也嫁到县城定居，所以母亲户口本名下只有她自己一个人，分到的房子也就不大，两室一厅，一间自己住，一间留着王文兵一家过年过节回来住。去年过年时，刚刚搬进新楼房，母亲很高兴，她打电话给王文兵，再三要求他要带着媳妇孩子回来过年，她说："住上楼房了，又重新装修了，像城里一样，沙发、马桶、地板砖、钢窗子……你们回来不会不习惯的！"母亲这样一说，王文兵就下了决心，不顾路途遥远和春运堵车，一个人开着车，奔波了十几个小时，带着妻子韩小兰和儿子一起回来了。

回来的第一个晚上，母亲似乎就觉察到了什么，她将原来摆放在另一个房间的一大一小两张床，临时重新分配了一下，将给小孩子睡觉的那张小床搬到了自己的房间，这样，孙子王子涣就和奶奶睡在一个房间的两张床上，而王文兵和妻子韩小兰就睡在另一个房间的同一张床上。这个格局的调整，让王文兵在暗暗松一口气的同时，也提紧了一口气。松一口气的是，不会让儿子发现他们夫妇俩出现的问题，而提起来的一口气呢，是怕母亲担心。

自己和韩小兰分床而睡已经半年了，离婚对他们来说只是一个时间问题，但都是高知，都不想撕咬得满嘴毛，他们也几乎不吵架，只是冷着，只等着彼此关系彻底冰冻的那一天来临。

王文兵曾经看过一段视频，在无垠的大洋上，冰天雪海，巨大的冰块凝成一块，它们看似异常紧密，密不可分，然而，它们在海上漂浮着，随着温度越来越低，它们终于崩裂了，分开了。王文兵想，自己和韩小兰就是那样的一块巨冰，看似坚固，而崩裂可能就发生在某一个瞬间。

所以，在外人看来，这一对大学副教授夫妇就是一对婚姻工厂中的标配产品，他们之间那看不见的裂缝，连儿子王子涣都没有发现，母亲怎么就会发现呢？

那些日子里，韩小兰还是很配合王文兵的，当王文兵说这是他最后的一个请求时，她很快就答应了。一到这个移民新村的楼房里，她尽量表现得像一个乖顺的媳妇，事事处处听从王文兵，是一个准备和王文兵过一辈子的好妻子。虽然，在那些日子里，他们睡在一个房间的一张床上，但他们各人盖着自己的那一床被子，中间远远地隔着一段距离，几乎不相挨。

好在母亲在整个春节期间都没有多问什么，她只是埋头做很多好菜，每天都要出去采买，新鲜的淮王鱼、东街口老李家的杂粮馍、王子涣喜欢吃的荠菜饺、韩小兰赞不绝口的牛肉粉丝包，一买就是一大袋，如果不是王文兵开回来的小车后备箱容量有限，她大概要买下一个菜市场才罢休。韩小兰也一直努力扮演着既定的角色，平安地过了一个团圆年。但正月初三一过，他们就借口学校有事，匆匆赶回了。离开这个移民建镇的成片楼群，王文兵才从标志牌上得知，母亲所在的这个小区叫幸福花园，而自己从小居住生活的那个淮河边的原名叫黄台子的村庄，已经退为河滩了，也就是说，作为一个村庄，黄台子已经消逝了。车子行驶在淮河大堤上，还没有完全落尽的响叶杨不时从枝头飘落下来，像一只只硕大的巴掌，拍打着天空和大地，王文兵觉得自己是在逃离，像一只受伤的丧家犬。

与去年过年不一样的是，今年，王文兵只带着儿子王子涣回来，回到了母亲的幸福花园 405 号房，妻子，不，现在应该叫前妻了，韩小兰在秋天的时候和他办妥了离婚手续，她独身一人去了澳大利亚，等安定下来后，她还是要接儿子过去的，据她自己说，她是投奔她大哥去了。

韩小兰大哥十多年前就移民去到那个以盛产袋鼠闻名的国家，在那里发展得不错，早就邀请他们一家也一起过去，但王文兵一直不愿去，韩小兰和他闹了好一阵，他就是坚持不去，他们之间的裂缝也就是在那时开始显现并慢慢变得不可弥合。王文兵一想到自己下半辈子都待在那个遍地都是蹦蹦跳跳的袋鼠们周围，他就心里一阵狂躁，他觉得那里的生活是他这个从小生活在乡村的农民儿子所不能把握的。他和韩小兰曾在一个暑假去那里探过亲，居住过两个多月，他努力要融入，可始终做不到。当然，这并不是他们离婚的全部理由，王文兵甚至怀疑韩小兰并不是投奔她大哥去的，而是她从前的恋人，那人也早就去了澳洲。不过，韩小兰最终的归属，王文兵并不关心，这些念头也只是在他心里头偶尔跳一下，就消失了，像袋鼠。

他们离婚这件事，对王子涣仍然保密，他们对他的口径一致：妈妈去澳洲留学深造了。王文兵是个怕麻烦的人，韩小兰出国留学这个理由挺好使的，他也就对所有人都这么解释，包括对母亲王腊梅。

按说，今年过年，王文兵一家的家庭格局发生了变化，王文兵就可以和儿子王子涣睡一个房间了，但去年支在母亲房间的那张小床一直没有动，母亲就说："让子涣还睡在我房间里吧，子涣啊，你愿不愿意陪陪奶奶呢？"

王子涣是个挺不错的小男孩，他说："奶奶，我当然愿意了，我爸爸晚上老打呼噜，害得我老睡不好。"

王文兵说："你个小屁孩子，你还嫌弃老爸了，你天天晚上睡得和狗似的，棍子打都打不醒，还说我打呼噜。"

因为今年不用等韩小兰，为避开春运高峰，王文兵腊月二十四就回到老家了。看到母亲的第一眼，王文兵就明白，母亲一定知道他的生活发生变故了。

但母亲就是不说。王文兵认为，作为一个曾经出色的职业放鸭人，敏感和隐忍正是母亲最大的特点。

小的时候，母亲告诉他，放鸭子的人最需要的是细心观察，当然她说的不是“观察”这两个文乎乎的字眼，她说的“看”是每时每刻都要看着，看鸭子们走路的姿势、吃食的样子，听它们叫声的大小强弱长短等，这里面都有讲究的，比如：鸭子走路左右摇摆幅度不一致，那十有八九是病了，鸭子吃食时嘴巴老是上下扭动，很可能是胃里缺少沙子，这时就要补充细沙子。这些不细细去看，不及时处理，鸭子们可就要遭殃了。另外呢，放鸭子要有耐心，鸭子这东西是最烦人的，它们是直肠子，吃了屙，屙了吃，没有一刻停歇，在外面河滩上放养的时候，它们不吃饱肚子是绝不肯回营的，那怎么办？只有耐心地等它们吃饱，哄骗着它们按照既定的路线回到窝棚里。

看着母亲的眼神，王文兵觉得自己仿佛就是一只鸭子，虽然远在远方的城市生活，但他一直没有逃出母亲的视力范围，自己一直浮游在淮河边的这片水域里，自己走路、说话、吃饭，种种样子，早就被母亲看出了破绽和病症。当然，自己毕竟不是鸭子，母亲也就是耐心地看着自己，并没有拿沙子来喂他。

现在，过了一夜，儿子忽然认真地对他说：“奶奶可能是一个巫婆。”王文兵想了想，觉得母亲与去年过年时相比，好像是有了点不一样。

去年，刚刚移民迁建搬到楼房里来，母亲还是非常高兴的：“没想到老了老了，我还成了城里人，住起楼房了！”为了表达做一个城里人的决心，她不像有些邻居，还把那些农具家伙一并运了来。她嘲笑那些人："把箩筐、粪箕还堆在楼房里，怎么着，还想着在大街上种麦子啊？"她养了那么多年鸭，最后把鸭棚也拆了，鸭食盆扔了，一条放鸭的小腰子船便宜卖给了镇上文化站的老胡，据说，老胡要搞一个农耕展览馆，小腰子船就是拿去展览的。

王文兵当然也替母亲高兴，毕竟年纪大了，到了镇上，不再从事体力劳动了，也可以好好休养休养，在幸福花园里过着幸福的晚年生活。但几个月后，他就觉得母亲似乎变了，她不再在电话里对他说幸福花园的事了，总是和她说起她养鸭子的事情，王文兵哪有时间听这个呢，常常找借口打断母亲冗长的回忆，后来，每次他打电话过来，母亲也就没什么话说了。有一次，母亲告诉他，她耳朵里出现鸭子叫，叫个不停，王文兵笑着说："那是你养惯了鸭子，你试试听听拉魂腔、黄梅戏什么的嘛。"母亲没说试也没说不试，只是长长地叹一口气，再打电话，她就不再说这件事了，话也变得更少了。王文兵有点惭愧，他想，也许是母亲看出他和韩小兰的裂缝而担心他的生活吧。因此，每次打电话给母亲，王文兵总是竭力夸大自己以及一家人的幸福生活，慢慢地，他发现，母亲大概并不一定是担心他，而是像有别的心思，但她就是不说。

母亲这是怎么了呢？有一天，母亲吃了一只苹果，她不知道，那只苹果是一只被施了巫术的苹果，谁吃下去，谁就会变成一个巫婆。

母亲真的成了一个巫婆？王文兵一怔，随后就笑了，这都是哪儿跟哪儿啊。他站起来，决定到母亲房间去看看。

第二幕

【夜，幸福花园小区 405 室，王腊梅的卧室】

上床以后，王子涣有点兴奋，他在被子里泥鳅样钻动着，一会儿从这头钻到那头，一会儿又从那头钻到这头，他看着奶奶脱去臃肿的棉衣，躺倒在床上，房间太小，两床之间的距离也就够放一张椅子，王子涣发现，躺下来看奶奶，她好像变了个人，平放在枕头上的那个老太太的脸一下子变得陌生了。王子涣喊了声："奶奶！"

"唔。"奶奶答应了一声，却答应得含含糊糊，声音似乎也变了，像青蛙叫。

王子涣想，不会是一只会巫术的青蛙住进了奶奶的身体里吧？他又喊了一声。

奶奶却嘟囔着说："睡吧。"她说着，按下了床头的开关。房间里顿时黑了下来。

王子涣睁大眼睛看着黑暗。他发现，黑暗并不是看不见，黑暗原来是可以被看见的。在一千多公里外的自己家中，王子涣从来没有见过这样彻底的黑暗，这里虽然一切模仿着城里的小区，但还有一些地方没有来得及模仿到位，比如路灯，比如道路，不像在自己家里，窗帘拉得再严实，总有彻夜不熄的各种灯光钻进来，窗外的立交桥上整夜都有车辆不停地行驶，车轮与地面摩擦总是发出恼人的声音。而现在呢，没有车轮声，没有灯光秀，这夜晚黑得比较纯粹，黑暗黑得有了体积，当然，并不是没有一点声音，有的，远远的似乎有个小孩子在哭泣，一抽一搭的，夜空中好像有一只鸟在飞，它一边飞一边鸣叫，翅膀把空气扇出一阵水波样的声音，近处呢，有风吹动着窗户，还有奶奶的呼吸声。王子涣睡不着，他睁大眼睛看着房间里的黑暗，他看见奶奶床头的那个木柜子露出了一副小丑的神情，它朝自己做鬼脸，然后，双手倒立，走动了起来，在它的带动下，那把老旧的木椅子也一摇一晃地走动着，它伸长了双手，要拥抱木柜子似的。王子涣眨了一下眼睛，它们立即不动了，他继续睁大了眼睛，它们又动了，王子涣屏住呼吸，就在它们俩要靠近时，奶奶在睡梦中说了一句什么，它们立即又停止动作了，像是被施了定身法，王子涣在心里埋怨着奶奶，想把眼睛再睁大一些，可是，他觉得他被那老旧的木椅子摸了一把，马上就睁不开眼睛了。他睡着了，睡在浓稠的黑暗中。

睡着了的王子涣一直在做梦，梦中，他打开窗子，看见不远处流淌的淮河，河岸边的密林里飞来一只金光闪闪的鸟，它停在窗子上，王子涣轻轻地吻了它一下，它顿时变成了一个公主，全身上下金光闪烁，她有一头乌黑而长的头发，头发一直从四楼垂到了一楼地面，有一个小矮人拉着她的头发爬了上来，他一进屋就奔到王子涣的床上跳舞，跳得木板床咯吱咯吱响，就在这时候，王子涣醒了。他摇摇头，睁开眼，梦中的一切还记得清楚，可是公主和小矮人都不见了，他有点遗憾，却听到熟悉的咯吱咯吱声。

王子涣循着声响望过去，他看见一个黑黑的影子在他身边忽高忽低起伏着，难道是那个公主没有走？可是，那金光不见了呀。王子涣张开了全身的器官去看去听去闻。他觉得自己不是在做梦，他掐了一下自己，还知道疼，这肯定不是做梦。过了一会儿，他渐渐看清楚，先前的黑影子是奶奶。

奶奶坐在床上，她在穿衣服，她的衣服上有静电，啪啪啪，闪出小朵的静电光，她穿好衣服后，在床上静了一会儿，似乎在倾听什么动静，然后，她轻声喊着："子涣，子涣，你要起床尿尿吗？"

王子涣觉得奶奶不是要提醒他起床尿尿，而是在试探他有没有醒来，他故意装着睡熟了的样子，嘿，他想起同桌对他说过的一句话：你永远叫不醒一个装睡的人。现在，他就是那个装睡的人，他故意把自己的鼻息加重了，呼，呼，嘴巴里还搅动了几下，似乎睡得特别香甜。

果然，奶奶不再喊他了，她迟疑了一下，慢慢下床了，黑影升高了。

王子涣心头发紧，奶奶要做什么？他悄悄扭过头，睁开眼睛，看着黑暗中的奶奶。

奶奶像在做慢动作，她站起来，手里似乎摸到了一个什么东西，然后伏下去，摸索着，摸索了半晌，忽然轻声地按亮了打火机。

王子涣吓了一跳，打火机昏黄的光亮，像是一场爆炸，把浓密的黑暗炸开了一个大口子，火光晃动着，奶奶的身影一会儿变大一会儿变小，她披头散发，眼珠是黄色的，头发是黄色的，脸上皮肤在阴影里也发黄，举着火机的手像变形金刚的机械臂，僵硬而粗大。这活脱脱就是一个巫婆啊！

王子涣又掐了一下自己，还是疼，他暗暗祈祷，会有一只金鸟飞来，破了这个女巫的法术，让她重新变回奶奶。

这当口，奶奶或者是巫婆，慢慢矮了下去，她竟然伏到了地上，她的喉咙里发出咕噜噜的声音，像猫一样，她身体也猫一样伏着，在床底下倒腾着，也不知倒腾什么。王子涣不敢欠起身子去看，他做好随时闭眼的准备。这时，他闻到了一股奇怪的气味，这气味弥散着，有点香，有点腥，有点辣。应该是从床底下散发出来的。奶奶的嘴里又在咕噜响着，似乎是在念什么咒语，难道她真的成了巫婆？

火机烧了一段时间，灭了，黑暗里，床底下传来一声叹息声，这声音王子涣倒是熟悉，这是奶奶的声音，她就是这么叹息的，这么说，巫婆又变回了奶奶。伴随着那叹息声，奶奶慢慢从床底下爬了出来，她又脱了衣服，躺倒在床上，不一会儿，又发出了均匀的呼吸声。

王子涣想，明天一早得重新翻一翻《格林童话》，看看巫婆到底长什么样子。他这样想着时，那股奇怪的气味慢慢淡了。这一番折腾后，王子涣睡不着了，他在床上翻了个身，不再去观察奶奶了，但他现在一点也不害怕，他隐隐希望，奶奶真的是被施了魔法，那么，拯救奶奶的只能是他了，他得要获得另外的法术才行，谁会给他法术呢？又是什么法术呢？也许，他早上一起床，就有一只青蛙跳进来，跳到他的床上，对他说出那威力无边的咒语，像神奇的“芝麻开门”一样。

王子涣这样想着，心里很兴奋，很期待，那个即将到来的暗语也许还能帮助爸爸妈妈呢，其实，他已经知道他们俩是离婚了，妈妈是到澳大利亚的舅舅那儿去了，她很有可能再也不回来了。他们都瞒着他，他只是像装睡一样装着不知道罢了。他弄不明白，他们为什么要离婚，妈妈又为什么一定要去澳洲，他想等他有了咒语，就可以对着他们喊，然后妈妈就会回来，他们就和以前一样，还是一家人了，他们一定还对他的法力十分惊奇十分佩服。

王子涣在黑暗中轻声笑了起来。

第三幕

【日，外，移民迁建后的村庄遗址】

直到那些前来上坟祭扫的人炸响了鞭炮，惊起了湖草里一窝麻雀，王腊梅才发现自己又跑到了河边的老屋基地——以前的村庄黄台子上来了。过年之前，后人们到祖坟地里扫墓是这一带的风俗，所以，远远近近的，不时会响起几声鞭炮声。

因为移民迁建后必须进行土地复垦，从前所有的房屋都已经被推土机推平了，被挖土机深翻了，眼前只是一片土地，仿佛，这里从来就没有出现过一座村庄似的。听说，这里的土地整理过后，将要被集中租给一个外来的养牛公司，他们要在这里种上牧草、喂牛，然后挤牛奶，卖给城里的人。

虽然村庄整个被翻到了地底，被泥土覆盖了，但王腊梅还是能找到自己家以前的位置，因为河湾还没有被改造，这就给她提供了参照，她曾经的家就正对着河湾最弯的地方。离河边有多远呢？一千五百九十八步，就是这么精确！因为自己养鸭的那些年，每天都要走上几遍，从三十一岁那年丈夫去世，她就接过了养鸭的营生，一养就养了三十五年，直到去年移民迁建，才歇了手，从家里的鸭棚到河湾，她闭上眼睛，也能走得一步不差，甚至一路上每一粒大石子她都清楚它们的长相。

现在，她站立的位置就是以前自家的堂屋，堂屋的左边是厨房，厨房再过去是鸭棚，她好像又听到了那些鸭子嘎嘎的叫声了，它们抻长着脖子在喊着她，在申诉、在哭泣、在埋怨，它们饿了就这般德性，一个劲地叫嚷：要吃啊，要吃啊！所有的鸭子大概都是饿死鬼托生的。王腊梅急慌慌地往前走，边走边怼那些鸭子：你们这些喂不饱的鬼！叫得我头都昏了！走了好几步，她猛地顿住，才想起，哪有鸭子嘛，鸭棚早就拆了当柴烧了！

鸭子的叫嚷声没有了，但王腊梅知道，和鸭子有关的那个梦，估计还得折磨她，反正自己这一辈子和鸭子是纠缠上了。细究起来，自己和丈夫的婚姻也是因为鸭子。

虽然祖辈都生活在淮河岸边，但黄台子这个庄子并没有专门养鸭子的，还是在大集体的时候，生产队里从山东请来了一个养鸭师傅，为队里养鸭。师傅年纪轻轻，养鸭却有一套，他把鸭棚选在了王腊梅家屋边，理由是离河湾近，水草多，地势平，放养和捡鸭蛋都方便。

这样一来，王腊梅想不认识他都不行，何况小伙子三天两头偷偷地放几个鸭蛋在她家的稻草堆里呢。王腊梅姐妹三个，家里早就有招婿上门的想法，得知这个山东小伙子在老家是个孤儿，这门婚事就更稳妥了。结婚后，王腊梅就跟着丈夫养鸭，她喜欢赶着一群鸭子在河湾里走，这比在河滩里种地要有意思多了。她学会了炕鸭、放鸭，哪只鸭子屁股里有货没货，她清楚得很，哪一片河滩适合放鸭，她也从没有看走眼过，还有杀鸭、腌鸭，鸭子年纪大了，不能下蛋了，就得及时杀了做腌板鸭，这些可都是技术活。

儿子文兵刚出生不久的那年冬天，丈夫傍晚去河湾赶鸭子回来，他喝了酒，脚下一滑，竟然在河里没爬起来。那以后，王腊梅就一个人养鸭，包产到户后，田地都租给别人，她只养鸭，多的时候两三百只，少的时候也有百来只。自己养的鸭子自己却舍不得吃，要指望鸭子下蛋给家里挣钱呢。她听人在背后议论自己，说她是个抠屁眼吮指头的小气鬼，养那么多鸭子，逢年过节都不杀一只，鸭蛋一个也不让人家拿，看着鸭子屁股就跟看守银行保险柜似的。反正不管别人怎么说，王腊梅就只当那些人放了一个屁，她听都不要听，她心里有数，要不是这些鸭子，自己的两个孩子怎么念书、一大家人怎么生活呢？鸭子就和她的命一样，有时，比命还重要。

那一年，淮河发大水，上游的王家坝闸要炸坝分洪，保护下游的蚌埠、淮南这些城市，黄台子要被淹，县里、乡里、村里的干部来了一批批，动员庄上的人撤离，撤到高处去保命。村头的广播日夜喊，干部们一家一户做工作，一句话，带上随身穿的衣服和现金，立马转移。村子里几乎都搬空了，王腊梅不走，她把两个孩子托付给本家婶婶带走了，她心里想：我没有现金，但我有两百只鸭子，我走了，鸭子吃什么？

那两天，村子里乱成一团，大卡车开来了，转移的人抱着鸡鸭猫狗还有祖宗遗像往车上爬。猫狗还能带着，那些大牲畜怎么办？牛啊猪啊，又不让带，也带不走，但用绳子拴着猪圈围着，大水一来，不还是个死？有的人就把牛啊猪的全放了，让它们自由自在地在村子里闲逛，到时能不能在大水里逃生，就看它们自己的造化了。也有的人家不舍得，一头猪养得肥壮壮，本来指望过年时杀了，过一个肥年，这一下子都喂了水龙王了，怎么办呢？那边在催着撤退，这边一狠心，干脆，把猪现宰了，剁肉现煨，吃了再走。肉在锅里炖着，端了上来，喊左右隔壁邻居来吃，不想，最后的期限到了，村干部闯进来说："就要炸坝了，你们还有心思吃肉，快快转移！"那人家说："吃了肉才有劲跑，要不你也一起来吃吧！"村干部一看这情况，急了，转身从猪栏里舀起一瓢猪粪盖到锅里，说："你们真是为了吃命都不要了！"

王腊梅看到这架势，没办法，回到家里，把鸭棚打开，对鸭子们说："你们这些长嘴巴鬼，都逃命去吧，我管不到你们了。"

等她跟着村干部们上了堤，等着车子来接，等了大半天，车子没来，却传过来一个消息，说是龙王坡堤段先溃口了，暂时又不炸堤了，就在大堤上安家，准备随时炸堤泄洪时撤退。在大堤上驻扎时，是不准回到村里去的，但王腊梅不管，她天天跑回家去，喂她家的鸭子。

村子里空空荡荡的，只有几头牛啊猪啊悠闲地四处找吃的，王腊梅躲开巡逻的联防队员，摸到自家屋里，把储存的稻谷什么的撒到鸭棚里，那些鸭好像听得懂她的话，比平时安静不少，乖乖地吃谷，也不乱跑。不过有一天，王腊梅还是被联防队员发现了，他们喊她，她不听，拼命跑，她想着，不能让他们抓住，抓住后关起来，她的鸭子就要饿死了。她跑得仿佛肝都不在了，才总算跑脱了。

就这样，在大堤上住了一个月，水退了，村子里最终没有因分洪而进水，她的鸭子也保住了。在整个黄台子，王腊梅的损失最小，她为了鸭子不要命的名声也传了出去。

王腊梅不光是有这个名声，她还有一个名声，就是会治鸭病，鸭子在夏天的时候，由于天气太热，许多鸭子挤在一个棚子里，弄不好就会“瘫腿”，鸭掌红肿，站不起来，慢慢就挣扎着倒地死了。这个病不好治，但王腊梅有绝招，鸭子抱进屋后，也不知给它喂了什么，一般两三天就好了。王腊梅留了个心眼，隔壁邻居养个三五只的，她让他们抱来，免费给他们治疗，但就是不让他们知道是怎么治疗的。她这样做，就是防止村里别的人家也大规模养鸭，那样竞争就激烈了，鸭子就不好养了。

王腊梅正在她家的屋基地里愣怔着，先前上坟放鞭炮的走了过来，招呼她说：“婆，你这是看啥风景哩？”

王腊梅回过神来，心里想，是的呢，我这是干啥呢？瞎子瞅十样景？她猛地想起来，自己一早出来，是要到街上去给孙子王子涣买早点呢，脚不听脑子指挥，却从大堤上一气走到河滩里来了，这两只脚简直就是两只不听话的鸭子嘛。

王腊梅回转身，上了大堤，往街上走，身子朝前走了，耳朵背后又好像响起了鸭子们的叫唤声，这真是怪事，从什么时候起，自己耳朵里会自动出现鸭子的叫声呢？

其实，搬离了村庄，住进了幸福花园，三个月后，王腊梅就出现了状况，只不过并没有后来那么严重。一开始，她只是一天偶尔有那么一两次，耳朵里会住进一群鸭子，会响起鸭子们嘎嘎的叫声，会出现那个让她难堪的状况，过几分钟就自动恢复正常了。可是，过了几个月，情况变得严重了，尤其是这半年来，她耳朵里，隔不到半小时，就会自动响起鸭群的叫唤，而几乎每晚，在一片鸭叫声中，那个让她无比难堪的状况都会在深夜准时来临。

王腊梅叹了一口气，驱赶着耳朵里的鸭叫，“滚你娘的腿，你们这些长嘴鬼。”她骂道，“我不养鸭了，我住上楼房了，连一只鸭都养不了啦，你们再叫也没用的了。”

第四幕

【日，幸福花园 405 室，王腊梅的卧室】

在儿子王子涣的指引下，王文兵半信半疑地趴到母亲床底下，用手机电筒照了照。他吓了一跳，黑暗的床底下，还真放着一个东西——一只黑陶罐。他用手敲了敲，罐子闷闷地响，里面有东西，是什么东西呢？母亲连晚上都要鼓捣一番？

王文兵将黑陶罐轻轻移了出来，端到了箱子上，他揭开盖子，朝里看，是一罐子液体。

“就是这个味！”王子涣叫道，“又香又腥又辣，晚上奶奶一定是打开了这个罐子！”

王文兵觉得这气味似曾相识，他用手蘸了蘸，凑到眼睛前，闻了闻，这是一种油，什么油呢？菜油？香油？豆油？花生油？好像都不是。王文兵忽然发现，一旁床头柜上还放着一根吸管，而那上面的痕迹显示着，昨天晚上，母亲就是用它来吸食这玩意儿的。他用舌头舔了舔手指上的油，还是吃不出是什么油，一股涩涩的味道在鼻腔和口腔里弥漫。

王子涣兴奋地说：“我也要吃，这是什么油呢？”他尝了一口后，伸着舌头说：“哇，苦！”

王文兵疑惑了，母亲为什么要吃这个东西呢？为什么还要做贼一样地偷吃呢？王文兵发现自己根本就不了解母亲，就像母亲根本不能理解他和韩小兰的婚姻一样。

王文兵和儿子两人围着这个陶罐，像围着一个迷宫，绕着它转了好几圈，越绕越糊涂。

王文兵打电话给在县城的姐姐，说了这个事，他怀疑母亲得了什么不好的病，一个人偷偷地吃这种药？

姐姐说：“从来也没有听说过她得什么了不得的病啊？她的身体看起来还不错啊！”

王文兵说：“也是的，能吃能喝的，看不出什么病啊？”

姐姐在电话里停顿了一下说：“莫不是，妈妈酒瘾犯了？听她自己说过，说她年轻时，因为放养鸭子，为了抗风抵寒，她和爸爸都能喝酒，后来爸爸因为喝酒出事，她才发誓永远戒了酒，就一直没有喝酒了，是不是现在想喝酒了，又不能真喝，就喝那什么油来代替？”

王文兵说："用油代酒？那还不如用果汁代替呢，还要那么偷偷摸摸的？"

姐姐说："嗯，是的，她为什么要瞒着喝呢？"

挂了电话，一旁的王子涣忽然说："我想起来了，一本书上说的，埃及的法老临死前都要喝油的，喝了以后就肉身不腐了，奶奶这是想成为木乃伊啊。"

王文兵瞪了儿子一眼。

王子涣吐了吐舌头说："哦，奶奶还不到临死的时候。"他盯着陶罐想了想，又说，"爸爸，奶奶这偷油吃的故事，格林童话里就有！"

王文兵说："你一天到晚就满脑子的格林童话。"

王子涣说："真有，就在猫和老鼠交朋友的那个故事里，猫和老鼠一起买了一小钵油脂，他们商量好了，藏到教堂里，不去动它，到必要的时候才去吃。但是，不久，猫就想吃油脂了，就对老鼠说，她的表姐生了孩子，请她去做教母，她要出去一趟，实际上她是去吃油脂了，她把上面的一层都吃完了。吃回来后，老鼠问她，表姐的孩子叫什么名字啊？猫说，叫'去了皮'。就这样，猫后来又分别以同样的理由去了两次，一次吃了一半，一次全吃完了，她告诉老鼠，表姐的另外两个孩子名字叫'去了一半'和'一扫光'。后来，老鼠明白了，油脂全被猫吃掉了，可怜的老鼠话还没说完，就被猫一把抓住，吞进了肚子里。你瞧，世界上就有这样的事，故事最后就是这样说的。"

王子涣说着，哧哧地笑着，好像看见了奶奶变成了一只猫似的。

王文兵看看时间，估计母亲王腊梅快要回来了，他想了想，抱着那罐油脂又塞到了床底下，他想得避开儿子，找个合适的时间，亲自问一问母亲。“别乱说了，奶奶回来后，你就当什么事也没有发生。”

王子涣不高兴了，他说：“为什么，明明有事发生了，为什么还要装着什么事也没有发生？”

看着儿子的眼神，王文兵忽然改变了主意：“那好，等奶奶回来，我们就问问她，到底是怎么一回事！”他说着，又趴到床底下，把那只陶罐给端了出来，直接端到了客厅的饭桌上。

第五幕

【日，幸福花园 405 室，客厅】

王腊梅买了早点，爬上楼，第一眼就看见了那只陶罐。

王文兵和王子涣站立在陶罐两边，像两个卫士，护卫着那只黑陶罐。

“这是什么油？”

“棉籽油。”

“为什么要偷偷喝这个呢？”

“不养鸭了，住进楼房来以后，我以为轻松了，想不到还是丢不掉，那些鸭子，天天住到我耳朵里叫，白天叫，晚上叫，光叫叫也就算了，你知道吗，一到晚上，我睡着了以后，它们在我的梦里也叫，它们把我引到淮河边大河湾里，扑腾着水花，等我醒了，就……”

“就怎么了？”

“就尿床了！”

“天天这样？”

“可不是天天这样！”

“你那是身体虚弱了，要去看医生啊。”

“不管用，我去医院，找了医生，医生也搞不明白，他说我耳朵好得很，一点毛病也没有，又做肠道检查，花了好几百，也查不出个所以然，开了那么一大包药，一点用都没有！”

“那更得要查病了，等年过了，你跟我去吧，我带你去大医院看看。”

“不用，不用，我这不找到办法了嘛！我只要一喝棉籽油就好了，晚上喝一口棉籽油，那些鸭子就不叫唤了，也不到我梦里去扑腾水花了，我也不会尿床了，你说，我这么大年纪，还、还尿床，我好意思吗？我不只有偷偷地喝一口嘛。”

“棉籽油还有这个功能？”

“告诉你，我把秘方都告诉你，虽然你们以后也不会养鸭了，你知道吗？我以前养鸭的时候有一手绝活，就是治鸭热天的时候瘫腿病。其实，没有别的诀窍，只要喂它们一点棉籽油就好了，就这么简单。”

“可是你又不是鸭子，你得的也不是瘫腿病啊？”

“反正我喝了就有用。我一闻到棉籽油的气味，那些耳朵里的鸭子就安静了，像是我给它们治病一样。”

“你这棉籽油是从哪里弄的呢？现在也没得卖啊？”

“还不是我以前留下来的嘛，就这么一罐了，以前，种棉花的人都要留下棉籽榨油，现在早就没有人吃棉籽油了，我现在担心的是，这一罐喝完了，我该怎么办？我到哪里去搞棉籽油呢？”

王文兵看着那黑色的陶罐，突然心头涌起一个奇怪的想法——他也想喝一口那里面的油。不过，在儿子王子涣面前，他还是忍住了。他想，等家里没有人时，他一定要喝上一口。

王腊梅说着，捧起那罐棉籽油，小心翼翼地捧回卧室，她习惯性地要送到床底下，迟疑了会儿，就直接放在了床头柜上，“现在，也不需要向你们保密了，反正你们都知道了。”她说着，突然，嘴角一瘪，毫无来由地哭了起来，“还幸福花园呢，幸福个么子呢？呜……呜……”

王子涣说：“奶奶，奶奶，别哭了，幸福花园名字好啊，《格林童话》里出现最多的词可就是‘幸福’哦，很多童话的结尾都是，王子和公主结婚了，从此，他们过上了幸福的生活！”

（原载《红豆》2019 年第 7 期）

屏风里

是老甫最先发现那个僧人的。

这天是星期五，按照老甫和小周订立的条约，今天轮到他先使用厨房，等他使用到 5 点 30 分就由小周接管。5 点 30 刚到，小周就掐着秒冲进了厨房，取下他挂在墙上的砧板、菜刀，拧开水龙头，摆出一副要烧一桌满汉全席的架势。老甫冷笑一声：这个周扒皮不过是故意要把我赶出去罢了，他害不了我，老子早烧好了！他用托盘端着自己才做好的饭菜到了厨房左边一排教室的走廊下，一碟油爆花生米，一盘青椒豆腐干，还有一小碟蒸酱豆，一一摆放在他先前就支好在那儿的小课桌上，随后他又从屁股后的口袋里摸出了一个扁酒壶，旋开壶盖，把酒倒在壶盖里。还没坐稳当，老甫就迫不及待地喝了一小口，眯着眼，夹了粒花生米放嘴里，嚼了好一会儿才睁开眼睛。

这是老甫一天当中最享受的时刻。他喝一口酒，吃一口菜，闭一会儿眼，再睁一下眼，闭眼时品酒，睁眼时看景，看的什么景？看的是西边的山峰和云彩，一般这个时候，西天上晚霞紫红，把远山近岭映得像一幅画。老甫在县志上看到介绍，说是唐朝时候那个叫李白的大诗人曾到过这里，写了一首诗，其中就有两句：人行明镜中，鸟度屏风里。“明镜”指的就是山外的秋浦河，而“屏风里”写的就是这深山景象，所以，后来这一片大山就叫“屏风里”了。老甫一想到这，就觉得自己是个文化人，肚里不光有酒，还有学问，不愧为一名人民教师，不像那个周扒皮，天天捧着个手机看球赛打游戏，哼哼，他扫了一眼厨房里的小周，还有一点为人师表的样子吗？

小周在厨房里弄出的动静不小，像打铁一样，但到底厨艺不精，哐里哐当忙了半天，做了一个青椒炒鸡蛋，青椒还是生的，鸡蛋却已焦煳，下了一碗面，没掌握好时间，面条结成了一坨面疙瘩。小周瞥见老甫那悠然自得的样子，心里就来火，这个老甫就是《红岩》里的“甫志高”，人民的叛徒。他不想让老甫看见他这不成功的作品，老甫看到后，嘴角会斜挂到左耳朵边上去，一脸的幸灾乐祸，这是小周绝不能接受的，他便蹲在厨房里，硬着头皮急速地把那焦煳的菜与面扒到嘴里吞下去，吞得脖子像鸡嗉子一样哽了好几下。

老甫其实早就闻到了厨房里的焦煳味，他也早就把自己的嘴角斜挂到左耳朵边上去了，“活该！你能得像豆子一样啊！你能啊！”他把一口酒喝得格外有滋有味，故意啜出了一阵响声，再抬头去看景。他就是在这个时候看见了那个僧人。

平常的日子，这深山野洼里根本见不到一个外人。屏风里村拢共六十多户人家，青壮年大多在外打工，常住在村里的不到一百人，这其中就包含十六个在这屏风里教学点念书的一、二两个年级的学生，一年级六个，二年级十个，老甫估计等他一年后退休时，一年级恐怕只能招到两三个学生了。所以，每天放学铃一响，学生们的身影消失在山道上后，校园空荡荡的，像一口古钟，就差一个敲钟的和尚了。老甫就自嘲，这哪是学校啊，这就是座庙。没想到，今天竟然真的来了一个僧人。

屏风里教学点建在半山腰上，视线还是挺开阔的，进山出山的山道就悬挂在西边的山上，一有人出现，立马就会被看见，有时，有些顽皮的学生贪玩，回家时不好好走路，在山道边东蹿西跳捉虫打鸟，老甫都会居高临下地看见，就扯了喉咙喊："魏振强，快回家！操礼兵，你明天可想罚站！"可是这个僧人却像是突然从山林里冒出来的，老甫发现他的时候，他已经在两百米之内了。老甫有点奇怪，怎么先前自己望着西天里就没有看到这僧人呢？他难道真的是从地底下冒出来的？老甫无聊时，常在山林里走，确实有时会发现走熟了的草地上突然冒出一两朵蘑菇，顶着个光头也确实像个拄杖而行的僧人，可那一般是在雨后啊。老甫又想，可能是今天的晚霞太美了，太灿烂了，江山如此多娇，晚霞如此妖娆，糊住了他的眼睛了，让他没有及时发现山道上的人影。

那人越来越近了，这可是个标准的僧人，头皮剃得光溜溜的，穿着青灰色的僧衣，背着一个佛黄色的包袱，胸前还挂着一串大大的佛珠。老甫端起酒壶盖却忘记了喝酒，"和尚！"他叫了一声，猛地站起来，愣愣地看着前方。

小周这时也发现了那个僧人。在迅速地吞完了这碗不太成功的晚饭后，他想像往常一样，爬到校园操场边的那棵大枫杨树上去，他试了很多次了，只有爬上大枫杨树，微弱的手机网络信号才最稳定，他得抓紧时间下载昨晚的意甲联赛实况录像，好留着晚上看。他抬起头目不斜视地走过教室走廊，好像并不存在老甫这个人，他不仅关闭了视觉，甚至连嗅觉也关闭了，他不想闻到老甫小课桌上的饭菜香，"这个叛徒，菜倒是烧得有点水平，香气到处飘，这不就是想诱惑我寒碜我吗？"事实上，关闭嗅觉是比较困难的，你总不能不呼吸吧，这一呼吸，那香味就固执地钻进了鼻孔，怎么躲都躲不掉。小周因此加快步伐，几乎是奔跑着跑向大枫杨树。就在这时，他看见那个和尚飘曳似的进了校园。他像老甫一样，顿住了脚，张大了嘴。他不由得看了老甫一眼，虽然这辈子他再也不想看老甫一眼。

两个人半年来第一次对了一下眼神，又迅速地移开了。他们像两只青蛙一样鼓起大眼睛盯着这个突然到来的和尚。

和尚四十岁上下，面色沉静，他口中念着“阿弥陀佛”，双手合十分别朝老甫和小周施礼。

老甫和小周平时也没怎么接触过和尚，不知道怎么应对，慌里慌张地，临时也学着和尚的样子，合掌还礼，不住地念“阿弥陀佛，阿弥陀佛”。

一阵慌乱过后，夕阳落山了，四下里黑了下来，黑得有点突然，和尚的面容就隐在了朦胧的夜色里，几只夜老鼠（蝙蝠）在夜空里上下翻飞。

老甫拉亮了走廊上的电灯，昏黄的灯光雾一样照在操场上。老甫问：“师父，你，来这里做什么？”

小周不等和尚回答，便“哧”了一声嘲笑老甫这个问话好愚蠢，“大师，你是来化缘的吧？可我们这里也没什么吃的呀。”

和尚仍然静静地立着，双掌合十道：“不劳烦二位老师，我就是借你们这个操场今晚做一场法事，盼行个方便，可以吗？”

做场法事？老甫和小周的目光再一次碰撞了一下，到这里来做什么法事？可他们俩谁都没问为什么在这做，又为谁做。不管是法事还是什么事，这地方好久都没发生过什么新鲜事了，管他呢，他做着，他俩看着，又不收门票，又不费网络流量，做吧，做吧。

老甫和小周第一次达成了一致，他们立即同意："可以，可以。"

老甫认为做法事那得人越多越好，不就是要个热闹嘛，便说："要不要我再叫几个人来？虽然我只是个小小的老师，但这里的老百姓还是挺尊重我的，我叫他们来他们还是会给面子的。"老甫说到这里，一脸的兴奋，小周都能看见他暗藏的尾巴快要翘到天上去了。

和尚连忙说："不用，不用，谁都不要喊。"和尚虽然样子很谦卑和善，但语气里却有凛然不可侵犯的意思，看那意思，他是真不想有外人来打扰他做法事了。

可老甫却坚持道："不麻烦的，不麻烦，我招呼一声他们都要来的。"

和尚直接将合掌的手势改为摆手了："老师不用，老师不用，这个法事就是不要人多。"

老甫有点不甘心，准备再劝说一下，却听见小周在一旁重重地"嘁"了一声。老甫要说出的话便生生地被"切"断了。

小周斜眼看着老甫，他特别看不惯老甫时时处处把自己当一根葱的样子，这什么德行！他觉得自己人生的第一大不幸是到了这鸟不生蛋的屏风里来了，第二大不幸就是偏偏遇到了这货！

小周是半年前到屏风里教学点来当老师的，本来他三年前就该来了。

三年前毕业于当地师范学院的小周通过了教师入编考试，并被分配到了屏风里，当他也是在这样一个黄昏夹起行李来到这个教学点时，第一眼看到的就是喝得晕晕忽忽的老甫。

老甫当时穿着肥大的裤衩，袒露着上身，一身肥肉堆在一张课桌椅前，他喝多了，现在想起来，可能老甫是故意要喝多的，他是明知道小周那天要来学校报到的。老甫一见到小周，立即把嘴角斜挂到左耳朵根子上，“哈哈!”他指着小周大笑，“小伙子，请问，你是因为犯了什么罪被发配到这里来了?”

小周本来就一肚子怨气，他没想到第一天来到这孤山野洼里，就被一个糟老头这么问，他扔下行李冷着脸说：“因为什么?因为老子杀人了!”

老甫被这句话呛住了，他愣了一下，又喝了一杯酒，笑了起来：“哈哈哈，不错，不错，到这鬼地方，你要是想杀人，你迟早会杀人!”他笑着笑着，头一歪在小课桌椅上睡了过去，课桌椅太小，放不下他那一大堆肉，他很快就滑到了地上，躺在地上睡着了，一群绿头苍蝇在他面前的酒菜上停驻片刻，又降落在他肥大的嘴唇上搓脸搓脚，他也不知道去驱赶，片刻后鼾声如雷。

到屏风里教学点的第一个晚上，小周根本没有睡着，他没想到，县教育局会将他分配到这样一个鬼地方来，听着老甫的鼾声，他干脆连行李都没有打开，第二天一早就下山了。到了县城，他去了教育局人事科，坚决要求改派，人事科长说：“你以为学校是你家菜园门?你想进就进想出就出?”小周狠下心来说：“那我就停薪留职吧，那个鬼地方，我是再不想去了。”小周摸摸口袋里最后的五百块钱，拎着行李，直接买了张去省城的火车票，“此处不养爷，自有养爷处。”他冲着县城撂下了这句话。

那是辆绿皮慢火车，慢腾腾地行走在初秋的大地上，但小周的心里却像春天一样生机勃发，二十四岁的他伏在火车卡座上热血沸腾，对未来充满了美好的想象。

小周觉得自己毅然决然地离开山窝窝里的屏风里教学点实在是太伟大的决策了，在省城做了几个月保安，稳定下来后，小周终于应聘到一家房地产策划代理公司做文案策划。虽然小周读书读的是一所二本师范类学校，但好歹大学四年里一直就喜欢写诗，那些诗总算没白写，这让他的文案总是有股喷涌的诗意，比如“22度的气温，180度的景观，360度的幸福”之类的屁话，明知是假的，老板却拍手叫好。“说白了，卖房子就是卖想象力。”这是老板的口头禅。公司是个小公司，只有一间办公室，除了老板外，就是一个会计，算上小周就三个工作人员，但老板的口气却很大：“我们要做省城房产广告领跑者！小周，你好好干！”

深得老板赏识的小周干得格外卖力，老板给他发了几个月工资后，对他说：“你是大才，兄弟，我们合伙干吧。”老板让他任策划创意部经理，看着亮闪闪的名片上亮闪闪的头衔，他对老板感激涕零，恨不得对老板磕几个响头。

士为悦己者死啊，为了给公司省钱，小周文案也写，接待也做，甚至去印刷厂背广告材料，反正哪里需要哪里去。这天下午，公司为一家客户在户外挂广告牌，本来要请两个民工的，但老板让小周只请一个，另一个嘛，不用说就让小周自己亲自上阵。小周二话没说就去了现场，不料，那个从路边请来挂广告牌的老汉，一失足从高处摔落下来，老汉不经摔，当场跌得人事不知。

小周打电话给老板，老板责怪说：“你怎么这么不小心呢?”便把电话挂了。

小周只好把老汉抱起来送到医院。身上一千二百元本来要交房租的钱，全部用来垫付了医药费。老板始终不出面，一星期过去，花掉了小周工作一年多来一万多元的积蓄。后来，他留下五百元生活费，把身上剩下的二千多元又全部垫了进去。那老汉最终被确诊为植物人，病人家属将他们告上法院，小周成为两个被告之一，另一个是公司的法人代表老板。小周庆幸的是，一审判决中，他被判无过错。但小周高兴不起来。因为看到法庭上的证词后，他发现，那个看起来十分豪气的老板把所有责任都往他身上推，此前老板负担医药费的承诺，早已绝口不提，小周想不通，自己的所有积蓄全搭进去了，所谓兄弟情义换来的不过是直接对自己不利的证词。等小周再想找到老板时，老板却失踪了，那个广告公司的办公室早已经转租给别人了。

小周身上又只剩下不到五百块钱了，和他来省城时一样，等于两年多来，他辛辛苦苦算是白干了。小周不想认输，屏风里反正他是不想回去了。他坚持在省城打零工，干了半年，也只是混个肚子饱。他发现，原来这个世界诗人还是太多了，再没有哪个广告公司要他这个诗人。忽然有一天好运来了，一个以前做广告时认识的朋友打电话给他，让他去广西，说他们公司正在招聘人才，他已经向老总强力推荐了小周，老总很希望小周去辅佐他，一起创业。小周承认，正是那“辅佐”两个字让他再次热血沸腾，何况，那个邀请他去广西的人，当年落魄时，吃在他那里，住在他那里，算是患难之交。更何况，这个时候，走投无路的他已经没有别的选择了。

小周就又坐着绿皮火车，穿越大半个中国到了南宁，那个当年他曾帮助过的兄弟，却因为业务太忙没有去火车站接他，而是通过手机电话一步步引导，将他引到了南宁郊区的一个小院里。那时已经是黄昏时分了，一轮红红的夕阳挂在院墙外一棵大榕树上，当身后小院的大门“咣当”一声被关闭上锁时，小周突然意识到，他恐怕是掉进了一个传销骗局了。他想喊什么，却喊不出来，那轮红日“咣当”落下去了。

小周在那个院子里待了半年多，终于瞅着了一个机会，翻过围墙跑了出来，在没命的奔跑中，他的一条腿摔坏了，又没有及时治疗，留下的后遗症便是他的左腿比右腿短了几厘米，这让他走起路来，总是右腿用力着地向前，左腿迅速地点一下地面，紧跟上右腿，如是往复，像是在度量着什么。在异乡的小旅馆里，小周在镜子里看见自己走路的这副模样，禁不住大哭了一场，他彻底灰心了，好马不吃回头草，但他认为自己根本就是一匹孬马，一匹跛脚马还有什么想法呢。他回到了县里，还好，县教育局正愁着派不出人到屏风里，便又让他回去了，好歹算是有了一个吃饭的地方。

小周又回到了屏风里，这是老甫没想到的。老甫那天没有喝酒，他想和这个超级倒霉蛋开个玩笑："哟，你这是准备建立根据地，以农村包围城市？"没想到小周却开不起玩笑，他阴着脸，拖着那双度量器般的残腿，疯了般扑到老甫面前，什么话也不说，恶狠狠地一把封住了老甫的衣领，勒得老甫翻着眼睛喘不过气来。

从那以后，两个人不再说话，实在需要说话，就写在纸上，比如，两个人必须共用一间厨房，怎么用，他们就在纸上起草了一个使用协议，详细注明了使用时间、注意事项等；一学期要去两次镇上中心学校开会，一次是学期开始去领课本、教学参考，一次是学期结束去领期末考试卷子，该谁去，他们早早列好日期，一人一次轮着来。老甫本来是个热闹人，平时就好说个话拌个嘴，他没想到小周这家伙竟然这么倔，倔到就是不跟他说话。老甫有好几次都故意示弱了，没话找话地在他面前递上话把子，小周硬是不接茬。学校本来就冷清，这样一来活脱脱就是古庙里住进了两个哑和尚。

没人和老甫说话，老甫一个大活人也不能让话憋死，他就一个人自己对自己说话，特别是喝了几两酒后，他先是骂自己："你个傻鸟，你活该，你没长脑子，你就不知道那些人说话不算话？你倒霉你活该！"他抹了一把鼻涕后，就又骂校长，"狗校长，你把我卖了，我还帮你数钱哩，你狠！你不得好死！呜呜！"老甫越骂越起劲，他索性在操场上转着圈子骂，一般是转到第三圈的时候，他就会骂教育局局长："什么鸟局长，你他妈的欺负一个普通老师！"到第四圈，他就会骂一个姓郭的，这个时候，他的嗓子已经有点哑了，骂出来声音像钝刀砍柴："姓郭的，你不就有几个臭钱吗？你那些钱都是滴着血的肮脏的黑钱！你讲不讲道理？你们讲不讲道理？呜呜！"

老甫骂也骂累了，转圈也转累了，就突然住口，走到校园外一条小溪边洗脸，听到不远处一只哼子鹰发出一声悠长的哼声："哼——哼——"他就回屋睡觉了。

小周开始不知道老甫天天骂的什么乱七八糟的，后来到镇里开会，才隐约从别人嘴里知道一些情况。原来，老甫四年前还是城关镇小学的一名老师，那一年被抽调到县中学参加高考监考。监考程序要求老师拿着金属探测仪探测学生有没有夹带什么电子工具以防作弊。老甫积极地拿着探测仪在教室里转，转到一个考生身边时，发出了"滴"的一声警报，老甫确定是那考生的眼镜有问题，因为仪器一碰上眼镜就叫，于是就拿走了那名学生的眼镜，报告到考场主监那里，主监又报告到考区总监那里，过了半小时，眼镜拿回来了，说是经查验没有问题，又交由老甫亲手退还给了考生。不料，考试结束后，那考生家长把老甫告了，说老甫无故没收了考生的眼镜，严重影响了考生的心情和答题，致使考生发挥失常，要求老甫负责，这家长顺带还把学校和教育局也告了。老甫觉得这叫什么事啊，拿着探测仪去探测可是上头的命令，他怕什么。可是，老甫没想到，这事不知怎么被媒体知道了，网上闹得热火朝天，县里风向立即变了，最后竟然决定让老甫当替死鬼，处理结果是将老甫的职称从副高降到中级，又调离城关镇，发配到屏风里教学点。老甫傻眼了，去找校长、找局长，“那个考生家长是一个姓郭的老板，家里开矿山，势力大着呢，媒体都被他撬动了，他还找到县长那里去了，没办法，暂时让你老哥委屈一下，这么着，你先下去待个半年，风头过去了，我立即把你调回来，直接调到局里教研室任教研员！我说到做到。”局长拍着他的肥厚的胸脯说。

老甫只好卷铺盖，悄悄来到屏风里，他指望着局长半年后将他调回去，可是，他待了足足一年，局长也不提这个事，他去找局长，局长不见他，再找，局长已经换到其他单位当局长了。老甫足足在屏风里待了四年，再过一年他就要退休了，老甫憋闷不已，所以老甫到屏风里后见什么都想骂，见什么都要骂他个祖宗十八代。

所以，这当口，老甫听见小周当着和尚的面，从鼻孔里哼出的那声“切”，把他的话头“切”断了，他头发梢子上直冒火，他想骂人，但看看小周那副好斗公鸡的样子，他暂时噤声了，他不想脖子再被这家伙勒一把，这家伙腿是瘸了，手上的力气却还在，老甫知道自己蛮干是干不过他的。

老甫请村民来凑热闹的念头只好罢了，但总有点不甘心，便问和尚：“那需要我做什么吗？师父，你别客气，你只管吩咐啊。”

和尚笑笑：“不劳烦，不劳烦，有需要时再求助二位老师。阿弥陀佛！”

和尚放下背着的包袱，从里面抽出一个小包来，打开，是一个野外旅行帐篷，三两下就在空地上支了起来，又铺上了防潮垫。这玩意小周以前在省城见人玩过，老甫却大惊小怪地啧啧不已，不时问这问那。和尚很有耐心，不喜不忧、不咸不淡地应答着，手上却不停歇。帐篷支好后，他又摸出另一个袋子，里面装的却是做法事的器物。一个木鱼，几支蜡烛，一束檀香。全都整齐地摆放在帐篷前。做好了这一切，和尚盘腿趺坐在帐篷里，轻喝了一口茶，眼睛看着老甫和小周。

破天荒地，老甫和小周不约而同地问了一句："开始了？"

和尚微笑着说："没有，10点32分开始。"

和尚的神情中有一种肃穆的东西，老甫和小周不由得也跟着庄重起来，他们点了点头，也都选择坐在离和尚不远的地方。老甫坐在操场东头的水泥做的乒乓球台上，他也试图像和尚一样盘着腿，但他太胖了，单盘双盘都盘不起来，就只好取蹲坐式。小周还是攀爬到西头那棵大枫杨树上，他一边下载德甲联赛，一边不时瞄一眼和尚。和尚微闭双眼，始终保持着端坐的姿势，一动不动，"所谓'老僧入定'大概就是这样子吧。"小周想。

于是，屏风里教学点操场上这样子就有点好玩了，一个真实的和尚坐中间，自己和小周分别坐两边，像是两个护法弟子，而且，这两个弟子还互不买账。老甫想到这里，差点要笑出声来，这要能拍个照片发到网上就好玩了。忽然，走廊上的灯光灭了。老甫知道停电了，教学点的供电由山下一个水库的小水电站供给，秋干天燥的时候水量不够就经常停电。

于是，大片的黑暗笼罩在操场上空，笼罩在他们三人的头顶上。哼子鹰偶尔传来一两声悠长的哼叫，秋虫唧唧声如雨般密集，反而衬托得四下里一片寂静。

也不知过了多久，老甫有点要睡着了，他率先站起来，坐到和尚的身边，他问："师父，要不要加点水？"

和尚欠身说："好的，那就多谢施主了。"和尚说着，把先前喝茶的口杯拿出来。

老甫从厨房里拎了一只水瓶出来，将水倒在和尚的口杯里，就顺势坐在了和尚身边："你喝，喝完了我再给你倒。"老甫以此获得了在和尚身边合法的居留权。

今天网络信号太差，小周调整了好几个方向，都没能把信号理顺，球赛下载了几分钟就卡住了。他关了手机，滑下了枫杨树。小周在枫杨树下听着老甫和和尚的对话，觉得老甫实在是太可笑了，"想凑热闹就去凑呗，非得找个借口干吗呢？没出息！猥琐！虚伪！"这样想着，他大踏步地走到和尚前面，坐下来，直截了当地问："大师，你到底是为谁做法事呢？有什么说法吗？"

和尚愣了一会儿，微笑着说："说法？佛在灵山曾说法啊。"

老甫和小周听和尚这样说，有些泄气，这和尚明显是不想说嘛。

和尚感觉到了他们俩的情绪变化，又笑了笑说："我可不敢说法，我给你们讲个故事吧。"

老甫来劲了，忙拎起水瓶倒水："大师，你喝水，你喝水。"

和尚闭了眼，像是沉入了另一个时空，他说："十五年前吧，也就是今天这个日子，下午的时候下起了大雨，铺天盖地的雨，当时你们学校的教室就在操场这个位置，处在两山夹一坞中，突然起了蛟，也就是泥石流山体滑坡，蛟水直冲向教室，那时，值班的老师是个年轻人，他从没见过这情形，当时就吓坏了，泥石流冲过来时，他正站在教室门口，他喊了一声同学们快跑，就只顾自己先跑了，一阵慌乱中，大部分同学跑出来了，落在后排的两个女生却没能跑出，泥石流冲垮了教室，泥石、砖块、山上的树裹挟着两个女生，冲出了几百米远。蛟水过去后，那个老师回过神来，拼命地去扒泥石，他扒得两手鲜血淋漓，后来，救援的人陆续赶来，直到晚上 10 点 32 分，才将两个女孩找到，但早已是两具冷冰冰的尸体了。两个女孩都只有九岁。”

和尚说到这里的时候停顿了一下。眼睛又睁开了。

“咦！月亮出来了！”老甫说。

三个人齐齐望向夜空，果真，不知什么时候，原来满天的黑云散去了，露出了白亮的满月来，能看见白月亮在云层里大鱼一样游动。月光如雪般落在操场上，落在他们的身上。山深，月大，这月光好像把他们仨黏合在一起，将他们与操场之外的世界分隔开来了，或者说，这时，他们自成一个雪白的琉璃世界了。

静了好一会儿，老甫想起了什么，连忙又倒水。

哗哗的水声中，和尚又闭了眼，开始继续说那个故事。“一看到那两个女孩子的尸体，那个年轻的老师受不了，他举着两只血糊糊的手哭昏了过去，现场有个省城记者听说了这事，采访了他和学生家长，转天，这个老师就成了名人了，他被称为‘跑得快’老师，大家都在网络上铺天盖地向他吐口水，说他在危急时刻只顾自己逃跑，而置学生于不顾，这样的老师师德何在？那老师在指责与自责中，只好离开了学校，不能再当老师了，虽然他其实是很喜欢当一名老师的。尽管后来这事平息了，别人可能也早就忘记这码事了，可是，那个年轻老师忘不了，这么多年，一到这一天，他就心神不宁。”

和尚再一次睁开眼，抬头看了看天上的月亮。

“所以……”小周说，“他就请你来为亡灵超度了？”

不待和尚回答，老甫抢着说：“是的了，我好像是听说过这件事，没想到就是我们这所学校啊，当年可是条大新闻，好像那个老师的一个手指头还被闻讯赶来的家长一砍刀给砍掉了，你说这家长还讲不讲道理？现在人都不跟你讲道理的！”

和尚摇摇头说：“不是家长砍的，是那个老师扒泥石流时手指受伤感染了，他一直不愿去医院治疗，最后只能切除了事。”

老甫还要说什么，却见和尚看了看天空，站起来走出了帐篷。

和尚在操场空地上画了一个圈，掏出一盒火柴，一支支点着了蜡烛，将蜡烛在圆圈内排列起来，等全排好了，小周才发现和尚用蜡烛排成了一个数字“9”。

九支蜡烛明黄的火光闪烁着，像九个跳舞的小精灵。和尚又取了三支檀香，点燃了，竖立在地上。这香烟像是被一双无形的手操控着，很是听从指挥，三支檀香分成三股香烟，先是直直往上升，升到半人高时，又盘旋成一团缭绕在烛光之上。

和尚做这些的时候，神情庄重，老甫和小周站在一旁大气都不敢出，只能听得见彼此的呼吸声。

一切准备就绪，和尚看看时间，又从包袱里取出一件衣服套上。即便是在夜色里，老甫和小周也能看出来，和尚换的是一身很正式的法衣。“袈裟。”老甫对小周说。小周很自然地点点头：“嗯，是袈裟。”

穿好法衣后，和尚正了正衣服前后摆，一手托木鱼，一手执木槌，向东南西北四个方向缓缓地各鞠了一躬。便开始唱起经文来：“南无阿弥陀佛……”他一边唱经，一边有节奏地敲打着木鱼，绕着那燃烧着的“9”字蜡烛转圈。和尚的嗓音月光一样明亮，月光下，檀香缭绕，烛光摇曳，和尚的袈裟上像是笼罩了一层薄光，这光是柔和的、清凉的、洁净的。老甫和小周其实根本没听清和尚念的是什么经，但他们俩却觉得能听懂，像是被袈裟上的光牵引着，他们不由得也跟着和尚绕着蜡烛转圈，他们不会念经，就一遍遍念“南无阿弥陀佛”。虽然他们也闭着眼，但是越念，他们就感觉到天上的月亮就越明亮，好像每一遍经文都是一块擦洗布，将月亮越擦越亮。

足足一个时辰，蜡烛灭了，檀香也成了灰烬，和尚重重敲打了一下木鱼，戛然止住唱，又朝着东南西北四个方向缓缓鞠了一躬。这回，老甫和小周也一同鞠躬了。

直起身时，老甫和小周望见和尚脸上此时一派空明，看不出悲喜，但又分明感觉到，此刻的和尚和做法事之前的和尚似乎不太一样，而且，空荡荡的操场上，也似乎有了和平时不一样的东西，是什么东西却又说不出来。

和尚脱下了袈裟，归整着做法事时的法器，他好像刚才已经用尽了浑身气力，额头上渗出了一粒粒亮亮的汗珠。

老甫说：“师父，从傍晚到现在你一直没吃饭呢，我们一起吃一点好不？”

小周觉得这老甫总算说了一句他认为靠谱的话，这个建议也正是他希望的，他怕和尚不同意，便热切地说：“大师，吃一点吧，百年修得同船渡啊，和我们一起吃一餐便饭也是缘分哪。”

和尚微笑着说：“那好啊，好啊，只是麻烦二位老师了。”

老甫和小周连忙表态：“不麻烦，不麻烦，分分钟的事。”两人说着，第一次共同去了厨房，也不用商量，就有了明确分工。小周洗菜，老甫掌勺。他们将各自储存的菜贡献了出来，素菜做起来也快，做了四道菜，一个油爆花生米还是当家菜，一个黄瓜段蘸酱，一个青椒土豆丝，一个素炒粉条。

和尚将帐篷里的防潮垫拿出来，垫在草地上，四个菜摆在上面，三双筷子三个碗也摆在上面了。

三个人就在草地上各坐一方，还没动筷子，老甫忽然忸怩作态，把屁股后的扁酒壶在手上颠来倒去倒去颠来，他对着天空上的月亮说："月下一壶酒，是不是有这句诗?"好像他是在和月亮说话。

小周说："什么月下一壶酒，'花间一壶酒'，你是酒瘾犯了吧?"

和尚却笑了："一切佛法不离世间法，无花有月也宜饮酒，你们二位尽管喝罢，我且以茶当酒陪你们。"

和尚这一说，老甫和小周"呵呵"地笑了，小碗里斟上了白酒。

"干。"老甫说。

"干。"小周说。

"干。"和尚也伸出茶杯。

月光下，一切东西都闪光，像银器，像水晶宫，他们坐定在草地上，低头喝酒或喝茶，举头望月亮也望山峰。

老甫说："你们看，这地方叫屏风里真是叫对了，就是一扇大屏风啊。"

"中国屏风。"小周说，"这是个好题目，可惜我现在不会写诗了。"

小周这样说着，突然"呜呜"地哭了，他一边哭一边抹眼泪，举着酒杯对老甫和和尚说："对不起，对不起，我们，干杯吧。"

"干杯!"和尚喝一口茶后，拍了拍小周的肩膀。

也不知喝了多久，老甫和小周渐渐醉了，酒是醉了，心却明了，他们看着和尚一直在陪着他俩，一直听他们说些上句不接下句的酒话，到后半夜，他们俩支持不住了，碗一放，双双倒头在草地上躺下了。身子躺下了，嘴里还没停歇。

老甫说：“你，我知道，你、你给我起了个外号，你说我、我、我叫叛徒甫志高，是不是?”

小周打着酒嗝说：“嗯，是、是的，我上课时就是这么说、说、说的。”

老甫翻了下身，四仰八叉地躺着，面对着夜空，笑着说：“嘿、嘿、嘿，我告诉、告诉你，我、我也给你取、取了个外号，你，叫，周、扒、皮，嘿、嘿嘿。”

老甫“嘿嘿”笑着，笑声刚一停下便立即打起了呼噜，中间没有一丝过渡音。

小周嘴里不停地念叨着：“不，我不是周扒皮，我、不、是、周、扒、皮。”念着念着，渐渐停滞了下来，不一会儿，也睡着了。

秋夜的风吹拂着他们，吹拂着校园，也吹拂着山林和明月，松涛声和着溪涧的流水声隐隐传来。和尚始终面色柔和，结趺而坐，一动不动。这是老甫和小周临睡之前最后看到的。

第二天早上，天色微明时，睡在草地上的老甫和小周几乎是同时醒了。他们翻身坐起，怔怔中，发现那个和尚不见了。

两个人爬起来，发现不仅和尚不见了，帐篷不见了，昨晚的碗筷连同防潮垫不见了，甚至地上的香炷灰烬也不见了，难道昨晚上的一切只是一个梦？他们赶忙去厨房里看，那些用过的碗筷已被清洗得干干净净，整整齐齐摆放在碗柜里。

老甫和小周默默走到走廊前，伸长着脖颈看着山道，想象着和尚穿着他青灰色的僧衣，背着他的佛黄色的包袱，在起伏不平的山道上高高低低走远了的情形，他走的时候，想必月亮还大亮着，也好，正好为他照路。

看了好一会儿，老甫忽然对小周说："喂，你发现没有，他的右小手指没有了。"老甫没有称那个人叫"师父"或者"大师"什么的，也没有叫他"和尚"，而是直接称"他"，好像那个人和他们俩早就很熟悉似的。

小周点点头，"看见了，我看见了。"

朝霞这个时候在东边的天空上烧起来了，烧得一派姹紫嫣红，而屏列的山峰间，从东到西，白雾似的岚气也升腾起来了，一时，群山皆在虚无缥缈间，真像中国画里的屏风了。

（原载《长江文艺》2019 年第 3 期）

铜钱铁剑

1

“爹！”阮和刚站在打铁铺前喊，“爹！”

门虚掩着，屋子里没有人应答，倒是头顶上的大叶杨在风中拍着巴掌，哗哗哗，哗哗哗。

阮和刚抬头看天，正午的日头从树叶间泼洒下来，像是一把金色的高压水枪清洗着大地上的边边角角。去城里做了这么多年洗车工，阮和刚的耳朵里每天都响着水枪喷水的吱吱声。可是，他发现，同样是清洗，现在站在淮河大堤上去听，那些嘈杂的吱吱声没有了，眼前的声音显得单纯而明亮。

大堤里面，平原上的麦子已经收割了，玉米也长到了快一人高，宽大的玉米叶在日头的清洗下，散发出青绿色的味道，玉米地的深处，有两只野雉在地垄里大声说着鸟语。大堤外面呢，是淮河缓缓流淌的水声，偶尔有一条鱼从水里蹿出，“啪”地打一个挺，而后消失。唯有大堤上，掩映在一排排大叶杨树下，这间低矮的红砖黑瓦的打铁铺里没有一丁点声响，没有阮和刚想象了无数遍的叮叮当当的打铁声。

“爹！”阮和刚又喊了一声，便推开打铁铺的小木门。屋里一片漆黑，待眼睛渐渐适应了，阮和刚看见这里面的陈设和他几年前离开时并没有什么不同。木风箱，土火灶，铁水炉，铁砧子，黑吊罐，木炭筐，以及正中央壁龛里供奉的铁匠们的祖师爷太上老君像。唯一不同的，是东边木板上挂着的成品铁器家伙少了很多。以前，一整面木板上都挂满了打好的铁器家伙，锄头、镰刀、斧子、犁头、耙脑、菜刀、扬叉，光是锄头就有耳锄、板锄、挖锄、条锄、鹤嘴锄等，现在只有两把薄薄的镰刀挂在那里，还是锈迹斑斑的，明显的，这是永远也卖不出去的了。

阮和刚匆匆扫过一遍，以他曾经的铁匠眼光判断出，确实就像庄子里回来过年的人告诉他的，父亲还一直在打铁。其实在他离开这里之前，除了偶尔能卖出一把菜刀，打铁铺早就没有了任何生意，但父亲就是不离开这里。四年前，母亲去世后，父亲索性不回家里住了，他整天待在打铁铺里，天天在打铁。庄里人问他在打什么，他总说：“打出来了你们就晓得了。”可是直到现在，他那件东西还是没有打出来，庄子里人都把这当作一个笑话说给阮和刚听，他们认为阮和刚的父亲可能脑子坏了。

阮和刚没有发现父亲一直在打的那个铁器家伙，他现在也顾不上关心那个了，他现在最关心的是铁匠炉。他蹲到炉子前，直接用手擦去外面的黑炉灰，看见砌炉基的大青砖还是原来的样子，他暗自点点头，放了心了，这铁匠炉应该还是以前的，没有换位置，那接下来就好办了。

正这样想着，门外闪进来了一个人影。

“爹。”阮和刚喊。

“刚子？”父亲说，“你怎么回来了？”

父亲刚从烈日下回来，身上好似镀了一层金光，光晕渐渐消散后，阮和刚才看见父亲肩上担着一担木炭。他一时不知道怎么回答父亲的问题，他看着那木炭，一根根齐整地摆放着，乌黑，浮面上泛着一层油性的光泽，断面照得见人影。“好炭，好力炭！”他岔开话说。

父亲卸下担子得意地说：“我叫南山的老超从江南特地给我买的，一截截都是铁栗子树烧的，用这个烧炉子烧铁条一定能打出好家伙。”

阮和刚不禁问：“你到底要打个什么东西？”

父亲胡子拉碴的，上身穿着一件破旧的黄夹克，脚上穿的一双运动鞋黑成了两个泥巴块，头发却剃成光头，这使父亲看上去像个苦苦修行的和尚，但父亲的精神很好，快七十岁的人了，依然中气十足，两眼有神。父亲揩揩汗，看了看阮和刚，说：“你回来了正好，我晚上告诉你我要打个什么东西。”

阮和刚心想：也好，晚上，我也正好对你说说我的那件事哩。要不然，没有任何过渡，一回家就对父亲说那件事，他怕父亲不同意呢，他也不知道要怎么向父亲开口。

2

下午的时候，父亲在修理一只断了柄的大铁锤，阮和刚则去了一趟镇上。他买了点卤好的猪头肉，又剁了几斤新鲜羊肉，打了一壶粮食酒，回到父亲的打铁铺里，炖上羊肉汤，又炒了几个小菜。

傍晚时分，阮和刚将小方桌搬到打铁铺前的大堤上，摆好了碗筷和酒菜，和父亲一起吃晚饭。西天上的晚霞从绛红变成了深紫，又慢慢黯淡至青灰，最后彻底成了一片粉白，一弯细细的月牙静静地挂在了大叶杨的树梢上。

父亲尝了一口猪头肉，问：“是老安家的?”

阮和刚点点头，给父亲和自己满上了一杯酒。

父亲摇头说：“不行了，老安家的猪头肉没有以前的好吃了。”

阮和刚说：“现在猪种不行了，现在是杂交猪，不是以前咱淮河的淮花猪，皮薄肉香。”

父亲说：“是的，想想也是，现在人都跑到城里去，不种田不养猪，吃的却比过去多多了，不搞这些快生快长的杂交稻、杂交猪又能怎么搞呢?”

阮和刚笑笑说：“是的呢，爹，就是这么个理。”他端起酒杯和父亲喝了一口。放下酒杯，他想说什么，嘴唇抖了两下还是没有说出来。

阮和刚已经三年没有回庄子里了，从合肥回到庄里也不过三百多公里的路，他觉得有点愧对父亲。

四年前，母亲去世，阮和刚带着老婆和儿子回来了一次，才办完了丧事，他一家子便又急急回到合肥城里。他在洗车行里洗车，他老婆在菜市场站店，儿子在装修公司搞水电安装，都是一个萝卜一个坑，请不了长假的。临走的那天早晨，他对父亲说：“要不，家里这就一把锁锁了，你也搬到合肥去吧，在合肥不做事也行，要做事，随便捡捡破烂也比在庄子里强，打铁铺就不要说了，家里那几亩地里折腾出花来也搞不了几个钱。”可是父亲不仅没有答应，还对阮和刚说：“刚子，我不去城里，我准备打一个东西，要是我一个人打不起来，你抽空回来帮我一把。”阮和刚那次也问父亲到底要打一个什么物件，父亲也回答说：“到时你就知道了。”据庄里人说，父亲在他们走后，就搬到了打铁铺，一个人天天琢磨着要打一个东西。

母亲去世后的第一年，阮和刚和往年一样，带老婆和儿子回老家过年。母亲走了，他觉得不管怎么样，不能丢下老父亲一个人在家不管。可是等他们回到家，家里却是铁将军把门，打开屋门，屋子里结满了蜘蛛网，八仙桌上灰尘积了有几寸厚，灶也冷锅也冷，这也就罢了，阮和刚带着一家人又是打扫卫生，又是置办过年的年货，父亲却一点不领情，整天待在打铁铺里不回家。除夕夜喊父亲回家吃团圆饭，喊了三回，父亲才嘟嘟囔囔地回家来，匆匆扒了几口饭，他就又回打铁铺了，他说他要琢磨他要打的那个物件。这让阮和刚彻底寒了心，从那以后，一连几年他都没有回家。他也觉得父亲恐怕真是脑子坏了。

阮和刚几年不回庄来，除了父亲的因素，还有一点就是，儿子谈了个对象，谈了三年了，却一直没有办成结婚仪式，原因是女方家要求阮和刚家必须在县城买一套商品房，姑娘才能过门。这也是现在的行情和规矩，可一套房五十多万，年年挣钱的幅度都没有房价涨得快，这愁坏了阮和刚。阮和刚其实一开始是不同意给儿子在县城买房的，他有他的打算，他认为在县城花那么多的钱买个巴掌大的地方，太不划算了，有手头这些钱，回到庄子里，起一座小洋楼，能盖得比金銮殿还漂亮呢，为什么要借债硬撑着待在城里？他这样坚持了一阵，可是到底耐不住儿媳妇那边的催逼。儿子也跟他说："为什么要待在城里？我们现在不都是待在城里了吗？"阮和刚老婆甚至更直接地说他，"现在还让你回去打铁你乐意吗？你都不落单了，年轻人能乐意？将来你孙子出世了长大了，他能乐意回到庄子里去住？"老婆文化不高，说起话来还真跟打铁一样，一锤子一锤子砸得他说不出话来，他也只好同意了这个条件。为了实现买房的目标，他和老婆省吃俭用，过春节也不舍得休息，因为那几天工资高，钱也好挣，冲着那外快，他就一连三年过年都没回来。每年除夕夜，他打电话给父亲，父亲总是说他在琢磨着打一个物件，然后就挂了电话。父亲再没有说让阮和刚回去帮他甩大锤子，当然，他即便是说了，阮和刚想自己也不会赶回去的，他想父亲一个老人，做荒唐事也就罢了，自己可不能再让庄子里的人看笑话了。

阮和刚看着父亲，不好说什么，便又喝了一口酒。这时，小南风从平原上吹过来，大叶杨又哗哗哗地响，玉米地里的土狗子也开始鸣唱了。

两个人沉默了一会儿，夜色里，彼此看不清眉目神情，他们之间好像隔着一团轻雾。

父亲突然说："刚子，我告诉你，我要打一把好剑器。"

阮和刚说："剑？铁剑？"

父亲说："嗯，我打了一辈子铁器家伙，临老了，我要打一把物件给自己。"

阮和刚说："为什么是剑呢？你也没打过剑啊？"

父亲说："我当年学打铁出师时，我师父是送过我一把好剑的，可惜大炼钢铁时被收走了，可是我一直记得那把剑的样子，那样子我闭了眼都想得出，我一定要打一把那样的剑。"

"你都打了多长时间了，还没打好？"阮和刚问。

"一把真正的好剑没有几年时间是打不好的。"父亲又喝了一口酒，"我打了废，废了打，到现在还没有打成功，所以以前我一直不对你说我要打个什么样的物件，不过，我估计我快要成功了，这一回我有信心。"

阮和刚说："怎么有信心了？"

"这些年我试了很多回了，应该能成，再说，你终于回来了呀。”父亲说。

阮和刚吃了一惊，“跟我回来了有什么关系？”

父亲说：“你在家里待几天，帮我甩大锤，你不在家，我一个人只能敲中号锤，不带劲，还是大锤甩得开。你看这次我准备得非常妥当，炭是好木炭，铁也是好精钢铁，连淬火的水也换了南山的清泉水，又有你帮着，能成！”

阮和刚心里动了一下：“是不是这把剑打成功了，你就不再打铁了？”

父亲说：“是的，这把剑是我这辈子打的最后一件铁器家伙。”

阮和刚轻松起来，他没想到，他一直不好向父亲说的那件事这么快就有了解决的办法，他高兴地说：“好，爹，我帮你甩大锤！”

3

父亲心情很好，喝了酒，吃了一大碗饭，就着自来水，在大堤上冲了个澡，就回屋里睡了。

阮和刚清洗收拾好碗筷，又下到淮河湾里清洗了一下自己，便搬出了屋里的木凉床，铺了一条毛巾被，他决定今晚就睡在大堤上，这个季节不冷不热，正是睡大堤的好时光。阮和刚吹着口哨，应和着大叶杨“哗哗哗”的声音。以前，他就喜欢这样。在打了一天大锤后，他就躺在大堤的草滩上，吹着口哨，仿佛那些大叶杨的叶子都是他的厚嘴唇。自从进了城后，他就很少这样吹口哨了，在洗车的时候是不能吹口哨的，那样子，会让老板和客户认为他漫不经心，而回到他和老婆租住的那间小房子里时，那逼仄的空间里根本放不下他的口哨声，再说，没有了淮河水的流淌声、大叶杨的哗哗声，这个口哨怎么吹都没有那个味道。阮和刚吹着吹着，就在自己的口哨声中睡着了。

睡到半夜的时候，阮和刚突然醒了，他是被自己惊醒的，睡梦中，他好像听到一个人问他：“你就确定你父亲这次能成功？要是不成功呢？”问他的人面孔模糊，但口音和语气有点像文玩市场的那个瘦得像根细竹竿子的小老板。

阮和刚睡不着了，他也没心思吹口哨了，是啊，父亲要是这次还不成功呢？一直这样无休无止地打下去呢？那自己怎么办？

阮和刚坐起来，看着低矮的打铁铺，听到父亲一长一短的呼噜声。他爬起来，轻手轻脚地走到屋里，再一次用手摸摸铁匠炉的炉基。一小片的微光照着土炉，像贴着一张陈年的标签。阮和刚定定地看着炉基。他好像看见了炉基底下那枚“乾隆通宝”的铜钱了。

父亲说他闭着眼睛都能想起那把铁剑的样子，其实，阮和刚闭着眼睛也能想起埋在炉基底下的那块铜钱的样子。

那枚“乾隆通宝”原先是挂在父亲的烟袋杆上的，它全身金黄，一面是“乾隆通宝”四个宋体字，另一面是好看的龙凤图案，握在手里沉甸甸、凉冰冰的。小时候，阮和刚喜欢一手拎起父亲的烟袋杆，一手拨动旋转那枚铜钱，金光闪闪的铜钱迅速地转动，转成一团金光。父亲也说不清那枚铜钱最初的来历，只知道是祖上留下来的，而它挂在烟袋杆上也再合适不过。阮和刚几乎天天玩它，因为小时候也没有什么玩具，他把它含在嘴里，贴在胸口，夹在腋下，凑在眼前，他莫名地喜欢这枚铜钱。

后来阮和刚长大了，跟着父亲学打铁出师的那一年，父亲决定在村口淮河大堤上盖一个打铁铺，将来作为他们老阮家长久的营生。打铁铺里盘炉灶时，按照砖匠师傅的说法，是要放一枚铜钱垫在炉基下的，可以避邪驱鬼招财进宝。那时候家里找不出别的铜钱，父亲就将烟袋杆上的这枚铜钱扯下来塞到了青砖下。当时，阮和刚还有些舍不得，可是父亲说："打铁铺兴旺了，我们老阮家就兴旺了！"阮和刚也就没再阻拦。

阮和刚跟着父亲打铁打了几年，生意越来越做不下去了，他后来就带着老婆到合肥打工，打铁铺里就只剩下父亲一个人了。

阮和刚在城里几乎都快忘记了自己家还有那么一枚铜钱。上个星期，阮和刚下班后吃了晚饭，一个人窝在出租房里看小电视。那天，他心情不好。未来的儿媳妇又下最后通牒了，说是三个月之内要是还不能买房，她就不能再等了。儿媳妇也在合肥打工，在一家高档服装店收银，收入比儿子还要高。她说："我也不要穿什么高档衣服，也不吃什么山珍海味，就想在县城里有个小窝，将来有了孩子上学也方便，这也不是过分的要求吧？"这最后通牒一下，阮和刚老婆只好又买了点水果去看望慰问儿媳妇，表明老阮家这边正在想办法。

阮和刚其实在心里头盘算了好久，这几年苦挣苦省，眼下离购房目标还差个小十万，这笔钱有难度，但他想好了，真不行，就厚着脸皮找亲戚朋友借吧，虽然他这一辈子最怕的就是背债过日子，但为了儿子又能怎么办呢？

想是这样想，心里头终归不舒服，他懒懒地看着电视，心里估算着，可以向哪些亲戚借钱，能借到多少，又怎么去开口。正想着，阮和刚忽然在电视屏幕上看到一枚铜钱，模样是那么让他熟悉，简直跟他小时玩的那枚分毫不差嘛。

阮和刚不由得瞪大了眼睛。

这是一档鉴宝栏目，那枚铜钱正面、背面在屏幕上被反复放大播放，一旁的专家在做鉴定，最后，那位专家说，这枚铜钱品相完好，铸工精良，是苏炉所铸，存世量小，市价约在八万到十万元。

从此，那枚埋在炉基砖块下的铜钱就每天在阮和刚的眼前旋转，旋转出一团金光。阮和刚想，八万到十万，这不正好填补了儿子买房的空缺吗？

为了证实铜钱的价值，阮和刚又到书店里买了《铜币收藏大观》，果真找到了“乾隆通宝”的图片，这回书上面标价是二十万。阮和刚还不放心，他又请了假，去了古玩市场，问了几位摊主，其中一位瘦成根细竹竿子的小老板对他说，只要货真相好，拿过来，这枚铜钱八万元他就收了。

阮和刚还不敢过早对老婆和儿子说这个事，他回来之前对他们说，他回老家找找亲戚朋友，看能不能借到钱。

现在，阮和刚就蹲在那枚铜钱的身边，他离它是多么地近啊。隔间里父亲的呼噜声停止了，嘴里嘟嘟囔囔的，他大概也是在做梦，不知道说些什么，阮和刚赶紧站起来，蹑手蹑脚地走到外面。

4

一早起来，阮和刚就接到洗车行老板的电话，老板让他尽快回去，这一阵子店里业务很好，人手忙不过来。阮和刚嘴里嗯嗯答应着，心里想，不管了，真回不去就拉倒，眼下最重要的是抡好大锤，让父亲打成功那把要命的铁剑来，然后，他就可以扒了那个老炉灶，捡起那枚古铜钱来了，只要这个事办好了，丢了那破工作又有什么要紧呢？

父亲也早早起床了，他点燃了炉子，拉起了风箱，先是煮开了吊罐里的水，泡好了大叶茶，然后又淘了米放在吊罐里，坐在炉子的上方，这样利用烧铁的余火就可以煮熟一罐米饭，一切流程和以前一样。父亲拎了一把大锤出来，对阮和刚说："试试?"

阮和刚当年也是一个好铁匠，他知道父亲是要他试试身手，他点点头，接过大锤。锤把是昨天父亲修理好的，他看了父亲一眼，原来父亲昨天就谋划好了啊。新修的锤把长短适中，光滑顺溜，并且从上往下走了一个小小的弧线，用这样的大锤，省力，称手。

父亲折了一根杨树条，拿在手里掂了两掂，用其中一头蜻蜓点水一样点着面前的一个柴垛。阮和刚看了看，随后闭了双眼，竖起耳朵，凝神听着那轻微的点击声，慢慢拎起了大锤，运劲，举起，甩动，朝着点击声砸下去。父亲点一下，他砸一下。凭着那节奏和声音，他知道，他打得很准，角度没有一下走偏，力量没有一下走虚，丢了一二十年了，他的技术竟然还在。一下又一下，阮和刚感觉自己变年轻了，变回了二十多岁的时候，这种感觉，是他在洗车行上班时从没有体验过的。打了几十下，父亲快速地在柴垛上点了两点，这是停止的信号，阮和刚也捕捉到了，他及时地悠悠地收束住了大锤，收得干净而又不吃力，像一只飞翔的鸟悠悠地收住双翅飘然落地一样，这也是功夫。他睁开眼，父亲满意地点点头。

吃过了早饭，他们都穿上了厚布罩褂。开始烧铁，像以前一样，父亲在铁炉上看着火候，阮和刚在炉下拉扯风箱。

火炭烧起来了，火焰发着咝咝的蓝光，这真是好火炭。父亲从柜子里拿出一根熟铁条，又拿出几片生铁片盖在铁条上。阮和刚知道父亲果真是上了心了，那铁条一看就是很好的弹簧钢，而盖上生铁片，就是让生铁化成水，均匀地渗入到弹簧钢里，生铁与熟铁相融，能使剑的刃口极为锋利。这个“加生”的技术父亲平时一般是不用的，因为它需要反复锻打，淬火，弄得不好就前功尽弃。

父亲用铁钳夹着铁条和铁皮，阮和刚不停地扯拉着风箱。火势越来越旺。乌黑的铁变红了，红得越来越深，生铁和熟铁拥抱着融为一体，最后近乎通体透明。

阮和刚知道，时候到了。

父亲的左手一抖、一撂，那通体红色透明的铁被搁在了铁砧子上，右手抄起小锤，在铁砧的尖角一点，轻轻地磕了一下红铁条，叮！阮和刚早已拿起大锤，随着父亲的碰触，迅速地砸上去，当。

叮当！叮叮！当当叮！叮当当！

铿铿锵锵，铁花四溅，叮当有序。父亲不停地翻动着铁条，指点着锻打的部位，阮和刚甩动大锤，应声而至。在不断的锻打中，铁条慢慢成了一柄剑的雏形。铁条的温度慢慢降下来，这时，它又恢复了青灰的颜色。

父亲停住了，阮和刚也随之停下。他们俩已经一身汗透，阮和刚喘着气，一摇头，汗水簌簌地从额头上滚落。

父亲非常满意这次效果，他冲着阮和刚笑笑，又将铁条伸进了炉里，要再次进行烧炼。阮和刚忙又蹲回到风箱前拉扯起风箱来。

一天下来，到了傍晚，父亲决定进行最后一次回炉锻打。在这之前的反复回炉与锻打中，阮和刚和父亲一样信心十足，他甚至忘记了别的事，洗车行、儿媳妇的房子、铜钱，都丢开了，他把自己完全交给了手中的大锤。可是，临到这最后一次锻打时，他丢开的那些又回来了，假如这家洗车行开除了他，那去哪一家找工作呢？儿媳妇看中的那房子这两个月不会又涨价吧？铜钱，铜钱不会自己长腿跑了吧，据说宝物是会自己跑的，还有，那铜钱不会是自己看走眼了吧，是另外的并不怎么值钱的铜钱……这样一想，阮和刚的手脚有些乱，几次都没跑上父亲的锤点，部位和力度也不对。父亲不停地用小锤提示他，勉强打到最后一锤，父亲停下来，气呼呼地骂："你脑子想什么？是不是丢了魂了？"

阮和刚满脸羞愧，不敢看父亲。他不仅不敢看父亲，也不敢看父亲接下来的另一个关键工序——淬火。他不知道结果会怎么样，他越来越害怕，也越来越焦躁。

阮和刚低着头一个劲地拉扯风箱。过了一会儿，他听到"嗞——啦——"淬火的声响。他慢慢抬起头，看父亲。父亲看着手中的铁器，面色青黑，"哐当"一声，那把废了的剑被他丢在了地上。

这时，"哐当"一声，日头也落下了淮河湾，天地一片漆黑。

5

一连十天，父亲和阮和刚打制那把铁剑，总是在淬火一关上过不去。淬火靠的是经验，主要是淬火的时间点，下水早了，铁器硬度不够，下水迟了，又影响韧性。父亲是个老师傅，有足够的经验，按道理是不会出现这个问题的，可为什么总是得不到一个理想的结果呢？父亲把这归罪于阮和刚总是在最后关头魂不守舍、甩不好大锤。

那十天里，父亲疯了般，每天起早歇晚，铁青着脸对付着那一条铁，阮和刚稍一分神，他便劈头盖脸地骂他一顿。

其实，阮和刚自己也没有好脸色。洗车行老板发火了，再不回去他就不用去上班了，前面没结清的工资也没有了。老婆也一天一个电话，问他到底出了什么事，钱到底借到了没有？阮和刚的嘴唇四周起了一圈燎泡，手掌因为甩锤也磨出水泡，他觉得自己浑身都长满了泡泡，他就是一只无路可走困在井底的癞蛤蟆。

第十天晚上，月亮由原来的月牙儿长成了大半圆，月光像水一样流进了打铁铺里。阮和刚烦躁得睡不着，偷偷走到打铁铺里，又来到炉边，看着炉基，猜测着那枚铜钱的模样，他真不想再费劲去陪父亲打那个什么铁剑了。炉边地上躺着那把没有成型的铁剑，月光为它镀上了另一层色泽，一只黑头蛐蛐子长须抖动着，在炉基边搓手搓脚，好像拉魂腔戏台上的奸臣在嘲笑他，又像极了洗车行的那个刻薄老板。阮和刚顺手拿起废了的铁剑，他的心里突然充满了怨恨，他怨恨父亲，怨恨这不争气的铁，怨恨这只得意扬扬的蛐蛐子。他一伸剑，将剑头插在炉基下，试着去撬动那块大青砖。

大青砖纹丝不动。

月光纹丝不动。

剑刃旁的蛐蛐子也纹丝不动。

阮和刚一撒手，转身跑出了屋子。阮和刚没有心思去吹口哨了，他想，早上一起来，他就对父亲明说了，对不起，他要拆了炉子，拿了铜钱，让那把剑滚得远远的吧，真不行，就丢到淮河湾里喂泥去。

可是早上起来，父亲却先对阮和刚说了：“停一停，停一停，今天不打了，你怎么老是失魂落魄的？”

阮和刚正不忿着呢，他吼道：“我要去上班了。你可知道，我不去上班，你孙子就凑不够买房子的钱；凑不够买房子的钱，你孙子就娶不到媳妇！你说，这一摊子事，我能不分神？”

父亲愣住了，他看着阮和刚。

阮和刚把头扭到一边。

父亲说：“你这不年不节的回来，原来不是特意来帮我打铁剑的？”

阮和刚说：“不是！你打那个剑到底有个什么用？是能吃了还是能喝了？反正我不干了！”

父亲像被一把大锤子狠狠砸了一下，他身子晃了晃，又稳住，呆立无言，过了一会儿，他叹了一口气，颓然坐在炉前的小马扎上。

阮和刚本来想索性现在就对父亲摊牌，说说铜钱的事，可是，看见父亲那伤心的样子，他一下又说不出口来。

“好吧。”父亲抬头说，“你去城里上班去吧，我不耽误你。”父亲说着，往大堤下的淮河湾里走，他走得歪歪倒倒的，像是一下子老了很多。

看着父亲的身影消失在大堤下，阮和刚一屁股坐到了地上，眼泪哗啦啦地流了下来。他觉得自己失败极了，上下老少他都没有照顾到，儿子要结婚，自己到现在还凑不够买房的首付钱；几年不回来看父亲，一回来却要动父亲的铁炉子。他知道他伤了父亲的心了，父亲辛苦了一辈子，连省城合肥都没去过一次，他打了一辈子铁，最后临老了不就是想给自己打一把好铁器吗，这又有什么错？

阮和刚走到大堤下，却没有看见父亲，他望向前方，一抹河洲边，横着一条小木船，洲上的芦苇扬絮了，掠过河洲，是淮河的另一岸，能看见一些大树挺立在岸边。阮和刚听父亲说过，说是淮河就是怪，它分出了中国的南和北，河南岸和河北岸就隔着一条河，物候却大不一样。比如，同样是大叶杨，河北岸的叶片正面是朝下的，而河南岸的却是朝上的。阮和刚没有认真去比较过这个，但他想，他和父亲或许就像这河两岸的物候，差别太大了。

傍黑的时候，父亲回来了，浑身带着一股浓烈的青草的气味。

“你没走？”父亲问阮和刚。

阮和刚说：“我还是帮你打成功那把剑吧，你一辈子就这一个念想了，我不帮你谁来帮你呢？”

父亲愣了一下说：“好，明天，明天是最后一天，我们父子俩试最后一次。”

父亲说着，从屋外抱进了一堆草。

阮和刚说：“红蓼草？你扯这么多红蓼草做什么？”

父亲说：“我师父告诉过我的，红蓼草浸到水里淬火是再好不过的了。”父亲一边说，一边将红蓼草均匀地浸入那大水桶里，空气里弥漫着一股红蓼草的清香。

红蓼草就长在淮河滩上，红色的穗子如一根根小辫子一样，一到秋天一片片占据了河滩，会引来一群群南飞的大雁。阮和刚不知道红蓼草还有这种功能。闻着这久违的清香气息，阮和刚的心情平静下来。

6

这最后的一天，父亲反而不急了，上午早饭后，他把壁龛里祖师爷像好好地擦洗了一遍。瓷像经过这一番擦洗，太上老君的脸庞顿时生动起来。

老君像也是起打铁铺时从集上请回的，阮和刚记得请回老君像的那天，父亲还告诉他，是先有老君炼丹后才有了铁匠这一行的，铁匠与道士是师兄弟呢，铁匠是师兄，道士是师弟，所以，道士化缘到铁匠铺，要主动向师兄问好，铁匠要给予热情接待，道士若不守此规，铁匠就可以罚道士跪在炉前认错，如果道士还不认错，铁匠就可以用钳子、铁铲打道士，甚至可以将火炉翻过来套在道士头上，这叫“戴纱帽”。

父亲说这个时，脸上满是自豪，后来，每天跟随父亲打铁，阮和刚都盼望着有一个来自远方的道士走到他们打铁铺前，向他们拱手行礼，喊着“师兄”，那他和父亲就请他喝好茶吃好饭。或许，这个打铁铺太小了，那么些年一直没有等来一个道士。不过，起初的那些年，打铁铺里可真是兴旺，每天从早到晚打铁声不绝，来买铁器的人都踩矮了门槛，远的甚至连河南淮阳那边都有人来买呢。父亲把这归功于祖师爷照顾，每年正月开工，都要郑重地请香，跪在祖师爷像前三拜九叩。后来，不知道从哪一年起，一年打不了几件铁器，父亲自己也疏忽了，过年时也就不再祭祖师爷了。

父亲擦洗完祖师爷的瓷像，又郑重地在铁砧边摆了一把锋利的小刀，也不知道他做什么，他一个人安静地做着这一切，不让阮和刚插一下手。

一切妥了后，他戴着草帽，走到大堤下，躺在淮河湾的草地上睡觉了。阮和刚也就躺在凉床上，吹口哨，逗着大叶杨，听着淮河水，这几天也实在挺累的，所以躺着躺着，他也睡着了。他眯了一会儿眼，忽然感觉到眼皮上闪过一片黑影，急忙睁开眼，却看见打铁铺里跑进来一只大老鼠，比猫还大的老鼠，这老鼠对着炉基，尖嘴一拱一拱，脚趾一掏一掏，“哐当”一声，掏出了那枚铜钱，大老鼠尖嘴里叼着铜钱，冲着阮和刚得意地笑了笑，往屋外窜去。阮和刚急了，拔腿撵去。大老鼠越跑越快，阮和刚紧追不舍。大老鼠跑着跑着，一转头，跳到淮河水里，刹那不见了。阮和刚急得一身汗，他也“扑通”一下跳到河水里，却怎么也打不到那只大老鼠了。他拼命地在水里游啊游啊，扑腾着，叫骂着，“死老鼠，死老鼠!”一口气憋不住，他挣扎着醒了，才明白这是一个梦。

明知是一个梦，阮和刚还是爬起来，去到打铁铺子里看了看，确认炉基完好无损，才回到屋外。

到了晚上，阮和刚才明白父亲为何要选择在今天晚上打铁了。原来这天是农历十五啊。

月亮升得好早，日落月升，浑圆的月亮从大平原上冒了出来，照得淮水像银子一样，照得淮河大堤发着光。父亲和阮和刚吃了晚饭，下到淮河湾里洗了澡，回到打铁铺里，屋子里也亮堂堂的。父亲点了三炷香，恭恭敬敬地点燃了，在铁炉四方拜了几拜，口中念念有词，将香插在了火炭中。

点炉子。

拉风箱。

烧铁条。

父亲没有拉亮电灯，而是借着月亮的光亮做着这一切。月光，炉火，炭焰，红铁，光亮将他们身影投射在四壁，这些光影组成了一个奇异的时空，将父亲和阮和刚包裹在中间，将他们与外面的世界分隔开来。

铁烧好了。

小锤准备好了。

大锤也准备好了。

叮!

当!

叮叮!

当当!

叮!叮!

当!当!

月亮应该是升到半空了,更多的月光流淌进了屋子里。火花纷飞,月光也像大雪一样纷纷扬扬,父亲和阮和刚在火花与雪花中挥汗如雨。

阮和刚越打越起劲,大锤升起、落下,划出月升月落的红色弧线。手臂上涌出源源不断的气力,已经不是他在使着锤子了,而是大锤在带动着他。他觉得自己的双臂完全伸展开了,像一棵树向着天空伸展开枝丫,这种伸展是他在洗车行里从没有过的。他抬眼瞧看父亲,父亲两眼放光,不知什么时候,父亲竟然脱去了罩褂,脱去了内衣,全身一丝不挂,他挥舞着小锤,像走在一堆云里。阮和刚再看看自己,自己不知什么时候也脱去了衣服,月光给自己的身体镀上了一层金色,光影流动。阮和刚忽然哼出了一首歌:“张打铁,李打铁,打把剪刀送姐姐,姐姐留我歇,我不歇,我要回家打夜铁。”

这是小时候,庄子里的小孩子们唱的,几十年了,阮和刚却一下子全记起来了,唱得一点也不打磕绊。

阮和刚刚哼了头两句,父亲也紧跟着哼了出来:“张打铁,李打铁,打把剪刀送姐姐,姐姐留我歇,我不歇,我要回家打夜铁。”

歌谣缠绕在一片叮当声中。

阮和刚一下子恢复了一个曾经的铁匠的骄傲。

月光下,歌声里,一把铁剑渐渐成型,一旁的水桶里,浸泡着红蓼草的泉水收进了月光,收进了歌声,正等待着一把剑最后的淬火。

阮和刚听见父亲的小锤轻快地点了两点，发出了休止的信号，他立即退马步，垂小臂，一招白鹤亮翅收回了大锤。

父亲一手夹着铁剑，一手却竖起中指在铁砧旁的薄刀片上快速一划，“哧”，父亲的中指被刀片割破了，一定被割得很深，一缕鲜血箭一般直接喷入淬火的水桶中，喷入水桶里浸泡着的红蓼草上，那把铁剑也随之入水，“嗞——”铁与水、与草、与血相碰，一阵轻烟飘进了明晃晃的月光里。

阮和刚惊叫一声：“爹！”

父亲凝神看着手中的铁剑淬火于水，一动不动，如一尊瓷像，但阮和刚从父亲的须眉颤动中知道了这回的结果，他又喊了一声：“爹！”

（原载《福建文学》2017 年第 11 期）

斗猫记

1

朱为本一进到院子里，就发现了那只猫。他心里立即咯噔了一下。

虽然天已经黑了，但他还是一眼就看见了那只猫，当时他并没有看出来是一只白猫，他怀疑自己是不是眼花了，家里怎么突然就多出了一只猫，而且还是一只白猫，瓦庄人家养的猫多是黄色的、黑色的，顶多再有个黑白相间的，这种纯色的白猫可是从没有过的。

朱为本揉揉眼睛，堂前昏黄的灯光射在门外，射出了一条河水样的光带，他往前走了两步，这回他看清了，就是一只白猫，一只肚皮快拖到地上的白猫。不知道这白猫是哪个品种，眼睛珠子是蓝色的，鼻子却出奇地红，红得透明，一张猫脸从鼻子往下突然变得阔大歪曲，像出生时不小心被牛蹄子踩过一般。他歪了歪头，又发现这是一只怀孕的白猫。灯光把他的身影投到了白猫跟前，白猫抬起头看了他一眼，冲着他，有些讨好般妩媚地张开了嘴，撑开嘴边几根长长的胡须，露出灰白的牙齿和猩红的舌头，像笑，又像哭，然后低下头去，继续吃盆里的美食。白猫的奇怪长相和神情让朱为本的心又重重地咯噔了一下。

闻着那鲜香的气味，朱为本知道白猫正在吃的是泥鳅拌饭。泥鳅是他早上出门前从王德胜那里买的，因为小森爱吃泥鳅，尽管有点贵，想想那可是王德胜张笼子得来的土泥鳅，他还是狠狠心买下了。现在，他觉得这是一个笑话，一个莫大的讽刺，那么好的泥鳅，给狗吃给猫吃。朱为本知道这又是老伴王翠花做的好事，这个女人，不知道是哪根神经搭错了，信了什么教，一天到晚神神道道，见到他踩死一只蚂蚁也要假模假样地念上几句经文。“都这样了，你还念什么经文，你还装大善人，有个屁用!”他立即感觉到一束束愤怒的火苗泥鳅一样从他的头脑里往外钻，他抬起了他的脚，脚背弓紧，脚尖绷直，他穿的是厚帮子橡胶底的老帆布棉鞋，重重实实的，这一脚踹过去，他觉得管它白猫黑猫都是一只死猫。

还没等他把脚抬到最容易发力的高度，堂前钻出来一个小小的人影，“扑通”一下冲到了河水一样的光带里。

“爷爷，爷爷，猫，猫!”

朱为本的脚放下去了，他不得不放，因为孙子朱小森像一个溺水的人一样，冲上来就抱住他的大腿，这是朱小森的习惯性动作。只要朱为本从外面干活回到家，朱小森见到了，第一个动作就是不管不顾地冲上来，一把抱住他的大腿，将头顶在他的大腿上蹭来蹭去，嘴里哼哼着：“爷爷，爷爷。”小家伙知道他这样一哼哼，朱为本就会从口袋里掏出许多好吃的东西，包子、油条、麻饼，当然最多的还是冻米糖。朱为本有一手做冻米糖的好手艺，一到腊月里，就被镇上的糕点厂请去做冻米糖，他收工回家前，就从案板上揣上几块冻米糖，带给小孙子吃。

朱小森的头又在磨蹭他的大腿了。往常一磨蹭，朱为本就觉得心尖尖上都痒爬爬的，别说几块冻米糖了，要他的命他都愿意给朱小森拿了去。

可是现在，朱为本摸摸口袋里的东西，再看看朱小森，他觉得自己的腿是木头做的，是铁块做的，木木的，冷冷的。他一挪腿，朱小森差点被他带跌倒了。他扒开朱小森紧紧抱着他大腿的小手，走到了堂前，不理会朱小森在身后叫："爷爷，糖，小白猫要吃糖!"

朱为本冲着厨房里的王翠花喊："哪里来的猫？你马上给我撵走！要不然我就一脚踢死它!"

朱为本的声音有些大，打雷一样，震得堂前的茶壶都嗡嗡响。

王翠花像一只被雷声惊吓的鸟，吃惊地飞到了堂前，她说："什么？朱为本，你说什么？你再说一遍!"

王翠花自从信了神以后，脾气好多了，但她一贯泼辣的作风也不是一下子就能消失的，她这一问话，让朱为本沉默了几秒钟。朱为本看着王翠花，他的手又摸了摸口袋，他几乎就要说出那句话了，今天快憋了一天的那句话，可是看着王翠花那样子，他又像吞了黄连一样，把那一句话又硬生生地囫囵吞下去了，他咳了咳，重复了一遍刚才的话："我是说，哪里来的猫？你马上给我撵走！要不然我就一脚踢死它!"他说着，转身往他睡觉的房间里走。

王翠花说："咦！朱为本，老本，你今天吃了朱砂了？这只猫是早上跑到我们家的，它都怀了小猫了，饿得都快死了，它到我们家来，那是跟我们家有缘，那是神的意思，我养它养定了!"

这个时候，朱小森又迈着小步，鸭子一样，一晃一晃高高低低地冲到了朱为本的面前，又一头扎在他的两条大腿之间，蹭来蹭去的："爷爷，猫要吃糖，糖呢？"

朱为本一甩腿，吼道："没得糖！"

朱小森被朱为本一甩，一屁股跌倒在地上，他不知道朱为本为什么突然冲他发这么大的火，爷爷可从来没有这样对待过他啊。他又惊恐又委屈，"哇"地放声大哭了起来，一边哭一边两条腿划拉着地。

王翠花一把抱起朱小森冲着朱为本喊："老本，你什么意思？腊月皇天的，你发哪门子疯？"

朱为本不理会王翠花，他又哽了哽喉咙，"砰"地关上了房门，一仰身躺到了床上，扯起被子把头和脸都蒙了起来。

王翠花的嗓门大，她的怒吼声穿透房门和棉被，"嗖嗖"地钻进朱为本的耳朵里。"朱为本！你到底要哪样？你耍什么威风？我知道你是看不惯我信神，可是，我信神碍你什么事了？我碍了做家务事了？家里的菜园，家里的茶饭，不都是我弄的？你这个没良心的！哦哦，森森，不哭，你个死爷爷，我们再不要理他！我们看猫去！"她一边骂朱为本，一边哄着朱小森。

朱小森的哭泣声小了，王翠花的骂声也歇了。朱为本把头脸伸出被子外，长长地叹了一口气，呆呆地看着头顶上的天花板。不远处，零星地传来几声鞭炮声，把屋外漆黑的天空炸出零星的亮光，那都是小孩子们放着玩的，这也预示着，年关到了，再有十来天，就要过大年了。"可是，我这个年怎么过呢？"朱为本又长长地叹了一口气，与此同时，两道眼泪也长长地从他脸庞两边流了下来，"可是，我这个年怎么过呢？"他抹抹眼泪，抹得整个手掌心都湿乎乎的，可见眼泪不少，他都多少年没有淌过眼泪水了啊。

他听到王翠花和朱小森还在堂前逗那只白猫，"喵呜——喵呜——”地叫着。“家要败，出妖怪啊！”朱为本抹掉了眼泪，心里恨恨的，“明天，无论如何，这只古怪的白猫都要滚走！一定要滚走，滚得越远越好！”

2

一早上醒来，朱为本就觉得鼻腔里像塞满了棉絮一样，呼吸不畅，大概有点感冒了。他昨天晚上没吃晚饭，倒到床上就睡，其实也并没怎么睡着，过了好一会儿，王翠花推开房门，抱着睡着的朱小森进来，准备塞到他床上去。

朱小森虽然还只是个五岁的小孩子，可是小娃子身上三把火啊，小家伙身子就像个小火炉。朱为本本来身体火气就不足，一到冬天更是怕寒怕冷，每天晚上，朱为本都把他带在身边睡觉，任由朱小森把一双脚搁在他的肚子上。他享受着朱小森身上小火炉样的温暖，也享受着朱小森一忽儿翻过来一忽儿翻过去的莽撞，甚至，朱小森在梦中蹦跳着两只脚，踢得他肚子生疼，他也喜欢。而每当朱小森在睡梦中不安分地动着，嘴里忽然冒出一阵阵“咯咯咯”的笑声来时，他更是心里乐开了花，一边为朱小森盖好被子，一边更紧地抱着他。

可是，昨天晚上，朱为本一把推开了王翠花：“不要，不要，我不要他睡我床上！”

王翠花说：“咦？烧香惹得鬼叫，好心得不到好报，那小森可就跟我睡了！”她说着，将朱小森抱回到东边自己房里去了。

朱为本犹豫着要不要起床，镇上糕点店的老板来电话了，让他今天务必去帮忙，最好晚上就住在镇上，加两三天晚班，临近过年，糕点需求量大增，厂里连夜生产都不够供应的。朱为本昨天请假到市里去后，店老板打了几个电话，朱为本都没有接，那时的他不想接听任何人的电话。这中间，他拿出手机，几次想拨通儿子朱小林的电话，但拨了又挂，拨了又挂，他不知道怎么对儿子说，更不知道，一旦对儿子说了，对他们这个家意味着什么，那就是天塌下来了啊。古话说“天塌下来了有高个子顶”，朱为本想，那都是骗人的鬼话，现在，他老朱家的天就要塌下来了，有哪个顶呢？哪个都顶不起。王翠花？她虽然一天到晚神啊神的，其实去年因为高血压，轻微中风了一次，医生说，尽量不要情绪激动，再中风就不好弄了，所以，王翠花能知道这个事吗？不能。儿子朱小林？这个傻瓜，初中毕业就在外打工，打了这么多年，人家把他卖了他还能帮人家数钱，他要知道这个事，怕是死都要死几回了。那剩下就让他老本来顶？朱为本摇摇头，他知道了那件事后，第一个念头就是，自己再不去镇上打零工了，辛苦死了，为了谁呢？反正以后自己在村里是抬不起头来了，死挣活拼的，又有什么用？

朱为本的脑子里一晚上都是一场混战。天亮了，他突然害怕天亮，天亮了，这一天可怎么过呢？现在糕点店老板让他去镇上加班，仿佛是给他一个逃避的机会。先去躲两天再说。

朱为本冷着脸下床，洗脸，然后来到堂前，看到桌子上摆着一碗泥鳅面。显然是王翠花为他准备的。他看看厨房，王翠花正在煮猫食，水汽缭绕在她身体前后。朱为本愣了一下，低头吃面。王翠花不理会他，在厨房里玩耍的朱小森似乎已经忘记了昨天晚上的遭遇，一见到他又一颠一颠地跑过来了。

“爷爷，爷爷，猫要吃糖。”他又一头扎在朱为本的两腿之间，磨蹭着，哼哼着。

朱为本习惯性地抬起手要像往常一样摸摸朱小森，刚抬起手，他就停住了，“哼!”他像没有朱小森这个小孙子一样，继续吃他的面。他一言不发，吃相凶狠，大幅度地咀嚼着，像要把什么东西咬碎似的。吃完最后一根面时，他摸摸自己的脸，竟然又是湿乎乎的。他决绝地把朱小森紧抱着他大腿的两只小手掰开，把朱小森靠在他大腿上的小脑袋推开，站了起来，他对一团水汽中的王翠花说：“我到镇上糕点店去，这两天晚上不回来，你必须把那猫给我撵走！免得我回来时，再见到它!”

他没等王翠花回话，转过身到院子里，骑上自行车就走了。

朱为本把自行车蹬得飞快，他不想在村口碰上别人，但偏偏没骑出村子，就被王德胜拦截下来了。

“老本，新鲜泥鳅，要不要?”王德胜拉住他的自行车龙头把子问。

朱为本摇摇头，作势要骑上车。

王德胜索性叉开两条腿，夹住了朱为本的自行车前轮。朱为本知道，王德胜卖泥鳅是假，要向他说他孙女儿的事是真。果然，王德胜没有任何过渡，直接上来就说：“我家花妹要回来过年了！这泥鳅你不买给你孙子吃，我就留着给我孙女儿吃!”

王德胜的儿子在外打工认识了一个贵州女人，两个人也没扯结婚证，稀里糊涂地就过到了一起，后来生了一个女儿，叫花妹。花妹一生下来，还没满月，小两口就又一起出去打工了，丢下了花妹给王德胜老两口子带，带到了三岁，贵州女人有一天回来把花妹带走了，再也没有回来。原来，那个贵州女人早在老家有了老公，她老公找到了工厂里，把她痛打了一顿后带回了家。这样，王德胜的儿子突然就没有了女人，也没有了女儿。王德胜的儿子似乎无所谓，照样在外面打工，听说很快又搭上了一个广西女人，但王德胜老两口就不干了，好好的一个孙女，亲手带了三年了，怎么说被领走就领走了呢？“花妹多乖啊，既聪明又懂事。”王德胜说，“她才三岁的小人哪，就晓得我每天做事回来倒水给我喝哪。”王德胜老两口子日思夜想，想得人都瘦脱了形。实在忍不过，王德胜去了一趟贵州，要把花妹要回来。可是，贵州那边人说，要人可以，得拿三万块钱的生育费。王德胜天天起早摸黑张笼子逮泥鳅，上个月终于凑足了三万块钱，这下，就能把花妹要回来了。

看着王德胜喜滋滋的样子，朱为本心里又“咯噔”了一下，他有些羡慕王德胜了，他看看王德胜身后的泥鳅桶，一条条泥鳅聚集在一起，像开庆祝大会，庆祝花妹回到瓦庄的王德胜家。朱为本木木地说：“花妹、花妹要回来了，好，真好！”他说着，将自行车猛地往后一退，退出了王德胜两腿的包围圈，迅速骑了上去，逃命似的往镇上骑。

3

天黑透了的时候，朱为本从镇上骑车回家。他已经三天没回家了，这三天里，他不知道自己是怎么过来的。傍晚收工的时候，糕点店老板邀他一起吃晚饭，他一点没推辞，坐下来就喝酒，喝得头昏脑涨，直到镇街上没什么人的时候才出门。

北风吹起来了，吹得村口田畈上的冬油菜轻微地呻吟着，朱为本却觉得胸口闷得透不过气，恨不得扒开棉袄扒开胸腔让北风吹个透。能看到瓦庄人家的灯火了。朱为本踩着自行车，越踩越慢，他索性停在了村道上，坐在一块油菜田的田埂上。

他又摸了摸口袋，那张纸还在。他拿出来，用手机屏幕的亮光照着，又读了一遍那上面的字。他曾经幻想，是他自己看错了，等他睡一觉醒来，那上面的字就变了。可是，那些字没有变，和他初看到时一模一样，一点没有变化。他气恼地收起那张纸，按灭了手机。油菜田又陷入一片黑暗。朱为本觉得田畈上这大片的油菜田变成了大片的海，一浪一浪地涌上来，要把他吞没一般。

朱为本去过海边，早年身体还好的时候，他和儿子朱小林一起在海城打工。儿媳妇丁秀丽是海城人，朱为本不知道儿子是怎么和她认识的，又是怎么和她谈对象结婚的。在朱为本看来，海城离瓦庄太远了，这么远的两个人怎么就能结婚在一起呢？朱小林和他一样，是个山里猴，他们第一次赤脚走到大海边上时，才入水就立即心慌肉跳，生怕一个浪头打来把自己卷走，而丁秀丽呢，她看到瓦庄的高耸的山，立即“晕山”，生怕那山轰隆一下倒下来把她砸成肉酱。疑虑归疑虑，朱为本也不能阻止儿子和丁秀丽谈对象、结婚。因为，瓦庄这样的事太多了，过去像他们这一辈的，能娶个百里外的女人就算远得不得了，大部分都是周围村庄的，而现在呢，年轻一代娶媳妇，黑龙江的、湖南的、四川的，甚至越南的都有。你哪能阻止得了呢？

朱为本在大片的黑暗里，在大片的海浪般的油菜田里，想要记起儿媳妇丁秀丽的面容，却怎么也想不起来了。丁秀丽和儿子朱小林从认识到结婚只几个月的时间，而她在瓦庄待得最长的时间，就是生朱小森坐月子的那一个月，其他都是过年偶尔回来一次，腊月二十七八回来，正月初四五就又走了。朱小森刚生下来时，村里人都说，这孩子长得像他妈，可是，朱为本却觉得他更像朱小林。朱为本又从脑子里把朱小森的面孔调出来，他努力地想从朱小森的面孔里抽出丁秀丽的面孔，但他始终抽不出来，丁秀丽在他记忆里成了一个隐隐约约没有面孔的人了。

忽然，朱为本想起来了，儿子和丁秀丽结婚时，在瓦庄办了一场仪式，过了几天，儿子和丁秀丽还有他，他们仨就一起去南方打工。他们到南京转车，丁秀丽在车站突然提出要去她姐姐家住一段时间，然后她再赶到南方去和儿子朱小林会合。儿子和他都不知道丁秀丽还有一个姐姐在南京，以前从没有听她说起过。在丁秀丽的坚持下，他们俩就只好先去了南方，留下了丁秀丽一个人在她南京的姐姐家。那一次，丁秀丽在南京住了整整一个月。那么说，就是那一个月出的事了？朱为本想，一定是的，从时间上看就是这样的，朱小林这个笨蛋，估计丁秀丽根本就没有那个姐姐。

朱为本正在心里骂着儿子朱小林，朱小林却打来了电话。朱为本看着手机上显示的号码，迟疑了好一会儿才按下了接听键。

"爸，我和秀丽腊月二十六回来，我们今年回家过年。"

"哦。"

"小森还好吧？"

"哦。"

"爸，你在哪里呀？你那里像有大风一样，你手机有毛病吧？"

"是你有毛病！"

朱为本挂了电话。他站了起来，他怕自己再晚一会儿挂电话，就会把那句话说出来，他不知道说了之后，这个可怜的儿子会怎么样。

朱为本一偏腿，骑上自行车。就是刚才那一吼，他突然找到了丁秀丽的面容，他觉得丁秀丽的脸长得和家里那只来历不明的猫特别像，不是鼻子眼睛什么的像，而是神情像。那么，眼下不管怎么说，先回去看看那只不祥的白猫还在不在。不在，那就好。要是还在，那就对不起了。

4

朱为本摸黑回到了家中，朱小森已经睡了，所以没有像往常一样冲上来，用手抱他的腿，用头蹭他的腿，朱为本感到大腿一阵轻松。

可是王翠花还没有睡，她正在厨房里炸生腐果子，丁秀丽到瓦庄来吃不惯别的菜，唯独喜欢吃油炸生腐果子，所以，每到过年，王翠花就要准备一大箩，丁秀丽要是回来，就天天煮给她吃，要是不回来，就给寄过去。

生腐果子在油锅中吱吱啦啦地叫唤。

朱为本走到锅灶旁边，他想努力对王翠花挤出一个笑容，但他脸上的皮肉和五官不听他的指挥，直接扭成了一个痛苦的造型。"猫呢？那只白猫赶走了吗？"

王翠花用长竹筷子拨动着生腐果子，她斜了朱为本一眼，说："我知道你为什么要赶走那只猫了。"

"为什么？"朱为本问。

王翠花说："你不就是说吗，猪来穷，狗来富，猫来三尺白老布。老古话是这样说的，可那是迷信哪，你这是怕死吧，我告诉你，你就放心吧，我们俩身体棒棒的，又没做丑事坏事，死不了！"

"我怕死？我一点不怕死。"朱为本差点说，我巴不得现在死了，出了那么大的事，我死了就好了。

王翠花说："你不怕死，那你跟一只猫过意不去做什么呢？神说了，要做善事，要爱惜所有生灵，那猫好歹也是一条命哪，何况它肚子里还怀着小猫呢，是几条命咧。你说，这个寒冬腊月的，你把它赶出去，那它不是死路一条吗？那就是作恶啊，我们给子孙积点德好不好？”

朱为本急了：“给子孙积德？子孙可给我们积德呢？”

王翠花吹吹刚出锅的生腐果子，用一根细白线将它们一颗颗穿起来，奇道：“咦，你这是什么话？老本，小森天天‘爷爷、爷爷’地喊着，喊得那样亲滴滴的，天天晚上给你捂被窝暖心窝，那样乖态，你还要怎么样？”

朱为本知道自己说理说不过王翠花，不管有理还是无理，他说：“你看看那猫，鬼一样，就像是恶鬼托生的，不是恶鬼托生的，我们这里哪有长得那样奇怪的白猫呢？这多不吉祥啊。”

王翠花穿起了一串生腐果子，挂在一旁的竹竿上，又开始炸第二锅。“信了神就不怕鬼了。”王翠花教训他说，“你一天到晚又怕死又怕鬼，我告诉你，这猫我弄清楚了，它可不是什么恶鬼托生的，是东庄秀凤家的，你知道吧，她女儿不是嫁到东北去了吗，那只猫是她从东北带到瓦庄的，说是很值钱的好猫呢，秀凤上个月不是被女儿接到东北去了吗，可那只猫没带走，它就流浪到我们瓦庄这里了，它和我们家有缘呢，那么多人家它偏偏就选到我们家了。这一下，我说清楚了吧。”

王翠花这样说着时，以为她说动了朱为本，让他不再难为那只白猫了，她没有发现，朱为本正睁大了眼睛在厨房里扫视，很快，他找到了目标。

那只白猫正慵懒地伸展开四肢，趴在灶门口取暖，它那双妖怪似的蓝眼睛已经闭上了，大肚子一起一伏，古怪阔脸上的胡须一抖一抖的。

朱为本快步走上前，抄起灶门口的竹吹火筒，叫了一声：“滚！”

喊声震天，那只白猫一个激灵，发出一声凄厉的叫声：“喵——呜——”它伸腾开四条腿，四条腿像是刹那间突然抻长了，也不知它走的什么路线，一瞬间，它就腾上了房梁，蓝眼珠鬼火荧荧地看着朱为本，嘴里一直嚎叫着“喵——呜——喵——呜——”

王翠花说：“老本，你个死老本，你到底想要做什么？你把吹火筒放下来！”

朱为本不听王翠花的，他手持吹火筒，狠命地戳向房梁上的白猫，房梁高了，他够不着，他就跳起来，一边戳一边喊：“滚！滚！滚哪！”

白猫大约看出来朱为本不达目的誓不罢休的态度，它在房梁上转了几圈，无奈地大叫一声，“喵——呜——”随后从窗洞里跑了出去，它一边跑一边还在叫着“喵——呜——”叫声渐渐消失在远处。

朱为本拎着吹火筒撵到了屋外，他冲着白猫逃走的方向嚷道：“你要再进我家一步，我就打断你的腿！”他冲着黑夜连喊了两遍，才回到屋里，“啪”一下丢了吹火筒。他没去看王翠花的脸色，他有点不敢看，他知道这事不能怪王翠花，可是他能怪谁呢，在他眼前的，他能怪的只能是这只不祥的模样怪异的白猫了。

5

让朱为本没想到的是，那只白猫竟然跟他们老朱家耗上了。他原以为，经过他头天晚上吹火筒的恐吓和他恶声的叫喊，那只白猫一定跑远了。可是，第二天晚上，它竟然又出现在他们家厨房的房梁上，更可气的是，王翠花还是精心做了猫饭，搭了凳子，将猫食送到房梁上。

对付房梁上的白猫，朱为本这回手持吹火筒的威力大大降低，它似乎知道他跳不上房梁，也似乎知道王翠花在一边，他就不敢真的将自己打死的。朱为本徒劳无功地在房梁下跳高，乱戳一气，根本就挨不上白猫的边。然后，朱为本又搭了凳子试图去戳中白猫，可是白猫利用房梁的长度和空间，很从容地从这边跳到那边，嘴角似乎还带着讥讽的神情。

朱为本丢了吹火筒，他拿了砍刀，去竹园里砍了一根长长的竹子来了。但竹子太长了又不好掉转方向，他在厨房里转了几圈，连白猫的一根毛都挨不上。

王翠花先开始还试图阻止朱为本这近乎发狂的举动，但后来一看这架势，她就在一旁负责看热闹和说笑话了。

朱为本左奔右突，几个回合下来，累得胳膊酸痛，气喘吁吁，终于丢下长竹子，蹲在地上，瞪着一双愤怒的眼睛望着那只不祥的白猫。白猫也望着他，眼里满是嘲讽、挑逗、阴冷和不屑，那眼神明显是人的眼神，不，是妖魔鬼怪的眼神。昏黄的灯光中，白猫似乎变得特别巨大，似乎它一伸爪子，就能把朱为本撕个稀巴烂，它再伸一爪子，这个家就要被撕成碎纸片。

朱为本想了想，终于有了新主意，他匆匆走到堂前，在八仙桌抽屉里找到了一把皮弹弓，这是他上次特意给朱小森做的，弹弓把是用五号铁丝扭成，弓弦是用自行车轮胎皮做的，结实而有弹力。

朱为本又在院子里捡了一把小石子，揣着这把弹弓来到厨房里。当他将石子放在弓弦上，那白猫立即就明白克星来了。“啪”，朱为本射了一颗石子出去，打得房梁上落下一阵陈年老灰来。白猫嘴角扩张，露出了粉红的舌头和满嘴灰白的牙齿，没等朱为本射出第二颗石子，便大叫一声，“喵——呜——”飞身跳下，又像上次一样，钻进茫茫黑夜里去了。

朱为本抖抖弹弓，走到院子里，察看白猫逃匿的方向。他知道自己的眼睛这时候一定是通红通红的，红得能滴出血来，红得能把黑夜烧出一个洞来。他在院子里转了一圈，没有发现那只白猫的踪迹，估计这一下，它彻底消失了。朱为本“呵呵呵”地笑了起来，他笑得直不起腰来，只好用那把弹弓抵住自己的肚子，他笑得鼻涕眼泪一起汹涌，把黑夜打湿了好大一块。

忽然，朱为本听见，自家屋顶上传来了一声“喵呜——”接着又一声，声音欢快、嚣张、得意扬扬，像一阵又一阵的笑声。他顺着那笑声望向屋顶。屋顶的鱼鳞小瓦上，闪着两朵蓝火，携带着那笑声，不停地从东飘到西，从西飘到东。

朱为本拉起弹弓，再次发射石子，“啪”“啪”“啪”，白猫的笑声不断，屋子里王翠花奔出来，一把夺过他手里弹弓，大叫道：“老本你疯了吧，你把屋瓦都打碎了！”

朱为本泥一样瘫倒在地上。王翠花拉他，他也不起来。

“你喝酒喝多了。”王翠花说，“你怎么喝了酒耍酒疯耍成这样！”

“我不是耍酒疯！”朱为本说，“你不懂！你不懂！”

“爷爷！”睡在床上的朱小森被他们吵醒了，他惊慌地哭喊着，下了床，一颠一颠地跑过来，又一头扎在朱为本的怀里，一双小手上下摸索着，“爷爷，你跌倒了吗？你疼吗？我来帮你揉揉。哦，爷爷，你乖，你不哭，小森多乖啊，小森跌倒了都不哭。”

朱小森的小手软软的，穿着单衣的小身子也软软暖暖的，拱动在朱为本冰凉的怀里。朱为本忍不住抱紧了这个软软暖暖的小东西，像是在春天里，坐在暖暖的太阳底下，手里捧着一棵小小的发出新芽的瓜秧。他好像忘记了那件事，他觉得现在这样子多好啊。他又一次怀疑，口袋里的那东西是假的。

当他将朱小森的小脸贴在自己的老脸上时，屋顶上的那只不祥的白猫又叫了一声"喵——呜——"这一叫，又将朱为本拉回到了冰凉的现实，他摸摸口袋里的东西，一把推开朱小森，"明天收拾你！"他指着屋顶上的白猫说。

6

清晨，朱为本一起床就跑到院子里。一地的浓霜像下了一场薄雪。他抬头看屋顶，白猫不在。"终于把你赶走了。"他想。

他转身准备回屋的时候，听到院墙上"啪"一声，他扭头一看，一道白色的闪电闪过眼前——那只白猫又蹿上了屋顶。他看看院墙，墙头晾晒着的生腐果子被吃掉了一串。他再看看屋顶，那只白猫竟然人一样盘腿而坐，在高处冷冷地看着他。

朱为本在院子里站立了好一会儿，把浓霜都站淡了，把太阳都站出来了。他不再理会那只屋顶上的白猫，快步走向王德胜家。

王德胜闷着头在院子里抽烟，地上丢了一堆烟头。

"德胜。"朱为本说，"新鲜泥鳅还有不？卖给我一点吧。"

王德胜丢了嘴里的烟头，抬头看朱为本，他的脸像一块过火的荒草地。"有！"他低下头，有气无力地说，"花妹吃不到我的泥鳅了。"

"怎么了？"朱为本问。

“那边。”王德胜指着天边，“贵州那边说三万不行了，至少要四万，我这一猛子哪里再凑得起那么多钱?”王德胜说着，又点着了一根烟。

朱为本顺着王德胜手指的方向朝着天边望了望，贵州他不知道在哪个方向，他只知道离瓦庄很远。他叹了一口气说：“泥鳅呢，你全都卖给我吧，以后我隔几天买你一次泥鳅，你再搞一年，就能凑齐钱啦，就能把花妹领回家了。”

王德胜似乎又看到了希望，他站了起来，说：“看来我还得去下泥鳅笼子逮泥鳅。”

朱为本拎着一桶泥鳅回到家。

王翠花问：“你买这么多泥鳅做什么?”

朱为本抬头看看屋顶，那只白猫仍然保持着一副端坐的姿势，居高临下一动不动的。他说：“我来做干泥鳅。”

王翠花说：“干泥鳅?吃是好吃，就是成本太大。”她招呼着朱小森过来洗脸，“小森，你看，你爷爷多疼你啊，干泥鳅他都舍得做，这东西保证你吃得舌头根子都要吞下去。”

朱为本不言语，他在锅灶下生火。

王翠花带着朱小森去镇上赶集去了。家里只剩下朱为本和那只白猫了，他们一个在锅灶下，一个在屋顶上。

朱为本将铁锅烧热了，浇上了香油，等油熬熟了，然后捞起一捧泥鳅放入锅中，迅速地盖上锅盖，听到泥鳅在油锅里蹦跳。跳声止了，揭开锅盖，泥鳅们在锅里挺直了它们的身子，它们的身体渐渐变成金黄色，香气弥漫上来，顺着房梁，渗出屋瓦，飘到了屋顶上。屋顶上传来了白猫似乎焦虑而不安的呼喊：“喵——呜——”

朱为本一丝不苟，继续做他的干泥鳅。第一遍是大火油炸，接下来是小火翻边，然后是炭锅烘焙。每一遍加工完成后，泥鳅的香味便成倍地上升，变得越来越浓郁，而白猫的叫声也越来越不安，越来越焦躁。

朱为本不动声色，他不慌不忙一板一眼地做着这一切。直到中午时分，他才将一桶水泥鳅变成了一堆干泥鳅。他拿了一捧干泥鳅，放在一个浅口宽边盘子里，又从房里拿出了一包“毒鼠强”，细细划开干泥鳅的肚子，小心翼翼地将“毒鼠强”撒进去。

腊月的太阳到了中午才有了一点暖意，朱为本将那一盆泥鳅端出去，放在院子的矮墙上。他没有看那只白猫一眼，好像把它忘记了。他放下盘子时，还顺手拿起了其中的一条干泥鳅咬了起来，当然，这条干泥鳅是他做了记号的。确实香，他吃完了，故意舔舔嘴唇，伸了个懒腰，目不斜视地进了屋。

他躺在床上，闭上眼，听了听屋顶上的动静，然后故意打起了呼噜。

7

天又黑了，小北风又刮起来了。四下里怎么这么安静呢？朱为本在床上愣了一下，他迅速地起身，趿拉着鞋，慌慌地奔出门去，眼前的景象让他大吃一惊。他看见，那只白猫口吐白沫硬僵僵地倒在地上，他看见，朱小森口吐白沫硬僵僵地倒在地上，他看见，王翠花口吐白沫倒在地上，但她身体还没有完全僵硬，她看见了朱为本，轻轻地呼唤着：“老本，老本……”

朱为本一把扶住王翠花，王翠花却顽强地把手伸向朱小森。朱为本把朱小森也拉了过来，朱小森的头搭在他的两腿间，却再也不能蹭来蹭去了。

朱为本放声大哭，“王翠花！”他哭喊道。

王翠花咧咧嘴说不出话。

“朱小森！”朱为本又转过头对朱小森喊，“我的好孙子朱小森！”

朱小森的身子猛地往上一挺，冲着他撞过来，嘴里还喊着“爷爷！爷爷！”

朱为本哭喊着：“小森！小森！”

朱小森说：“爷爷！那张鉴定纸是假的，我是朱小林的亲儿子，是你的亲孙子！”

朱为本要再去搂紧朱小森时，却怎么也搂不到，朱小森像猫一样，蹿到了屋顶上去了，朱小森的神情突然也变得像那只猫一样，端坐在屋顶上，冷冷地看着他。

朱为本急啊，他伸展着双手，呼喊着：“小森！小森！”他把自己呼喊醒了。

朱为本醒过来，发现太阳还在天上挂着，时间已经是半下午了。他愣了一下，回忆起梦中的情景，心里猛地一跳，迅速地起身，趿拉着鞋，慌慌地奔出门去。

院子里安静得像一口深井。院墙上的那盘干泥鳅还在，数了数，一只也没有少。他朝屋顶上看去，那只端坐的白猫竟然不在了。他松了一口气。

他朝村口看去，阳光下，蜃气水一样波动。在那些波动的蜃气里，王翠花牵着朱小森的手往回走。

朱为本奔到院墙边，拿起那盘香喷喷的干泥鳅，跑回厨房，一把倒进了灶膛里。吃了油的干泥鳅，遇见了先前没有熄灭的炭火，立即燃烧了起来。朱为本伸手到口袋里，又摸出了那张纸，他一把将那张纸扔到了燃烧的火苗上。

“好香呀，干泥鳅！”王翠花和朱小森已经到了院子门了。

“爷爷！爷爷！”朱小森一颠一颠的脚步声又响起来了。

朱为本走到院子里。

“爷爷！爷爷！”朱小森挥舞着两手，又要来抱住他的大腿了，又要用他那小脑袋来磨蹭他的大腿了。

朱为本感觉自已的大腿无比沉重，他不知道怎么办，他该用什么表情什么动作来应对朱小森呢？他抬头又去看看屋顶，白猫还是不在，黑瓦的屋顶上空出了一只白猫的位置。他突然觉得，那个像是来自另外一个世界的长相怪异的不吉祥的白猫，要是不走就好了，它不走，他至少还有一件事可以做，它一走了，他做什么好呢？

朱为本焦虑而又不安地在院子里转着圈圈，情急之下，他从喉咙里突然发出了与那只白猫一样的叫声，“喵——呜——喵——呜——”

（原载《芙蓉》2018 年第 2 期，《小说月报》大字版 2018 年第 5 期转载）

丢失的瓦庄

我这么跟你说吧，瓦庄是被我突然弄丢了。不，不对，不一定是被我弄丢了，或者说，我也不知道是被谁弄丢了。

站在这个陌生小镇的街道上，我一下子呆住了。正是傍晚时分，小镇上的人骑着自行车、摩托车、电动车、三轮车或是开着小车，急匆匆地往家赶，我这时特别羡慕他们，他们都有一个明确的方向和地点可以前往，而我呢，我竟然把我的老家丢了，丢得好奇怪，我百思不得其解。

看着夕阳下我拖着拉杆箱像一只长腿鸟的身影，我知道，我这时的样子一定就是个鸟人的样子。

我侧着脑袋，竭力回忆着来时的情景，仿佛歪着脑袋就能把脑海里的回忆顺利倒出来似的。

我开始倒片，于是倒出了出发时在火车上的情景——

“到什么地方了？同座的是不是美女啊？你有没有和她搭讪？”

火车从罗城刚开出没一个小时，李娟的微信信息就来了，一连串的追问就像她不断嘟起的红嘴唇。

“不知道到了什么地方，反正还在福建，同座的是个可恨的胖子，一上车就睡觉，头挨着肩膀就打呼噜，烦死人了。”我回答老师提问一样答复着李娟，生怕惹恼了她。

李娟本来这次要跟我一起回瓦庄，但我硬是没有带她，我怕她对我老家失望，进而对我这个人失望。瓦庄本来还是一个可以带女朋友去游玩的地方，像皖南绝大多数地方的村庄一样，山清水秀的，但不幸的是，十多年前那里发现了一座铁矿，于是被开采了，储量又不大，开不了几年就开完了，给那一片大山留下了几个巨大的伤口，光秃秃的难看极了。这还不算，瓦庄的伤口不仅一直没有愈合，而且还裂开了一条大缝，成了地质灾害点，说是随时有可能崩裂开来。瓦庄的人在那之前其实也基本走光了，到北京到南京，上福建奔深圳，遇到了这码事，就更走得彻底了，只剩下几个固执的老人没走，我奶奶就是其中一个。这样衰败丑陋被灾害占领的地方，我哪敢让李娟来呢？我找了种种借口，终于没让李娟跟我一道。

我没骗李娟，同座的那个胖子依旧在打着响亮的呼噜，像一头吃饱了的胖猫。我试着闭上眼睛，却没法睡着，又翻弄了一会儿手机，打了一会儿游戏，心里还是空荡荡的没有个着落。

这跟我的心情有关，这次我是真不想回瓦庄的，尽管我已经四年没有回瓦庄了。我们一家——我父亲，我母亲，我，我弟弟——四年都没有回瓦庄了。不是我们心硬，不回去看我们留在瓦庄的唯一的奶奶，而是瓦庄现在在外面的人都基本不回去了，过年也不回去，有许多人家在外面市里县里买了房子，就更不回瓦庄了。我们家没有在城市买房子，但我们家已经将在城里买房作为今后的家庭主要规划了。我们都知道，光秃秃的瓦庄连个无线网都没有，连半家工厂都没有，我们回去一两天可以，长期生活肯定是待不下去的。这次回瓦庄，本来是父亲的任务，他的老妈也就是我的奶奶八十岁了，她老人家估计是想我们回去给她做八十大寿，但她又不明说，她隔三岔五委托村里的村长老徐打电话给我父亲，说是她头痛病犯了，怎么吃药都不得好，她到庙里讨了告示，说是要家中的男丁到祖坟上烧香纸磕响头才能医得好。

我奶奶不停地让村长老徐打电话给我父亲，我父亲便买了香纸，在一个黄昏，带着我到城中村附近一个僻静的小路口，用树枝画了一个圆圈，在圆圈内烧了那堆纸，并对着升起的袅袅香烟嘟囔了几句。然后，我父亲对我奶奶说，香纸已经烧了，头也磕了，他也特意向老祖宗说明了情况。可我奶奶说，不行，不管用，那么远的路，老祖宗又不会坐火车坐飞机，那钱烧也白烧了，头磕也白磕了，必须人回老家一趟。我奶奶不屈不挠地老是说老是说，我父亲接到她的电话头就大了，就只好答应了她。作为罗城某鞋厂的资深看门人，他试图请假回瓦庄一趟，但正好他们厂里保安部要裁人，他这一回去，估计那个干了多年的看门的岗位就保不住了，要他拿一条好烟去贿赂保安队长，他又舍不得。于是，他只好把这回乡烧纸磕头的事儿交给了我。我本来也有理由不回去的，偏偏这个时候，我们那个破厂因为订单不足，做三天歇两天，好请假，这差事我就逃都逃不脱了。

临出发前，我打了个电话给村长老徐，他是留守在瓦庄的唯一一个有手机的人，我让他转告我奶奶，我将在傍晚的时候赶回去，到祖坟山上烧香纸磕响头，让她准备好香烛等东西，烧好了香我第二天还要赶回呢。

动车在匀速前进，车上的人都各玩各的手机，寂寞得就像深深的海底，乘客们都成了海底单细胞生物。我四处张望着，比一棵海藻还无聊。这时，隔着走道，和我同一排的两个人终于弄出了一点动静。

那两个小年轻，一男一女，都是二十才出头的样子。男的大概是搞建材销售的，他一上车就开始打电话，反复和一个客户套近乎，并一再表明价格优势与质量保证，好不容易才搞定消停下来。而那个女的，并不是和男的一道的，我亲眼看见刚上车时，女的拖着拉杆包站在男的身旁，请那个男的帮忙拿到行李架上去，言语间还是很客气和有距离感的。我不知道，他们是怎么开始搭讪的，这才不到两个小时，他们忽然就显得特别熟稔了。他们挤在一起，一边吃着小桌板上满当当的零食，一边情侣一样聊着天。

男的从背包里掏出一本地图册，翻到其中一页，指着上面的一个点说："你看，我没骗你吧，我老家离你老家很近的。"

女的把一双眼睛凑到地图册上看，像是要一头深扎到男的怀里去。我看到那个男的正大胆地看着女的因弯腰而露出的身体中段一段雪白的肌肤。

"那你这次回老家吗？"女的看完了后问。

"不回。"男的说，"老板这次给我下了硬任务，必须到南京把一个大订单拿下。你回吗？"

"哦。"女的骄傲地说，"我也不回，我现在回老家都没地方去了，我家和我叔叔家全都搬到城里了。"

男的年纪虽轻，但泡女孩子绝对是个老手，他接着和女的玩起了一个小游戏，就是各自找一个地名，让对方在地图上找，找不到就刮鼻子。这种暧昧的小把戏，一会儿就让两个人越挨越紧，越来越亲昵，到了我出站的时候，我看见男的已经把女孩的小腰搂上了。

我回忆到这里时，还清晰地记得那两个小年轻的模样来，这说明我的脑子并没有坏呀。

我从双肩包里摸，再次摸出了一本地图册，这再次证明我的记忆没有出错，就是在列车上，看着那对男女玩那个游戏后，我发现列车服务推车上有地图册卖，我也就买下了一本，我当时还在我们县的那一页地图上找到“瓦庄”两个字呢。

我记得我出了火车站后，立即就走到一旁五百米外的汽车站，我知道那里有乡间中巴车，每隔半小时就有一班车开往瓦庄。我拖着拉杆箱走上其中一辆车时还问了一句：“到瓦庄多少钱？”对，我问的就是“瓦庄”，千真万确。

那个胖售票员像个端坐在庙里的老佛爷，端坐了千年万年似的，她面无表情地伸出手掌一正一反比画着，我就给了她十元钱。

中巴车一路行驶，路上无任何异常，过了一个多小时，就停在了街道上。

“到了，下车！”胖售票员喊。

怪事就是在这一刻发生的，或者说，就是从这一刻起，我把瓦庄弄丢了。

按以往的经验，中巴车带我到镇上后，我只需要再走上个五里路就到了我们在瓦庄的老家。可是，我下了车以后，却发现，这是一个我全然陌生的镇子。瓦庄本来是一个萧条的小镇，鸟都不拉屎的地方，一泡尿没有撒完就能走到头的，可是现在却一派繁荣景象，大卡车一辆辆地拉着货物，街道上人流不息，店面里功放器里歌声飞扬，和四年前相比大大变样了，但也不至于变得这样厉害呀。

我仰着头四处看，却没看到一个有关“瓦庄”的字眼，没有“瓦庄供销社”，没有“瓦庄蛋糕店”，没有“瓦庄法律服务中心”，倒是有一块大大的铁皮广告牌，上面印刷的字迹不太清楚，但能勉强看出来，好像是“前江工业园欢迎您”。

难道这地方不是瓦庄，而是一个叫“前江工业园”的地方？可是我从县城上中巴车的时候，那车前玻璃上的广告线路明明写着是从县城到瓦庄的呀？我是下错了地方还是坐错了车？

我赶紧去找那辆中巴车，还好，中巴车还停在原地，我绕到车前去看那前挡风玻璃，我傻眼了，车上印的是“县城——前江工业园”字样。我立即去问还坐在车上嗑瓜子的胖售票员，“你怎么不提醒我这不是去瓦庄的车呢？去瓦庄还有没有车？”

“瓦庄？”胖大售票员像看怪物一样看着我，隔了半天她问我，“瓦庄在什么地方？”

我没有想到世界上还有这么无知的人，估计人把她卖了她都还帮着人数钱呢，我不想和她啰唆了，我转身去问另一个看起来十分精明的司机，他正擦拭着车子。

“瓦庄？”他也一脸茫然，“是哪个县的？”

“就是本县的呀！”我几乎是吼着说，“瓦庄，地质灾害点，采过铁矿的瓦庄！”

司机被我的大嗓门吓了一跳，他随后冷了脸说：“我们县没有瓦庄，从来没有叫什么瓦庄的！”

“怎么可能？”我就在这个时候掏出那本地图册的。我翻开本县地图所在的那一页，将手指照着“瓦庄”那个地方指去。

司机看了一眼，然后，也带着和那个胖售票员一样的眼神意味深长地看着我。

我低头去看地图。咦，原先明明写着“瓦庄”的地方却变成了“前江工业园”，难道说是“瓦庄”全被改成了“前江工业园”？

司机连连摇头，说：“不，我开了二十年的车了，都跑这条线，从来没有听说一个叫什么‘瓦庄’的地方。”司机说完再也不理会我了，他把一桶脏水“哗”的一下泼在我面前，阻断了我进一步和他讨论的可能性。

我站在黄昏的街道边继续验证。我找出我的身份证，虽然我们家的人基本生活在遥远的罗城，可我们的户口和身份证还一直都是在瓦庄的。我一看到身份证，便立马感到情况更糟糕了：我的身份证上的“瓦庄”两个字不见了，取而代之的是一个陌生的我从没有见过的地名，叫什么罗城花街，我靠！

情急之下，我想到了百度。闲着没事的时候，我也百度过“瓦庄”的，通过百度，我发现全世界只有一个地方叫“瓦庄”，没有重名，另外，也不知道是哪个有心人，还在百度百科上介绍了一番“瓦庄”，明确注明了瓦庄的具体地理位置和行政区划归属。但当我在手机上百度“瓦庄”时，却没有出现地名条目，“百度百科”上也没有了介绍，网络上只有一个条目，显示“瓦庄”是一个服装品牌，那个品牌的LOGO是叠在一起的三片黑小瓦。这些和我老家的那个瓦庄八竿子打不着，瓦庄虽然叫瓦庄，却几十年都不生产黑小瓦了，瓦庄也没有一家服装企业，虽然瓦庄不少女人在罗城的服装厂打工。

天色越来越昏暗，要是像往常那样一切顺利的话，我早已经到了老家，现在肯定正在我奶奶的带领和监督下，到了祖坟山上，面对着我睡在地底下的列祖列宗们烧纸钱磕响头呢，可是现在我却找不到瓦庄了。我急出一头大汗，便拨打留守在瓦庄的村长老徐的电话，我想问问他，他一定知道是怎么回事的，可是，电话却怎么也打不通，服务台里老是提示说我所拨打的号码不存在。

不存在？瓦庄会不会真的不存在？或者说从来就没有存在过？我握着手机，在越来越浓的夜色里越发糊涂了。

究竟是谁用了什么诡计将“瓦庄”从地图上抹掉了？是这个所谓的“前江工业园”吗？而且他们的行动如此迅速，因为我在罗城上火车时，瓦庄还是存在的，我还和我的女友李娟讨论了瓦庄这个地方，我还和留守在瓦庄的村长老徐通了电话的。

可是现在竟然没有一个人知道它。

它怎么就丢了呢？难道它像一只猫一只狗那样偷偷地从我们这个世界上溜走了？

这是不是我的一个梦？我想到这里就去掐自己的大腿根，痛，痛得厉害，这说明不是做梦啊。

可这算个什么事啊？我几乎要哭了，就在这时，我忽然想起了一件事情，我随即想到了一个办法。

那还是十几年前的事了，那时候我十二三岁。那年过年之前，我父亲从罗城打工回家，带着我到江边去贩些鱼回瓦庄，一是给自家留做腌腊鱼用，二是卖给村里人顺带挣些差价。

我父亲贩鱼的底气来自我家的那辆小手扶拖拉机，他开着拖拉机，我坐在拖斗里，嗒嗒嗒，嗒嗒嗒，开了几十公里到了江边，从支江边的渔场里买好了鱼，吃过了中饭就往瓦庄赶。

那天早上出门时，天气挺好的，艳阳高照，我身上都捂出了点小细汗，我父亲那年大概在罗城打工挣了点小钱，回到瓦庄后一直都牛哄哄的，他解开了新买的羽绒服的扣子，哼起了小调：猪啊，牛啊，都到哪里去啊？可是他高兴得早了点，到了下午，太阳突然就躲到了云层里，北风紧跟着刮起来，最后竟然落雪了。

风一吹，雪一落，气温立马降下来，我的两手冻得都不敢往外伸。风雪中，视线一片模糊，我父亲紧紧握着拖拉机的铁把手，咧着大嘴，两条鼻涕一丝丝往外冒。看得出来，他很不好受，他再也关心不了猪啊牛啊都到哪里去了，两眼看着前方，眉头皱得像鸡屁股。

嗒嗒嗒，嗒嗒嗒，拖拉机开着开着老也开不到瓦庄，雪把我们身上都落白了，我和父亲都成雪人了。突然，拖拉机一歪，索性不动了。父亲骂骂咧咧地骂着拖拉机的祖宗八代，下来查看着，他的两根鼻涕都挂到了地上，他看见，拖拉机左边的一只轮胎爆了。

父亲一脚狠狠踢在破轮胎上。

公路两端跑的都是风雪，就是没有一辆车，路边上也没有人家，前不巴村后不巴店的。我吓得一下子“哇哇”大哭起来，我父亲虽然没哭，可他的脸色比哭还难看。我父亲踢了拖拉机几脚后，就给他父亲也就是我爷爷打电话，那时我爷爷还活着，身体也还硬朗着。

我爷爷问清了我父亲的大概位置，他就说：“你东边一里地有个镇子，你大姨舅舅王传长在镇子西头第三家，他家三儿子就是修车补轮胎的，你看见路边墙上挂几个破轮胎的就是他家，你找王传长，报我的名字就有用!”

风雪中，我爷爷的声音出奇的清楚，我能从话语里听出我爷爷对我父亲的不满，他一定认为我父亲不是一般的差劲，他说完后很不高兴地挂断了电话。

我父亲就带着我，按照他父亲也就是我爷爷所说的，走了一里多路，找到了一个镇子，果然找到了镇子西头第三家的王传长家，他和老伴正围着火炉看电视。

我父亲说："我是余一盛的儿子。"

王传长二话没说就带着我父亲去找他的三儿子。他三儿子带了千斤顶之类的家伙，也是二话没说，顶着风雪，到了我家趴窝的拖拉机边，花了一个多小时才补好轮胎。轮胎补好了，王传长不仅没有让他的三儿子收钱，还留着我父亲和我在他们家住了一晚，晚上又吃饭又喝酒。他三儿子问王传长："我们家和他们家到底是什么亲戚？"王传长说："老亲。"

第二天，天放晴了，雪也化了，我父亲带着我才从那个镇子出发，开着拖拉机顺利回到了瓦庄。我记得，我父亲回到家后也问了我爷爷，我们家和那个王传长家到底是什么亲戚。我爷爷也像王传长一样，就回答了两个字："老亲。"至于是什么老亲，我们一直没有搞清楚，后来，我爷爷去世了，我们就更加搞不清楚了。

现在，深陷在这个叫"前江工业园"的夜色里，我忽然想起了这件陈年往事，我想，我现在的绝望程度肯定比我父亲当年更厉害，父亲当年向他父亲求救，那我也可以向我父亲求救了，说不定，我父亲也能给我找到一个什么"老亲"呢。而且，我隐约记得当时我和父亲贩鱼的地方也叫"某江"来着，会不会就是"前江"呢？如果是，我不就可以再找那个王传长了吗？王传长要是不在了，我也还可以找他的三儿子嘛。总之，人一急，什么想法都冒出来了。

还好，父亲的电话一打就通，一通就接听了。当我说完了我的遭遇，我说我把瓦庄弄丢了，我找不到瓦庄了。

我父亲似乎喝了点酒，隔着电话，我好像都闻到了一股酒味，他打着酒嗝说："什么？瓦庄？还砖庄呢，我看你是魂丢掉了吧！”他说着非常不耐烦地挂了电话。

我继续拨打我父亲的电话，我说：“老亲，你记得不？那一年我们的轮胎爆了……王传长……”

我父亲大声嚷着：“你小子搞什么鬼名堂，刚才扯出个什么瓦庄来，现在又冒出个什么老亲，你喝酒喝到太平洋去了吧！”他干脆把手机关机了。

我杀人的心都有了。可是我知道，杀人还是不能杀的。我决定凭着感觉去找一找“老亲”王传长的三儿子看看。

我拖着拉杆箱，在镇上乱走，专找墙壁上挂着破轮胎的店。走了一个多小时，我的双腿也快被我走丢了，这时，我看见一家补轮胎的小店，长得就像当年“老亲”王传长家的三儿子的店。我打了鸡血般忙走上前，那个店主也像极了王传长的三儿子，长相、神情、口音都像。“你是王传长家的老三吗？”我问他。

他警惕地说：“你是谁？”

我像找到救星般，恨不得全身每一处都贴到他身上去，“哎呀，我是你家老亲哪！瓦庄的，瓦庄你知道不？”

他身子往后一退，好像我是一枚人体炸弹似的，“瓦庄？什么瓦庄？我没听说过！”

我彻底疯了。我看着两旁店面里闪烁的霓虹灯广告牌，街道上呼啸而过的机动车，我觉得我要不就是陷入了一个可怕的阴谋当中，要不就是我真的把瓦庄给弄丢了。我在街道上奔跑起来，我一边跑一边喊：“救命啊！救命啊！谁帮我找瓦庄啊！谁带我去瓦庄啊！”

我在奔跑中，看到了“前江工业园派出所”的指示牌，我一头冲了进去，我拼命敲着值班室的大门，对值班的民警大声喊道：“救命啊！救命啊！帮我找瓦庄！带我去瓦庄！”

我再次醒来的时候，已经是第二天早上了。

我发现自己正睡在那个叫“前江工业园派出所”的值班室的床上，而且，我竟然是被他们绑在床上。

我又一次大喊大叫起来：“放开我！放开我！”

很快来了一个老民警，他拍拍我的肩膀说：“小伙子，你是不是受了什么刺激？硬要编造一个不存在的地方，你昨天晚上那样子像是要杀人一样，为了安全起见，我们只好绑了你，给你用了镇静剂，怎么样？现在好多了吧？”

我只好点点头，“好多了。”我说，“我、我要上厕所。”

老民警看看我，终于给我松了绑。

我站起来，一边往卫生间去，一边想，看他们这样子，这一切都不像是假的，那么就是我出了问题？

可是，在我的脑海里，我对瓦庄有那么多记忆啊，我出生在那里，又在那里读完了初中，虽然后来去了城里，我也不再稀罕那个瓦庄，以后也不想再生活在瓦庄，但也不至于这一切都突然消失了啊。

又或者是我真的疯了？“瓦庄”这个村庄真的从来没有存在过，是我自己幻想出来的一切：身份证、村长老徐、百度百科上的介绍、我奶奶、地质灾害点……而事实上，这些全都没有存在过。

我终于接受了眼前的事实——“瓦庄”丢了。“瓦庄”就像我小时在瓦庄养的一条狗，有一次，它掉到粪坑里去了，臭死了，我用棍子打它，结果它就再也没有回到瓦庄。“瓦庄”这次也长了腿，跑走了，从地图上跑走了，从百度里跑走了，从我的身份证里跑走了，从所有人的记忆里跑走了，它跑得可真彻底啊。

好在，我的身份证没丢，虽然上面的地址变了，我还是买到了一张回罗城的火车票。火车是从夜晚出发的，我恨不得立即就能赶回罗城，回到那个自从我上一次离开瓦庄后，已经居住了四年的城市。

回罗城的火车上，身旁换了一对中年男女，我没有兴致观察他们了，我无法入睡，被各种对瓦庄的记忆充塞着，怎么也理不清我这一次行程的头绪。后来，天快亮时，看着火车穿过隧道，迎来了艳丽的朝霞和高楼林立的城市，我忽然一下子想清楚了。多大个事嘛，我想，到了罗城后，我再打电话给村长老徐，如果电话通了，他也否认瓦庄的存在，那么我就认为是我出错了，我就告诉自己，这一切都是我的凭空想象，根本就没有一个叫“瓦庄”的地方，我也可以对李娟说，我就是来自罗城一个叫“花街”的地方，如果我和她结婚了，以后有了孩子，我也可以这么对我的孩子说。所有问题不就解决了？多大个事呢？这样想着，我放松了，竟然一下子睡着了，自己都听见自己打出了响亮的呼噜。

上午 10 点，火车抵达了罗城。晴空万里，白云朵朵，我熟练地从火车站乘坐地铁一号线，然后转到五号线，在新东方站下车，拖着拉杆箱，一直走到新世纪小区。

我们一家租住在新世纪小区三幢 709 室，已经租了四年了，我们全家已经下定决心，要攒钱把这间屋子给买下来。现在，我进了门，一屁股坐在了客厅的沙发上。家里没有人，他们在这个城市都有他们的位置，我父亲去鞋厂看大门，我母亲去一户人家做家政，我弟弟去了一家家具厂做木工，我的女友李娟呢，在好乐家超市做收银员。

我像是从一场梦中走出来，我又摸出了那本地图册，下意识地翻开来。嗯？怎么回事？“瓦庄”又出现在地图上了，在它一贯所在的位置。

百度呢？百度居然也有了。

百度百科上的介绍也有了。

身份证呢？身份证又变回去了，住址上写着“瓦庄村12号”。

我将电话打到村长老徐那里，一样没变的号码这次居然一拨就通。怎么搞的？我让老徐喊我奶奶接电话，然后，我向她说了我这次回去发生的一切。

“你这孩子，撒个谎都不会。”我奶奶在电话里伤心地说，“你都四年没回来了，不回来就不回来嘛，还让我在家里等了一天一夜！”

挂断电话后，我呆在屋子里。这几天都发生了什么呀？这些天，“瓦庄”到底溜到哪里去了？

这天晚上，家里人全都回来了，包括李娟。我一五一十地向他们说了我的遭遇，可他们全都不信，包括李娟。

“你不会是把路费买了游戏币打了几天游戏吧？”我母亲忧心忡忡地说，以前我读初中时她老在镇上游戏厅逮住我。

“我上次回老家给你带了那么多好吃的，你这次连一块糕点都没带！”李娟气呼呼地说，“你心里根本就没有我！”

我弟弟没说什么，他用一种上帝样的眼光看着我，好像在说，别装了，你玩的那些我都猜到了，肯定是跟哪个小姑娘嗨皮去了。

只有我父亲一言不发，他喝下一杯酒，又喝下一杯酒，阴沉着脸，过了好半天，他拍着桌子说：“没有胡屠夫就吃带毛猪了？

你不回去，我回去！”

我父亲被我气坏了，他送了两条烟给了保安队长，请了假，立即乘火车回瓦庄。他没让我送他，但我看了他的火车票，和我上次乘坐的是同一班次的火车。

我父亲去瓦庄的那几天，我一直留心我的手机，但我一直没有接到我父亲的电话。过了几天，我父亲返回到罗城来了。

父亲回来后，一直沉默不语，什么也不对我们说。我猜想，他肯定和我有了相同的遭遇。我再次打了个电话给村长老徐，让他找到我奶奶。我奶奶伤心地说：“我快要被头痛病搞死了，你们一个也不回来，你骗我，你父亲也骗我，你们以后再也不要回来了！”

我父亲是个死要面子的人，他肯定不会承认他和我一样也把瓦庄弄丢了，我知道他这个人，什么丢了都不要紧，哪怕是老家瓦庄丢了，但面子丢了可不行。

父亲肯定也想不通那到底是怎么一回事，但他又不能将他的遭遇对我们说出来，他肯定憋得太难受了，他每天晚上喝的酒越来越多，经常自己把自己喝醉了，一喝醉他就一脸迷茫的神情，老是哼哼着：“丢，丢，丢，丢，丢，丢……”他丢半天也丢不下什么东西来，像一个深度结巴患者。

这时，我就有一股强烈的冲动，要帮他说出来，但我又不能明说，我也憋坏了，我最后只好将他的结巴句子转换成一首歌续下去：“丢，丢，丢，丢，丢，丢，丢，对了——丢，丢，丢手绢，轻轻地丢在小朋友的后边……”

（原载《宝安日报》2022 年 1 月）

胜利日

王欣今天的情绪、状态、动作、眼神甚至体温等都完全不对，就像换了一个人，而本来张成林是对这次行动充满了深深的期待的。

从昨天早上起他就做各种准备工作了。首先，换洗了床单，洗的过程中还洒了一点香水，被套也新套了一床红玫瑰图案的，大朵大朵的玫瑰花像带着露珠盛开着，将铺排在他们的身底下，还有，他还特意买了几根庆典用的红蜡烛，等王欣来了，就点燃它们，营造出一股温馨浪漫的气氛，另外呢，他从网上下载了小提琴曲《小河淌水》，王欣喜欢这首曲子，他设置成了单曲循环播放模式，就让河水在月光下不停地流吧，流过他们开满玫瑰花的原野吧。当然，除了这些小情小调的精神性的东西，张成林也没忘记配套准备物质性的东西，正宗西点店的蛋糕，一杯浓浓的咖啡，还有几个带点香氛的安全套，连品牌都是王欣认可的。

我这样说你就知道了，张成林和王欣的所谓的行动就是一次约会。是的，没错，恋爱大半年了，在纯精神层面交流了三个月后，他们于四个月前开始了灵肉双修。

王欣是个出生在罗城的女孩子，整个人生经历按张爱玲的说法，从小到大所遇到的最恐怖的事情就是，吃苹果时吃出了一条虫子。和这样的女孩子谈恋爱，张成林有点紧张，因为他是个“凤凰男”，他曾经的鸡的岁月是在长江边那个偏僻的乡下度过的，虽说通过读书考大学，又经过层层考试，进了机关，现在是罗城人了，看着好像是只凤凰了，但难免时不时会从夹紧的翅膀下露出几根鸡毛来。所以，张成林总是竭力地把自己向一只真正的凤凰靠拢。其实，他基本摸透了王欣的喜好，女孩子么，再加上她一直在本市教委直属的第一实验小学当一名教师，单纯，而且偏好浪漫。因为把握了王欣的特点，他们的恋爱进行得颇为顺利。特别是进入了灵肉双修阶段后，张成林每一次都把见面安排得如一次新婚，每一次都想尽花样将王欣送到云端成为骄傲的仙女。王欣是跟父母住在一起的，那么，每次的见面地点便都选择在张成林出租屋里，这就有点辛苦王欣了，虽说在同一个城市，可是他们一个在城南，一个在城北，每次坐城铁，转公交，至少得折腾一个多小时王欣才能赶到，对此，王欣毫无怨言，这让张成林非常感动。

正因为如此，张成林就对每一次的见面更加重视，一次比一次安排得更加周到，对每一次见面他都做了记录，而这一次他格外重视，因为根据他的记录，这将是他们的第三十次爱爱日，为此，一切准备就绪后，他还特意用红纸做了一个牌牌，红纸上画了一个大大的心形，爱心下面写了一行字：热烈欢迎欣欣公主驾到！

王欣一按门铃，张成林立即举了那张红纸牌，开了门后，自己的脸却隐在红纸牌后面，一边上下浮动摇晃着红纸牌，一边有节奏地喊着：欢迎欢迎！热烈欢迎！

按照以往的经验，王欣会激动得小脸绯红，小鸟般一下子投入张成林的怀抱，拱着他的胸脯，摸着他的嘴唇，后面的事自然就水到渠成了。可是这次不一样。王欣只是敷衍着咧开小嘴算是笑了笑，甚至顾不上去张成林伸出来的手臂中去转一圈，她径直走到了床边，斜靠在床上，那满床大朵大朵的鲜艳的玫瑰花也没吸引她的眼神。

张成林的心里咯噔了一下。他想了想，忽然发现在这之前就已经有某种不好的预兆了。按照之前他们的生理和心理需求，两人现在恨不得整天在一起，但除了双休日，确实抽不出整天的时间，所以，他们的见面也基本遵循一周一次的频率，往往是这次才结束了，就迫不及待地算着离下次见面还有多少个小时。两人每天电话聊天的重要内容之一就是确定见面的时间，甚至精确到小时。但这一次，张成林几次打电话或发微信给王欣，王欣总是有一搭没一搭，她说，我好忙呢。对于这一周的见面，她也并不十分积极。

为什么会这样？难道她对我不再有感觉了？这不能不让张成林陷入思索之中。但现在肯定不是追寻答案的时机。张成林想着，还是决定继续像往常一样灵肉同修，有的时候，肉体问题解决了，灵魂的问题也基本就随之解决了。于是，张成林泡好了咖啡，端到了床边，拉上了床帘，点燃了粉红色的蜡烛，播放着小河淌水，掀开了玫瑰的原野，然后，他开始解除王欣的武装。

可是，王欣一点不在状态，她倒也没有拒绝张成林，甚至还努力地去迎合他，但是，这玩意和咳嗽一样是掩藏不了的，没有状态就是没有状态，张成林就是块木头也能感觉到，因为，王欣这时候就像块木头，任由张成林埋头苦干，她一点反应没有，不是说她没有动，她动倒是动了，却不是身体在动，而是两手在动——张成林有点气恼地发现，王欣自从进了门后，两手一直在动，动的却是她的手机。她的手机一直在响，滴当，滴当，滴当，是那种微信信息的提示音，只要一响，王欣就像打了鸡血似的，迅速地两手在屏幕上翻飞。

在这样的状态之下，张成林也只好草草收兵，虽然仍然怀抱着温软的王欣，心里却拔凉拔凉的。王欣却浑然忘我，仍旧两眼紧盯屏幕，双手不停地在屏幕上跳动。王欣的手机屏幕发着光，像一条河水，张成林觉得王欣的姿势像在河里洗衣服，她正在一条凛冽的河里洗衣服，不，不可能是王欣，应该是他姐姐，张成林记得，他在瓦庄的姐姐经常勾着头在河里洗啊洗，洗衣，洗菜，洗碗，冬天的时候，河水冰冷，她的两只手经常洗得如红萝卜。

一想到姐姐，张成林有点内疚。姐姐比他大十岁，自小就带着他，小时候自己的屎片尿片就是姐姐承包了洗的，姐姐还早早打工，挣了钱供他上高中读大学，本来以为自己上了班有了工作，就可以回馈姐姐了，可是在罗城，他这样一个毫无背景的“凤凰男”，不奋斗个十几年哪里能立得住脚呢？姐姐的孩子上小学了，上个月姐姐打电话来，问能不能想办法找找同学什么的，把孩子从镇上小学转到县城小学。张成林打了几十个电话，这件事最终也没办成。

滴当，滴当，滴当。王欣还在忙着。张成林实在忍不住了，他嘟囔了一句：“你忙什么呢！”

王欣好像没听见，还是头也不抬。

张成林又想到姐姐，姐姐上个月来罗城找他时，把他吓了一跳，她老了不少，三十多岁的女人，却枯燥得像一捆秋天的稻草，更让他难受的是，姐姐穿着一点也不讲究，竟然穿了一条紧绷绷的弹力裤，他想起来了，那还是她做姑娘时穿的，现在都成文物了。姐姐把女儿莹莹也带来了，她倒是把莹莹打扮得很好，扎了整齐的小辫子，头顶心还插了一朵蝴蝶花，活泼的米老鼠图案连衣裙，亮亮的皮鞋，可见姐姐对女儿是多么上心。那天，张成林塞给姐姐一千块钱，放在信封里，可是，他后来发现，姐姐临走时，又把那信封和钱放在了他桌上的茶杯底下。

滴当，滴当，滴当。王欣忽然停住了两手，她一把抓住张成林，像突然发现了什么，她叫道："哎呀，快，快，加群，加群，忘了我身边就有一位生力军嘛！"

在王欣的一番介绍下，张成林才弄清楚她两手忙活的是什么。原来，王欣是在忙着给她班上的小朋友吴思越拉票。王欣告诉张成林，"罗城热线"网站搞了一个活动，由一家电脑公司赞助，在全市开展小学生电脑智能作画比赛，采用网上投票方式，第一名将获得一台价值六千元的笔记本电脑。

听了王欣的介绍，张成林不由松了一口气，不过随即他就疑惑了，你们学校是市里的名校，班级里学生也大多是罗城有头有脸有钱人家的孩子，一般人进不了那学校，他们还差这台电脑？值得你这么玩命拉票？

王欣白了他一眼说："不是钱的问题，这是关系到学校声誉啊。"

张成林拿过王欣的手机，看了看投票页面，上面展示了参赛选手的作品。他翻阅了一下，说实在的，这些作品包括那个吴思越的，都显得一般，彼此很难分得出高下。他说："一个商业比赛，有必要那么较真？"

王欣毫不迟疑地说："必须的，你知道吗，如果是别的学校得到这第一，我们也没意见，可是我没想到，跟我们竞争的选手是乡下的一个小学生，并且，得票数遥遥领先，这不是明显让我们难看吗？"

哦，原来有了明确的对手，张成林说：“我看看，惹我们欣欣公主不高兴的是哪位？”

在王欣的指点下，张成林看见目前排名第一的选手的资料，资料显示这是罗城郊区小余岗小学推送的选手，名字叫李心怡，她的得票数为 1598 票，而吴思越的票数还不够她的零头，只有 460 票。根据比赛规则，每个网络用户注册后，每天只能投一票，比赛是从五天前开始的，这样一算的话，那位李心怡背后的投票人数得有三四百人，这样的人气可不容易啊。

“是啊，”王欣说，“形势逼人呀，好在比赛为期一个月，还有二十五天的时间，到下月 21 日结束，我们一定要逆转，21 日的结束日就是我们的胜利日，对了，我来给你注册一下，你不仅自己要投，还要给我发展下线，至少得一百个！”

“一百个？”张成林说，“欣欣公主，这也太多了，我尽力就是了，你想想，我总不能见了人就把人家手机拿过来，说是要拉票吧。”

王欣啪啪啪在张成林的手机上弄好了注册程序，顺手就投了一张票，她说：“还有，你看，我把你拉到我们这个铁杆投票群里来了，你要有好朋友，就把他们拉到这个群里来。”王欣说着，又拿起自己的手机，忙活了起来。滴当，滴当，滴当。

张成林嘟囔着说：“你这可真是投票声声急呀。”

这一天，因为王欣的不在状态，他们的第三十次爱爱没有像往常那样上演连续剧，完事之后，王欣就一直赖在被窝里，投入她的投票战中，她专注的神情就像一个运筹帷幄的将军，正指挥着一场事关国家存亡的重大战役。

王欣的话张成林不可能不听，想在她面前争取表现还来不及呢，何况公主亲自布置任务？王欣的任务一下达后，张成林就立即行动起来。

张成林平时在罗城没什么社会交往，微信、QQ里的好友并不多，加入的群也少得可怜，这一方面是因为他平时不太热衷于参加集体活动，不喜欢凑热闹，另一方面也是有客观原因的，他是从那个偏僻的乡村一路过五关斩六将地考试考出来的，他的那些小学初中高中同学如今大多是民工，虽然也都有微信、QQ什么的，但大家已经不大能尿到一个壶里去了。

去年过年的时候，张成林回到老家，遇到了几个过去的同学，大家都扫了二维码加了群，一开始，群里很热闹，说些同学少年时的事情，可是过不了几天，就有同学不停地问他，能不能帮助在罗城找到装修工程？今年在外不好混，不像以前房产热的时候，一天要接好几单活，现在没事做了，政府部门的装修也没有了，日子没法过了……这些让张成林很烦恼，他一个小办事员，哪里能找到工程呢？工程又不是他手里的纸鳖，想拍时随时都能拍出来的。因为烦，张成林就把群消息设置为只接收不提醒状态，成了一个潜水员。有一天，张成林发现群里又热闹起来，估计是过年期间，大家都闲得慌，没事就打开手机，互相群聊。群里在热议的话题是，民工们要不要在城里买房子。主要是两派意见，一派是不赞同买，有好多在本市买了，人却在很远的城市打工，买的房子不能吃不能喝，一年还要交上几千块的物业费，另一派却认为必须买，买了以后回来住，因为像他们这样的一代，以后真要回到村里住肯定不适应了。两派各说各的理，张成林忍不住就冒了个泡，他说："要我说呀，真没必要买，有那钱，回家扩大再生产，办个养猪场啊，养鸡场啊，或者搞个果园茶园什么的，总之让钱生钱，买房子空着实在可惜了。"这话本来没什么，还有几个认为有道理在后面点赞。问题出在他说的后面一句话上，张成林说：“你在城里买房子你就要想清楚，自己将来有没有能力在城里生存下去？城里本来人就多了，何必再去添堵？”这话不知怎么惹恼了大家，激起了公愤，立即有人不客气地回应：“张成林，你现在是城里人了，就嫌弃我们了？你们这种说法的，就是明显歧视我们乡下人。”随后就有人跟上：“就是，就是，城里人往上数三代，哪个不是农民的后代，你们住得我们就住不得？”大家的声讨不容张成林申辩。张成林很委屈，自己说的是老实话呀，但他们完全不理解他，在他们的乱棒敲打下，张成林一气之下退出了那个群。

现在，张成林只有一个工作群和大学同学群了，他在这两个群上发了投票链接，并说明了如何注册如何投票等等，但就像一根针投进了大海一样，群里一点反应也没有。

张成林只好在身边的实体人群中发展下线。

他先是准备发展和自己一个办公室的小金，没想到小金还只听了个开头就对他嚷：“别，别，兄弟，我可最烦什么网络投票了，天天都有人要我投票，我要都应承了，一天点到晚都点不过来，求求你，饶了我吧。”然后，小金拱着手上洗手间去了。

张成林又把希望寄托于隔壁科室的老刘，他和老刘一起下过一次乡，那次酒宴上，老刘遇到了自己的老同学，一桌人便把目标对准了老刘，拼命地要灌老刘的酒，关键时刻幸亏张成林出手相救，替老刘喝了三大杯，老刘后来对他说：“小张，没说的，以后有事找我！”因为有底气，张成林就直截了当地对老刘说了要求。老刘听了半天说：“微信？我没有那玩意，我不大玩手机，伤眼睛。”张成林不甘心，说：“要不我替你下载一个吧，或者，在你电脑上投，电脑上也行的。”张成林摆出了一个手机与电脑你必须二选其一的架势。老刘盯着张成林看了好一会儿说："不行，不行，与工作无关的事可不能在电脑上弄，这样，我回去让我闺女弄一个，由她给你投就是了。"

老刘这样子明显是拒绝了，张成林咧咧嘴，只好退了出去，他现在才意识到，原来，网络投票发展下线可真不是一件容易的事情啊，他有点理解王欣的那种投入了，现实如此残酷，不努力怎么行啊。张成林跑了好几天，最后还只是发展了机关文印室的两个女孩，代价是给她们一人买了一盒哈根达斯。

王欣现在每天给张成林的电话内容就是询问进度：有没有发展？

她对张成林说："你想不想见我呀？"

张成林说："做梦都想！"

王欣说："那你得发展下线，一周至少二十个，发展不了，我们那周就不见面。"

张成林说："你就这么狠心啊！"

王欣说："也不是狠心，确实是形势紧急嘛，你没看我每天忙的惨样，也没有时间见你呀！"

张成林也知道王欣这段日子确实是拼了，这从她的铁杆投票群的人数增长和活跃度上可以看得出来。那个铁杆投票群已经达到了两百多人，为了吸引大家投票，群主王欣每天都起得比鸡早睡得比猫晚，几乎24小时在岗，她一大早就发投票网站地址链接，以方便群里人直接点开投票，而到夜半无人私语时，她还时不时会抛出一个红包来，吸引群友参与，甚至，她还不惜晒出自己的写真照片，以提高群的活跃度。

在王欣的努力下，吴思越的得票数稳步上升，然而与那个第一名李心怡比起来，差距还是不小，先前她们俩之间差了一千票，现在，绝对数都在上升，奇怪的是，相对差距却始终维持在大约一千票左右。有天晚上，快 12 点了，张成林接到王欣的电话。王欣上来就急匆匆直奔主题："不对，这一个星期以来，我每天做数据统计，我又找了数学老师做了一下数据分析，我发现了猫腻！"

睡梦中的张成林想了一会儿才转过神来，意识到王欣说的是投票。他问："什么猫腻？"

王欣说："我们这边投票大多集中在每天的早上 8 点到 10 点这个时间段，这个时间内我们票数增长很快，一般有近二百票，但连续一周我们发现，对手的票数增长却毫无规律，他是突然增长的，有时在清晨，有时在深夜，有时在大中午，而且，我们长多少他就长多少，像是逗我们玩一样。"

张成林说："你的意思是他们在作弊？"

王欣说："非常有可能，现在，交给你一个光荣的任务，你这两天抽时间去调查一下那个叫李心怡的学生的家庭背景，看看她们家有没有在网站工作的，有没有买票行为，等等等等，越详细越好。"

王欣给张成林发布命令的时候，张成林听见她的手机里还在密集地响着滴当，滴当，滴当。她下达完指示后立即就挂断了，不给张成林一丝缠绵的机会。张成林只好打开那个投票网站的网络链接，再次看了看那个李心怡的照片，以免到时认不出人来，又搜索了一下去往李心怡所在的小余岗那地方的公交信息。

为弥补发展下线不力的缺陷，张成林决定在完成王欣交代的调查任务上要更积极主动一些。于是他第二天就向单位请了假，背了一个双肩包，戴了顶长檐帽，又在鼻梁上架了副墨镜，把自己弄得像个侦探似的，坐着早班公交到小余岗去了。

小余岗真的很偏僻，张成林查了资料才知道，这个地方原来属于罗城下辖的一个县，因为城市建设摊大饼，现在摊到这里来，成了城乡接合部。百度地图上显示，从市里坐公交到小余岗要花将近一个半小时，这么远的路，张成林就找了个座位，安安心心地准备在车上睡一觉，睡一觉醒了可能小余岗也就到了。

可是，公交车非常拥挤，让张成林无法入睡，这辆公交从城中出发时还是不多的几个人，慢慢就累积了更多的人。张成林发现一个有趣的现象：公交行驶在城中地带时，大多是城市居民乘坐，当它越往城外方向驶去时，城市居民慢慢减少，上来的多是郊区的民工，这从他们的衣着、语言等可以看出来，甚至不要细看，只是扫一眼就能分辨出来，二者之间的差别就如鸡与鸭的差别，虽然它们同属于禽类。车子到了一个站点，呼啦啦上来了一大群民工，他们大概是在城里搞拆迁，手里提着铁锤、大夹钳等，车上的城里人一见到这冷冷的铁器，都怔了一会儿，然后小心翼翼地绕过他们，避让到一边去，仿佛那些人和铁器都是不祥之物。张成林觉得，不经意间，那些民工和公交上的城市居民形成了某种对峙。当然，到了后来，快到郊区了，随着城里人不断下车，车子里几乎都成了清一色的民工了，他们也好像松了一口气，身体立即软了下来，互相开始开玩笑，吹口哨，大声唱歌，讨论着昨晚的一场牌局，他们那么放松，张成林感觉到只有自己是僵硬的，僵硬得像一块铁。

一个多小时后，公交到了终点站，手持大铁锤、夹钳的乘客们又呼啦啦下车了，张成林等他们全下去了，才慢慢地走下车。

因为功课做得比较充分，下了车后，张成林很快就穿过两条破旧的街道，找到了小余岗小学。学校很小，简陋的二层楼，楼前竖了一根木质旗杆，并没有挂上红旗，学生们还在上课，隐约地传来读书声。张成林按照事先设计好的调查方案，直接就找到了校长室。

校长大约快退休了，满头白发齐齐往脑门后梳去，戴着老花镜，还缺了一颗牙齿，这样子基本符合一个乡村小学校长的画像。张成林说明了来意。他说："我是'罗城热线'网站的，由于你们学校推荐的李心怡同学在我们网站投票中居于榜首，我们想再升个温，来给她拍几张照片，做做宣传。"

校长却很疑惑："什么，什么投票？我不知道这件事呀。"

张成林说："那，你们学校有没有一个叫李心怡的学生？"

"那有，有。"校长说，"三年级的。"

张成林说："那等会放学了，我能见见她采访采访吗？"

校长立即向操场上一个女老师招手："章老师，你去把李心怡叫来！"

张成林赶紧给校长递了一根软中华香烟，校长看看牌子，很高兴地点着了，深深地吸了一口，他对张成林说："你刚说的什么投票？"

张成林又解释了一番，但校长仍然不大明白，他反反复复地说："没见过上面的文件，没见过上面的文件，我们一切都要依上头的红头文件行事嘛。"

过不了一会儿，那个章老师把李心怡带到校长室。小女孩长得挺精神，手臂上戴着二道杠的袖章，脖子上还系着一条红领巾，进门了就高举着手向校长敬礼："校长好！"转过来又向张成林敬礼："叔叔好！"

张成林觉得这小女孩子好亲切，他说："哟，你是李心怡呀，还是大队中队长呀，了不起！"

小女孩听到张成林这样夸奖她，有些得意也有些害羞，她扑闪着眼睛，歪侧着头说："叔叔，您找我有事？"

张成林蹲到李心怡面前说："你不是参加了那个全市首届小学生电脑智能作画比赛吗？你现在网上的得票数一路领先，叔叔想给你拍几张照片，还要采访采访你，发布到网上，让大家再多给你投票，好不好？"

不料，张成林这样一说，李心怡神情立即紧张起来，她看看一旁的章老师，脸上霎时涨得通红。

那个章老师说："什么投票，什么比赛？"

李心怡更紧张了，眼睛眨巴眨巴，几乎要哭出来。

张成林对校长和章老师说："我能单独和她谈谈吗？"

校长和章老师出去了，李心怡眼里的泪水总算慢慢爬了回去。

"怎么？老师们不知道这事？"张成林问。

李心怡用手指捏着衣角说："我妈不让我说。"

张成林说："为什么？你画得很好呀，为什么呢？"

李心怡的眼泪又慢慢爬了出来："我、我、我舅舅……"

这时候，上午最后一节课的下课铃声响了，李心怡低了头，不愿再说下去："叔叔，我要走了，我妈要来接我了！"小女孩用脚尖不停地磨蹭着地皮，吱吱，吱吱，像老鼠叫。

张成林还准备做说服工作，忽然，外面闯进一个女人，大声喊着："心怡，心怡，放学了，回家了！"

李心怡说："我妈来了！"她说着，像小老鼠一样，钻出了门外。

张成林也跟了出去。

门外，一个女人骑在一辆电动车上，两脚撑地，等着李心怡往身后的座位上爬，她看见张成林出来，眼神里满是警觉和敌意。

张成林看着这个女人，忽然明白了，先前自己看见李心怡的亲切感来自哪里了。眼前这女人竟然也穿了一条早已过时的弹力裤，而她的神情也像极了他的姐姐，尤其是在她打理得干干净净的女儿的衬托下，张成林愣住了，这母女俩和她姐姐上次带着莹莹去罗城找他时的情形多么相像啊。

李心怡爬上了电动车的后座，她大约觉得这时候是安全的了，她对她妈妈说："妈妈，这个叔叔说我现在网上的得票数一路领先，想给我拍几张照片，还要采访我，发布到网上，让大家再多给我投票!"

女人脸色突变，她盯着张成林说："谢谢！不需要!"她说着，启动电动车开关，几乎逃也似的窜了出去。

校长和章老师从另一边走了过来说："怎么了？谈好了?"

张成林说："嗯，嗯，校长，这李心怡家家庭情况你知道吗?"他说着，又递上去一支香烟，给校长点燃了。

校长说："这孩子，鬼灵精啊，可惜命不好，她爸爸出车祸死了，她妈带着她租住在镇上，一边打工，一边供她上学，你刚才说什么，她参加什么比赛?"

张成林说："嗯，电脑比赛。"他继续问："那她有个舅舅，你知道吗?"

校长说："好像是有个舅舅，在罗城上班吧，上次家长会就是她舅舅来的，叫什么名字？我忘了，章老师你记得吗?"

一旁的章老师说："叫黄什么，开家长会做自我介绍时，他说过的，我也忘记了。"

张成林点点头说："哦。"

在这个网络时代，想寻找一个人，真不是太难的事，凭着从小余岗小学那里实地调查得到的蛛丝马迹，张成林很快就通过人查清了，在罗城热线，确实有一位网络后台技术人员，姓黄，男性，他有一个姐姐生活在小余岗。

得到这个消息时，张成林正好接到王欣的微信询问："查到线索了吗?"

不知怎么的，张成林没有如实汇报，他脑海中一遍遍出现李心怡和她妈妈以及他姐姐与莹莹这两组人物的形象，弹力裤，米老鼠连衣裙，二道杠，河水中通红的小手，她们的形象交替着，幻灯片一样，在他的意识里不停地换片。他支吾着回答王欣："还没有。"

他准备着王欣对他的揶揄："搞什么嘛，连这点事都搞不定!"还好，王欣并没有穷追猛打，并没有再追问下去，估计又在铁杆投票群里活动去了。

有好几天，王欣没有再跟张成林联系，张成林也没好意思请她周末再过来见面，他以为王欣是生气他工作不力故意不理他，不料，又一个午夜时分，王欣又突然打电话给他说："搞定了，搞定了!"

张成林问："什么搞定了?"

"我就觉得有问题嘛，"王欣兴奋地说，"我让一个学生家长，市委宣传部的，管网站的，给罗城热线的总编打了个电话，说是有人反映这次网络投票有作弊嫌疑，让他们注意一下。你看，我们上午打的电话，立马就见效，今天我们的增长相对数明显比那个李心怡高，照这样下去，胜利在望!"

听了王欣的话，张成林忍不住即时登录了那个投票页面，看看投票情况，果真，今天一天，李心怡只增长了几十票，而吴思越却长了三百票，照这个速度，两三天就能反超。张成林看着页面上李心怡的照片，仿佛又看到她伸长手臂向他敬礼的样子，她嗫嚅着紧张不安地看着校长和老师的样子，她妈妈瞪着他警觉又敌意的神情，哗，照片又幻化成她姐姐和莹莹的样子。张成林看着看着，忍不住在投票操作栏中，投了一票，投的却是李心怡的。直到投了上去，看到投票显示，张成林才大吃一惊，自己为什么要给她投呢？关了手机页面，张成林躺在床上，半天睡不着。

第二天，第三天，张成林格外关注起投票情况，如王欣所预料的那样，仅仅三天时间，剧情逆转，吴思越不仅追上了李心怡，而且还反超了一百多票，离投票结束日期只有一周时间了，照这样发展下去，吴思越的笔记本电脑是拿定了。

胜券在握，王欣显得轻松多了，她又有心情打电话给张成林了，还答应张成林，这个双休日和他见面，而不需要等到21日那个最后的胜利日了，“让胜利日提前到来吧！”她说。

这是一个好消息，张成林却怎么也兴奋不起来。他看着投票页面上的数字，李心怡仍旧一天只有几十票。这两天，鬼使神差，他每天不仅自己给李心怡投，又让单位文印室的两个女孩子改为李心怡投票，弄得两个女孩子莫名其妙，他只好又给她们一人买了一盒哈根达斯。

张成林比以往任何时候都更关心起那个投票动态了，看着李心怡缓慢增长的票数，他特别着急，着魔了一样，恨不得自己钻到电脑里，把她的数字噌噌噌往上拉。为了帮李心怡拉票，张成林疯狂地在各个论坛上注册，粘贴投票地址，他在论坛里喊：“各位亲，请给李心怡投一票吧，她是我可爱的侄女儿，您轻轻一投，可能就会使她确信——明天会更好！”当然这样的行动几乎无效。他几个夜晚守着十几个论坛，也只收获了几十个投票。

这天下班后，张成林从办公室出来慢慢往住处走，脑子里还琢磨着，用什么办法去为李心怡拉票？走到半路上，他看到了一家网吧，立即住了脚，他看看四周，随即小偷一样闪了进去。

故事到了这里，你应该猜出来接下来的情节，是的，没错，因为张成林在网吧里请人投票，五毛钱一投，他拿了一千块钱给网吧老板，随后，李心怡的票数又像那只与乌龟赛跑的兔子从睡梦中醒了过来，迈开大步往前跑，把吴思越甩到了老后面。

一千块钱对张成林来说不是一个小数目，但他自己也想不通自己为什么要那么做，他忐忑不安，都有点不敢见到王欣了。

王欣又进入了紧急状态，她果断地取消了这个周末与张成林的见面。疯了，她在电话里对张成林说，那个人大概是疯了，肯定是在买票，乡下人就是不讲游戏规则，我得组织反扑！

离投票截止日期只有两天了，怎么反扑呢？张成林问王欣。

王欣却没工夫搭理他，再也不给他回话。

到了投票结束前一天，张成林早上看到网站页面上的票数，李心怡还是领先了三百多票，吴思越那边票数却罕见地不动了，王欣主导的铁杆投票群里也一片寂静，群主王欣也半天不冒一个泡泡，莫非，他们认输了？泄气了？张成林一边为李心怡高兴，一边又不敢相信李心怡最后真能胜利。

这天，张成林每隔几分钟就刷新一下网站页面，看看票数，一直到晚上10点，情形都没有什么大的变化，他终于躺在床上安心休息了，他想，明天，当那个李心怡和她妈妈到市里来领奖，抱着笔记本电脑时，她们心里肯定很纳闷，是哪些人给她投票的呢？想到这里，张成林忍不住偷偷笑了起来，他不明白自己为什么会这么高兴。

张成林晚上睡了个好觉，一觉醒来，也就是21日早上了，还没起床，他就接到了王欣的电话。

王欣说：“走啊，上午陪我领奖去，下午我请假了，好好放松一下，今天一天都陪你！”

张成林说：“领奖？领什么奖？”

王欣不高兴地说：“电脑创意画比赛大奖啊，你一点都不关心我的事！”

张成林说：“你是说，你班的那个吴思越胜出了？”

王欣说：“当然啊！多了第二名一千多票！”

张成林说：“哦，哦，可是，你是怎么反超的啊？”

王欣得意地说：“哼，他们不讲究规则，那我们也就不客气了，前三我们都不让她进，吴思越的家长一下子拿了五千元钱给罗城师范大学的几个学生，让他们组织大学生昨天晚上11点后突击投票，打了对手一个措手不及，不仅把吴思越的票数涨得妥妥的，我们还把我们学校参赛的后面两个拉了上来，怎么样，这一仗打得漂亮吧？”

张成林愣了一下，赶紧说：“漂亮，漂亮！”

王欣说：“你快点来接我呀，胜利日，我们要庆祝胜利！”

张成林起床后却没有立即赶去和王欣会合。他打开网站页面，看了看参赛选手的票数，吴思越果真排在第一，而李心怡则排在了第四，这次设置奖励是取前三名，除了第一名是笔记本电脑，第二和第三分别是一台电子阅读器和一个电子词典，这一下，李心怡连颁奖现场都没有资格去了。

张成林怔怔地坐了好一会儿。失败了，李心怡彻底失败了，如果不是自己掺和，说不定她还能弄个第二或第三呢，这一下完败了。李心怡如果知道了，会怪罪他吗？

张成林一时忘记了自己要做什么，他觉得心里空荡荡的，像有一根巨大的针管抽空了他身体里的某种东西。直到王欣又发微信来："胜利了，亲爱的，我们胜利了，怎么表达祝贺呢？"他才猛醒过来。对呀，胜利了，我们胜利了，难道不是吗？王欣胜利了，也就意味着她又回到了常态，他和她又可以在云端灵肉双修了，自己还纠结什么呢，王欣的胜利不就是自己的胜利吗？

张成林在楼下花店里买了一束玫瑰花，然后打车直奔领奖地点。到了那里，颁奖仪式正在进行，王欣穿了亮丽的新衣，正站在台上和她的学生吴思越一起接受颁奖。她看见了张成林和她的花，冲他做了个拍照的手势。

张成林忙拿出手机来。王欣一脸春风，微笑着，一手搂着吴思越，一手张开 V 字，耶！胜利！

看着王欣的笑容，张成林咔嚓咔嚓不停地按手机键，他一边按一边想，得立即把手机上投票记录删了，千万不能让她发觉自己在替另外的人投票啊！他举着鲜花，冲着台上的王欣也做了一个胜利的手势。

耶！胜利！

（原载《星火》2015 年第 4 期）

树上的男孩

1

张克军一回到家，刚推开房门，陈玲玲就冲上来，两手像溺水的人茫然无措地抓挠着，最后拉扯住他的领带不放，哭叫着："去吧！再不去他就要死了！"

张克军被陈玲玲拉着领带，像一头被拉扯着的牛，跌跌撞撞地来到里面的房间。

房间里，管管还保持着早上张克军上班出门前一样的姿势——蹲立在椅子上，双脚脚尖踮起，两眼直视前方，像一尊泥胎的小佛像。

"从早上到现在都这样？"张克军问他的妻子陈玲玲。

陈玲玲抹了抹眼泪，点头说："是啊，这都四天了！"

张克军弯下腰，去摸管管的脸。

"管管，"张克军说，"你不饿吗？你不累吗？"

管管照例翻了翻眼皮，又埋下眼睛，面无表情地盯着前方的墙壁。

张克军叹息了一声，顺着管管的眼睛，去看前面那堵墙，墙上是一幅张克军自己拍摄的摄影作品，题目叫《屏风里的春天》。照片拍的是大山里的一座山村，春天的傍晚，岚气升起，几间粉墙黛瓦的民居隐在山腰，近处是一条小溪，一枝开得正艳的映山红斜伸到溪涧边，画面中最重的一笔是村前的一棵大枫杨树，枝叶纷披，枝干高入云空，几只归鸟在粗大的树冠上盘旋。

张克军看看照片再看看管管，他心有不甘地又喊了一句："儿子？儿子！"

管管依旧没有任何反应。

陈玲玲又哭泣起来，她再次说："你还犹豫什么？走吧，快走吧，现在就走吧，他才七岁啊，四天没吃了，他撑不到明天了！"

张克军站在那里，一言不发，他看着始终平静如佛的管管，再看看哭哭啼啼的陈玲玲，他不禁一阵晕眩，也许，家里这时反倒管管才是最正常的一个了。

见张克军不表态，陈玲玲再也忍不住了，她一下子瘫坐在地板上，放声大哭："张克军，管管要是死了，你让我也死了吧，我也不活了！"

张克军蹲到陈玲玲身边，劝说道："去屏风里也不是个办法呀，他今天要去屏风里，明天假如要去月球呢，你怎么办？你别哭了，老丁晚上就能从美国飞回国内，再试试我托他带来的新药吧。"

"不，不吃药，我要去屏风里。"

张克军与陈玲玲一起怔住了。

陈玲玲立即止住了哭泣，泪水挂在脸上也顾不得擦，她问张克军："是管管在说话？刚才？"

张克军疑惑地说："我也听见了，奇怪，奇怪！按道理说，不可能啊！"

"不，不吃药，我要去屏风里。"

这一回，张克军和陈玲玲听到了，听清楚了，这一连串的三个短句的的确确是从管管的嘴里发出来的。

陈玲玲扑到了管管的身上，搂着他，捏着他全身上下，好像刚才的话语是从他身上另外的部位冒出来似的，她叫着："管管，是你说的吗，刚才？你终于说话了！你多了不起啊，你说了三句，不，你一共说了六句！太好了，太棒了！"陈玲玲亲吻着管管的脸蛋："你能再说三句吗？"

管管却又不再说话了，脸上依然没有任何表情。

"走，去屏风里！"张克军一下子站了起来说。

从罗城到瓦县，一千一百公里，现在是农历腊月廿八，张克军上网一查，根本无法买到任何车票，他一咬牙，对陈玲玲说："开车去！"

陈玲玲有点担心地说："那么远，开车，行吗？"

张克军这时候却突然有了信心："行！"他指着管管对陈玲玲说："你看，管管竟然一下子开口说了好几句话，说明他还有希望，可能并不是自闭症，对，一定不是，一个自闭症孩子是不可能对一个人一个地方那么留恋的，嗨，我怎么这么混蛋啊，早应该想到这一点啊，走，走，走，收拾收拾，事不宜迟，现在就出发！"

陈玲玲回过神来，连声说："好呀，好！"她回到卧室里收拾衣服之类的东西，一边收拾一边对张克军喊："你带点烟酒之类，大过年的去兰姨家可不能空手啊！"

张克军应道："知道了！"

简单收拾了一番，张克军一家下了楼，上了车，张克军开车，后排坐着妻子陈玲玲和儿子管管，一家人像是回老家过年一样。张克军看看妻子，又看看儿子，一踩油门，车子滑了出去。

2

四天前，兰姨离开罗城，回到她的老家瓦县屏风里村。

兰姨在张克军家当保姆，已经四年没有回老家了，这一次，她女儿出嫁，她要求回家，张克军夫妇没有任何理由也不好意思像往年一样再挽留她。放走兰姨后，陈玲玲暗地里担心管管，但她没想到，没有了兰姨，管管的反应会那么强烈，早知道那样，她说什么也不会让兰姨回去。

兰姨走的那天，管管脸上虽然毫无表情，但他固执地拉着兰姨的大包，意思是让她留下来。兰姨一遍遍地对管管说："管管，你放我走啊，我初七一过就回来，也就是十来天时间，你在家乖啊！"

在门外等着开车送兰姨去火车站的张克军不停地看着表，催促着说："走吧，再不走，赶上高峰堵车就走不了啦！"

于是，兰姨强硬地扯开了管管拉着她的小手，几乎是跑到了门外，跟着张克军走了。

张克军那天有点不耐烦，他想不通，管管为什么宁愿恋着一个农村来的保姆，却对自己亲生父母视若无睹，作为某大学生物学专家，他觉得这是老天对他开了一个天大的玩笑。

那天张克军送走兰姨后，直接去了单位，今年他又牵头主持一个国家级科研项目，手底下跟了八个博士生，忙得不可开交，等他下班一身疲惫地回到家，发现陈玲玲一脸焦虑。

张克军问："怎么了？"

陈玲玲说："他一天不吃饭。"

"为什么？"

“估计是因为你送走了兰姨。”

张克军再也忍不住，他再也端不住一个彬彬有礼、温文尔雅、谦谦君子的生物学专家形象，他破口大骂：“妈的，就是因为一个保姆？不吃？你让他不吃吧！我看他能饿到几天！”

张克军边骂边在客厅里转圈，而蹲立在椅子上的那尊小佛像根本听不见他的声音，始终一脸平静地望着对面墙壁上的那幅摄影作品。

陈玲玲双手捂脸，低声抽泣起来。

张克军骂了一通，一脚踢开卧室的门，衣服也不脱，把自己往床上一扔，拉过被子盖住头脸，他心想，不吃，大家都不吃吧！被子蒙在脸上，眼前一片黑暗，张克军觉得自己真是一只土青蛙坠入了一个黑暗的深井里，井壁光滑，它怎么爬也爬不出来。张克军绝望极了。

也许是太累了，张克军就这样睡着了。到了半夜，他醒过来，看见客厅里的灯还亮着，他起床去看，管管睡了，而陈玲玲还在沙发上枯坐，脸上还挂着泪水。张克军走上前，揽着陈玲玲的肩说：“对不起，老婆。”

陈玲玲摇摇头。

张克军说：“你别灰心，我又咨询了一些专家，美国新研发出了一种药物，能很好地治疗管管这种病，我已经托在美国出差的老丁带了，过两天就能带到。”

陈玲玲继续摇头，她说：“你老是给他吃药，吃药，可是老是不见好，我觉得，管管不是病。”

“不是病？那是什么？”张克军说，“他这就是病，有病就得吃药！好了，你就不要太焦心了，睡吧，睡吧。”

那天晚上，张克军把陈玲玲哄睡了后，自己却一直睡不着，他躺在床上不敢动弹，怕惊醒了身边好不容易睡着的陈玲玲，他就睁大眼睛看着室内的黑暗，脑子里有无数个想法在黑暗中交火，有一下，他想起一部曾经看过的外国电影的桥段。电影里，一个饶舌的家伙坐在飞机上，对身旁的一个人说：“我想，在飞机上长年工作的空姐们，月经是不是会遇到许多麻烦？我不知道她们会做一些什么样的噩梦，我应该去问问。”他接着又说，“鸟不做噩梦的，是吧？”在他身旁的那个知识分子模样的人说：“它们做的是集体性的噩梦，那些在科伦坡维尼娅山旅馆外面的渡鸦就是个例子，它们在半夜里常常一齐发出尖叫。”

张克军不知道自己为什么会想起这个电影桥段，也许，这涉及他的专业了吧，他恰好去过意大利，在那里专门研究过渡鸦，有一刻，他恍惚觉得自己变成了一只渡鸦，在半夜里和别的同类一起发出尖叫。

第二天，张克军担心的事发生了，因为自闭症孩子往往会固执地重复一件事，包括绝食。果然，管管第二天依旧粒米不进，他早上起床后就踮着双脚，顽强地蹲立在椅子上，一动不动，睁大两眼，看着墙上的那幅摄影作品。

张克军试图拿掉那幅摄影照片，但管管看不到照片了，便在椅子上闭了眼。干脆连眼睛也懒得睁开了，那样子更可怕，张克军无奈只好又挂上那幅照片。他一挂上照片，管管就像通上了电的灯泡，立即就睁开了双眼，定定地看着照片，一连几个小时都不眨眼。

3

张克军从车内后视镜中，看了一眼管管。说也奇怪，自从坐上车，往屏风里所在的瓦县方向驶去后，他就开始恢复吃东西，苹果、薯条、牛奶、花生糖，塞了满嘴。

张克军叹了口气，往屏风里去的路他并不陌生，算起来，这是他第三次去屏风里了。

第一次去屏风里是在七年前。

张克军还记得那次的情形，那次他是和陈玲玲一起去的，他们那时正在热恋当中。当时，张克军主持他职业生涯中的第一个研究项目，主要研究短尾猴野外生存状况，恰好他从网上看到一则新闻，几只动物园里的猴子不知怎么跑了出来，跑到了瓦县屏风里村。不料几年后，猴丁兴旺，从几十只发展到两三百只，壮大起来的猴子经常伤害村民，成群结队到农户家上房揭瓦，下山糟蹋农民种下的板栗果、玉米等农作物，更过分的是，一些流氓猴还欺负小女孩，对那些单独行走的女孩动手动脚，但根据动物保护法的相关规定，又不能对这些猴子处以极刑，如何控制猴群生长就成了一个难题。张克军当即就与瓦县方面联系，双方一拍即合，控制野生猴群生育项目就交由张克军全权负责。

到了屏风里村，张克军和陈玲玲都被眼前的景象迷住了，他们不敢相信，在中国的内陆省份，竟然还保存有这样一个完全原始的自然的山村。它的建筑并不古老，大多是二十世纪七八十年代修建的，但却都与自然环境相和谐，一户户人家错落有致地安放在山间，溪水，大树，炊烟，飞鸟，草垛，一个淳美的乡村，一幅天然的画。据当地一个有点文化的老先生介绍，说当年大诗人李白来过这里，专门写了一首诗，其中有“人行明镜中，鸟度屏风里”的诗句，后来，这个村子就叫屏风里了。看着这样的美景，爱好摄影的张克军就掏出相机拍了起来，《屏风里的春天》就是在那天拍下的。

在屏风里村的时候，那些猴子仿佛知道张克军的使命似的，竟然一个个都没有露面。村民告诉他，就在前两天，还有一群猴子下山，把一个姑娘的裤子扯破了呢，把那姑娘吓得小便失禁，到现在还在医院里没回来。于是，在当地人员的陪同下，张克军钻到深山里仔细观察了猴群，那些猴子远远见到张克军，便四下里叫嚣着，纷纷跳跃着，爬上树，跳上岩，拼命要消失在他的视线里，但带着望远镜的张克军凭着长期的经验，很快将猴的活动范围、种群数量等搞清楚了，综合考察结果，最后他给出了一个解决方案，即将避孕药品混杂在玉米中，定点投食喂养猴子们，以达到控制猴群生育的目的。因为山区没有专门的接待宾馆，办完事后，张克军和陈玲玲要求就住在农家，体验一下山里的生活，瓦县的人便安排他们俩到了屏风里村的一户农家食宿。

这便是兰姨家。

兰姨那时也才四十多一点，是一个精干的农家大嫂，待张克军他们放下了行李，洗了脸，便给他们端来米饭和菜，香喷喷的米饭，黄澄澄的咸豆角，清爽爽的肉丝炒小竹笋，陈玲玲“哇”了一声说，跟这菜一比，罗城的那些什么乡村土菜馆全是假冒的。两人吃得一屋子唉咙响。

吃好了饭，他们把椅子搬到了门前的晒稻场上，稻场前是一片小竹林，竹林边流着一条小溪，哗哗的流水声很清脆，大而白的月亮也升上了天空。

兰姨点燃了一堆艾草，苦艾味在夜空里弥散开来，幽蓝的萤火虫三五成群地在竹林里、流水上和薄烟中游走。

陈玲玲对张克军说：“我们出去走走吧。”

张克军领着陈玲玲沿着小溪走着。溪边是低矮的小屋，爬满丝瓜的竹篱笆，青石板的巷道，狗远远地吠着。张克军觉得这景象有几分不真实，他对陈玲玲说："这真有点像世外桃源呀。"陈玲玲没有说话，其实她也有同感，但她只是把手伸进了张克军的手心里，轻轻地握着。

走出了村庄，小溪也流成了一个深潭，潭边躺着几块巨大的石头，月光照在上面，它们像浮在水里一样，四周静静的，全世界仿佛都没有别人。张克军和陈玲玲坐了上去，不由得就亲吻着，月光让他们的眼睛很黑，皮肤很白，他们的呼吸粗重起来，最后，他们就在那块巨石上脱光了彼此，月光把他们起起伏伏的影子投射在溪水里。

有一刻，张克军停止了动作，他觉得眼前似乎晃过一个敏捷的猴子般的身影。陈玲玲问怎么了，张克军看看四周，摇摇头说："没什么……"说着又继续下去。陈玲玲像一株月光下的水草，她恣意地扭动着身体缠绕着同样处于激情中的张克军。

想到这，张克军回头又看了看管管，管管仍然不停地在吃东西，他吃起来也如他不吃时一样执着。张克军又叹了一口气。也就是在那次激情过后一个多月，陈玲玲告诉他，她怀孕了。也许，就是在那样一个月圆之夜，在那山村的巨石上，管管在这个世界上诞生了。张克军回想着当年的激情，按照生物学揭示的一般规律，父母越是激情相爱，受孕的后代便越聪明，可是，为什么管管却成了一个自闭症患者呢？

一开始，张克军和陈玲玲一样，怎么也不愿意相信管管是自闭症儿童。管管生下来后，除了不爱笑，一切和平常小孩无异，到了两周岁时，问题渐渐暴露出来，管管对他们俩一点不亲热，他就像一个没有表情的布偶，无论张克军夫妇俩怎么样逗他，他始终像一个哲学家一样思索着人类重大问题似的，面对张克军夫妇的表演无动于衷。人类一思索，上帝就发笑，可是，管管一思索，张克军夫妇就要哭了。张克军偷偷地带着管管到医院去做了个测试，他一直担心的事发生了，管管果然被诊断为患了自闭症。张克军拿到诊断书后，一个人在医院长条凳上坐了一下午。

过了好几个星期，张克军才犹豫着把这个消息告诉给陈玲玲。

接下来的一年时间里，处于崩溃边缘的陈玲玲在单位请了长假，带着管管跑遍了国内的各大医院，拜访了几乎所有的自闭症儿童康复机构，最终都无功而返。

幸好，张克军从来没有丧失信心，他也不断地向陈玲玲灌输这种理念：自闭症是一种病，既然是病，就一定会找到治疗的药。

凭着这种理念的支撑，陈玲玲才稍稍缓过气来，准备继续上班，继续把生活延续下去，但他们不愿意把管管放在学校，让他从小就在一种受歧视的环境里长大，他们决定给他请一个保姆。

可是，每当请来一个保姆到家，管管都是很冷峻地走到保姆面前，像一只缉毒犬那样对着嗅源嗅了嗅，然后顾自走开，只要那保姆不离开家，他就不吃不喝。

请了一个又一个保姆，都被管管嗅着辞退了。陈玲玲准备干脆辞了工作在家专职陪伴管管，她所在的那家大型国企正在进行大规模的人事调整，陈玲玲有望进入中层，如果辞职基本上就彻底断送了自己的职业生涯，就在她即将作出这个艰难决定的时候，兰姨出现了。从某种意义上来说，兰姨的出现解救了陈玲玲或者说她全家。

4

夜渐深了，一口气在高速上开了六个多小时，张克军找到了一处高速服务区的酒店住了下来。

他们俩下车时，管管不出声地跟着他们，除了面无表情，不发一言，他怎么看都是一个发育正常的乖巧的男孩。进了房间，老丁的电话来了，老丁对张克军说，他已经回到了罗城，给管管买的新药也带回来了，明天一早就可以送到张克军手中。

张克军低声对老丁说：“多谢多谢，暂时就放在你那儿吧，我们正带着管管在外旅游呢。”

“在外旅游？”老丁的语气有点吃惊，或许在他看来，带着一个自闭症小孩去旅游简直太荒唐了，但他很快意识到了自己态度的不妥，便接着说，“啊，旅游好啊，那好，等你回来就联系我吧，玩得开心啊！”

张克军挂了电话对陈玲玲说：“老丁把药带回来了。”

陈玲玲白了他一眼：“药，管管吃了多少药啊，他吃的药都可以堆一屋子了，可是他好了吗？”

张克军嘟囔了一句：“那是因为药不对症。”他说着看了一眼管管，管管已经乖巧地趴在床上睡着了。

对于要不要让管管服药，张克军夫妇两人存有较大分歧。这些年，张克军总是利用他生物学专家的信息和人脉之便，不断地托人在全球范围内为管管找新药、特效药，而陈玲玲总是对这些药不太信任，张克军知道，陈玲玲最大的不信任来源于自己对于控制猴群计划生育的失败。

自从第一次去了屏风里后，张克军就和当地建立了长期的联系，不时地打电话去询问猴群的生育情况，让他羞愧的是，在对猴群实施大规模喂服避孕药三年后，猴群的数量并没有减少，反而有越来越多的趋势，快要突破八百只了。这个结果让张克军百思不得其解，在实验室里，他给猴群喂服的药物避孕效果非常明显，成功率达到90%以上，可对比屏风里村的猴群种群数量，却几乎毫无效果，他于是又去了一次屏风里村。

那一次，张克军带了几个助手一起去的屏风里。

那是秋天，张克军一行坐在小车上，沿着狭窄的村村通公路往村里去，两旁山上枫叶通红，松针青绿，栎树明黄，色彩斑斓，山坡上的地块里，成片的玉米在微微摇晃它们的成熟，风景依旧和上一次来时一样让人惊叹。忽然，助手小高指着前面说："猴群！"

果然，约有三四十只猴子从玉米地里冲出来，像一队埋伏在此的士兵，它们等候在路边，向着张克军他们乘坐的小车投掷着玉米棒，打得车上嗵嗵直响。司机没见过这阵势，赶紧加大油门，从猴们玉米弹的围攻中没命地奔窜。

这个玩笑实在是开大了。张克军一脸羞愧，见到当地的负责人，什么话也没说，先承认自己工作失误。接下来的一周时间里，张克军和助手们一起再次仔细观察了这里野生猴群的生活习性、猴群活动半径、种群个数等等情况，他们观察到的一切似乎和他们之前在教科书上所得来的经验一致，倒是和当地老百姓交谈时，猴子们的所作所为大胆而富有想象力。比如，猴子们会飞身抢去农人头上戴着的草帽，你要是不发火，慢慢商量着，它们可能玩够了还会还给你，你要是骂它一句，它立即就会将这顶帽子挂在高高的树梢，等待雨雪将它损坏后才会从树上飘下来；还有，村里哪家办红白喜事，这猴哥要是来了，你不准备水酒给它们喝上一顿，它们就会将一团团枯草塞到你家房顶的烟囱里（反正爬高是它们的绝活），让你家的锅灶不但点不着火，而且浓烟倒灌，熏得你全家咳嗽不止，等等。这样的恶作剧可以列上一大串。

当然，这一次的实地考察也并非没有一点成果，通过观察猴群，张克军觉得，猴群在这里能大规模繁衍，有两个主要原因，一是这里没有大型凶猛动物，猴子们缺少天敌，应了古人所说的“山中无老虎，猴子充霸王”；二是自然生态好，食物丰富。但是这仍然不能解释，避孕药为何对这些猴子们没有任何作用呢？

张克军最后提出了一个新的控制猴群生育的方案，即给猴群喂养一种抑制它们发情的药物，让它们失去交配的兴趣，几年下来，猴群不就自然减少了吗？这个方案作为一个新的实验课题，得到张克军所在的学院里的科研经费扶持，全部药品免费发放到屏风里村，由当地人组织投放。为了落实到位，张克军还让自己的几位助手轮流到屏风里村担任指导，确保药品能被猴子们吃下。助手们带回来的录像资料显示，填充了药物的玉米、水果都被猴子们一一笑纳到腹中去了。

然而，在这年年底，通过统计，猴群数量又增加了一百多只。

两次投药失败，张克军作为专家的权威在家中受到了严重质疑，直接后果就是，陈玲玲对他不断喂给管管各种药物一概持怀疑态度，她经常对他说：“你是把管管当猴子一样去喂药吗？”

每逢陈玲玲这样发问，张克军只好按捺住不快，慢慢从生物学、病理学乃至科学发展史等角度，耐心地做通陈玲玲的工作，让她同意让管管服用那些来自世界各地的药物。

5

现在是农历腊月廿九了，从高速服务区吃过早饭，张克军又带着陈玲玲与管管上路了。

上车的一刹那，张克军忽然有种很荒唐的想法，他觉得，他们这一家子有点像去西天取经的一行，不过人物类型不够鲜明，小车可以是白龙马，自己和妻子陈玲玲呢，既是任劳任怨的沙僧，又是逢山开路逢水搭桥的孙悟空，而儿子管管呢，他一副宠辱不惊的样子，倒是与那个一有不满就念紧箍咒的唐朝得道高僧形象十分地契合，只是小了几号罢了。张克军知道自己这想法有点悲凉也有点无奈，他吁了一口气，挂挡，提速，驾着“白龙马”奋力向瓦县驶去。

车子越往前行驶，也就离屏风里村越近，而管管似乎也越发活泛起来，张克军发现他的嘴唇不停地嚅动着，似乎在喃喃自语。张克军有点惊喜地对陈玲玲说：“你看，管管好像在自言自语呢。”

陈玲玲也像在欣赏一场经典电影似的，欣赏着管管的嘴唇，努力想听懂他在说什么。

陈玲玲通过唇形猜测，管管在重复着某几个音节，好像他在重复叫着“兰姨，兰姨”或者是“屏风里，屏风里”，陈玲玲对张克军说了自己的发现。

张克军点点头说：“不管叫什么，他能主动开口说话，就是一个好的迹象。”

其实，张克军第二次去屏风里村考察时，也去了兰姨家。但是和三年前他第一次去相比，兰姨家里邋遢了许多，兰姨的丈夫好像已经不认得张克军了。他却是个话痨，当张克军问起兰姨时，他絮絮叨叨地对张克军说：“她啊，去城里打工去了，这村里没法待了，种什么都被猴子抢了去，再下去，这猴子连人都敢抢了。她在城里医院做护工，上个月是个坐骨神经，这个月又换了个心脏病，你说这人怎么有那么多的病呢？反正，她去打工后，已经换了二十多个人了，这二十多个人哪，每个人的病都不一样，高血压、糖尿病、脑梗……”

张克军以为自己再也见不到兰姨了，却不料，几天后，他回到罗城却意外遇见了她。

那天，张克军去家政公司再一次去为管管请保姆。陈玲玲发了话，这一次请的保姆如果仍然得不到管管的肯定的话，她就只好辞了职，自己当保姆了。

对于能不能请到能获得管管认可的保姆，张克军并不抱多大希望，因为谁也不知道管管的脑袋里想些什么，他奇怪的嗅觉到底在那些被淘汰的保姆身上嗅到什么，外人一概不知。张克军正在家政公司提供的介绍簿上翻看着保姆资料，忽然，坐在一旁沙发上的一个人站了起来，她说：“你是张老师？”

张克军抬头一看，疑惑地说：“兰姨，是你？”

兰姨告诉张克军，她在医院里做护工做得好好的，最近来了一个“护霸”，要求所有做护工的都要给他交纳费用，兰姨忘了交，就被赶了出来，一时找不到合适的事，她就只好到家政公司来试试看。

张克军想了想说：“那到我家看看吧。”

直到这时，张克军也不抱任何希望，他只是想，也许谁都不行，还不如给兰姨一个机会，真的不行，他就请兰姨好好吃一顿，也算是还了当年她招待他和陈玲玲的人情。

张克军开了车直接带着兰姨回到家。

管管跳下他的坐骑——那张明式家具风格的木椅，走到兰姨身边，闭了眼，嗅了嗅，然后转身慢慢走了。

张克军在来时的路上已经把一切都告诉兰姨了，兰姨明白，她的气味同样没被管管接纳。她笑了笑，也转身要走。不料，管管突然转回身，把兰姨拉到了他的坐骑前。陈玲玲示意兰姨拿起桌上的茶杯给管管喂水。兰姨拿起茶杯，将杯口对着管管，管管竟然听话地张开了嘴，一口气喝光了一大杯水。

陈玲玲高兴地拉着兰姨说："找到了，找到了，我可以去工作了！"

从那以后，兰姨就一直在张克军家待着，管管似乎特别黏着她，对她的依赖度远远超过了对爸爸妈妈的依赖，张克军夫妇离开家再长的时间，管管都没有反应，但只要兰姨出去超过三个小时，管管就显得特别抗拒，他抗拒的方式和别的孩子不一样，就是绝食，不吃不喝，这真是一件奇怪的事，好在兰姨是一个尽职尽责的保姆，这么些年，几乎所有时间全陪着管管，连过年都不回家。而这一次，兰姨不得不回家，张克军夫妇以为他们应付得了，谁知道，到头来，还是演了这么一出。

6

在经过高速公路、省际公路、县乡公路的一系列转换后，傍晚时分，张克军开着车驶入了通往屏风里村的村村通公路。

腊月，屏风里村两旁山寒水瘦，但照一个从都市里出来的人看来，风景依然美丽。有了上次的教训，张克军不敢看风景，他牢牢关上车窗，生怕从两旁山上会冲出猴哥来，重演他上一次来屏风里村时遇到的一幕。

自从上一次离开屏风里村后，张克军再也没有回来过，不过对于这里的猴子，他却是时常关注的。兰姨每周都会打电话回家，从她那里，张克军知道了屏风里村猴子们的命运变化。

在连续两次给猴群大规模喂药失败后，当地政府想到了一个办法，即开发旅游业。不承想，原来人人讨厌的猴子一下子成了发展旅游业的活广告，“到屏风里看猴子”成了最有诱惑力的旅游项目，尽管，不时出现猴子伤害游客、抢夺游客财物事件，但与旅游业带来的收入相比，那就不算个什么事了，大不了在游客意外伤害保险上多费些小钱罢了。前不久，兰姨的丈夫在电话里说，政府又从安徽皖北的一个县请来了四个耍猴人，他们抓到了一批猴子，天天训练它们，现在这些猴子有的会采摘野果献给游客，有的还能和游客牵手、合影，当然，给猴子吃得也好，天天都有新鲜水果吃，吃得比我们人好多了。兰姨的丈夫又在电话里絮絮叨叨起来。在一旁听着的张克军忍不住插嘴问了一句：“那山里猴子数量有没有减少或增加？”兰姨向她的丈夫转述了张克军的疑问。她丈夫说：“没少，但也没多。”这些猴子们好像突然就懂得了计划生育。

张克军将车子开得很慢，一是随时观察两边的动静，二是也注意观察管管的反应，管管嘴里还是咕噜咕噜念叨着谁也听不清的几个音节，两条腿却不安分地抖动起来。

一路往前走，张克军看到路边钉了许多界桩，还用白石灰撒了一路的界线，看样子，是拓宽道路用的。再往前，快进村时，张克军发现，几年没来，村子里原先低矮的民房基本消失了，代之而起的是一幢幢小洋楼，有的外墙贴了红红绿绿的马赛克瓷砖，有的却还裸露着，也有的正在施工，都盖到了二楼。远远看去，很多人家的门楼上都横挂着喷绘的巨幅广告和招牌，上面写着“屏风里农家乐”“观猴第一家”等字样，而村口小溪边那几块巨大的石头呢，被人在上面搭盖了一个类似小亭子样的建筑，亭子上也挂着一个手写体的广告牌：出售野茶，现泡野茶五十元一壶。

张克军将车子停在村口，下了车，看着眼前这个有点陌生的村子，他再也找不见兰姨家的那幢老房子了。陈玲玲也下了车，她也惊讶于眼前这个野心和生机都一样勃勃着的村庄。她对张克军说："这里家家都在做生意啊？会不会兰姨再也不愿意到城里当保姆了？她这次回来是故意的？"

张克军没有说话，他望向村庄后面的山林，寻找着猴子们的身影。

忽然，陈玲玲失声叫了起来："管管！管管！"

不知何时，管管也从车里钻了出来，他一扫平日行动迟缓的模样，快步奔跑着，跑到溪边的大树下，两脚一纵一纵，那么高大的树，他竟然一会儿就爬到了树端，他坐在树杈上，像一个猴版的佛，俯身看着张克军与陈玲玲，脸上依然是那种忧郁的思考者的表情。这回，上帝一思考，人类就大叫了——

"管管，危险！"陈玲玲尖声叫着，"管管，你下来！"

悬挂在大树上的管管毫不理会陈玲玲的叫喊，他猴一样反手搭着额头，目光望向远方。

（原载《青年文学》2015 年第 8 期）

风雪夜归人

1

小轿车的前车灯像两柄长剑刺进了黑夜，照见了逼仄的“村村通”水泥路，路两旁的田野，以及田野上一闪而过的树影，就是没有见着一个人。

车子七弯八拐，徐小芬坐在后座，睁大眼睛死死盯着眼前的路，明知道自己记不住这路线，也记不住任何标志物，她还是抱着一线希望，她记得以前看过央视的一个电视节目，说是有一个女人被人绑架了，塞在出租车的后备箱里，那个女人竟然闭着眼睛还暗暗记住了车子的行进路线，拐了几个弯，走了多长时间等信息，可自己现在脑子里完全成了一锅粥。而这时，王宇强却有了精神，自从在罗城叫了一部出租车，拉上徐小芬上车后，王宇强就在车上睡觉，他好像一百年没有睡似的，直到车子开到了他老家所在的这个县，他一下子醒了过来，不停地指挥出租车司机走哪条路线。

从路况来看，徐小芬猜测，王宇强选择的是一条乡间小路，因为这样的路上是没有电子监控摄像头的。王宇强身子前倾，突然哑着嗓子低低说："到了，开小灯。"

司机很听话地关了前大灯，徐小芬估计这个司机有点后悔跑这一趟活了，本来嘛，奔波了近千公里，载着一男一女两个人，肯定原以为是一对回乡过年的情侣，可自己一路上几乎没有和王宇强说一句话，在服务区上洗手间时，两人也只是用眼神交流，像是两个哑巴似的，而且，王宇强死死看住自己，像押解着犯人。更可怕的是，王宇强一脸阴郁，虽然穿着西服打着领带，手上还戴着个大金戒指，像个成功人士，可是眼神里满是愤怒和怨气，全身上下如同一只贮气罐，只要一个小小的火星就会着火爆炸。司机一路上没敢惹王宇强，徐小芬更不敢惹他不高兴，她太了解王宇强的火暴脾气了。

王宇强压低嗓子指挥司机："左拐，上坡，好，一直往前。"

徐小芬这时看见了这个叫做瓦庄的小村轮廓。瓦庄，这也是王宇强此行给她唯一的一个准确信息，甚至连哪个省哪个县他都没说，他只是说让她到他老家瓦庄待一段时间。朦胧的灯光中，村庄的建筑像黑白木刻画，四下里一片安静。徐小芬到这时还抱有最后一丝幻想，那就是突然来了一队警察，包围了车辆，然后，控制住王宇强，王宇强拼命抵抗，而趁此机会，她悄悄地逃脱了。当然，这个场景并没有出现。

王宇强命令司机："熄火，到了。"他说着就跳下了车，并迅速地拉开后车门，近乎拖一件行李一样，拖下了徐小芬，随后对司机说："等我一会儿，我马上再跟你车走。"

徐小芬的眼睛在黑暗中适应了一会儿，才看清眼前的房屋，三间老式的平房，一个石头砌的小院子，院子一角忽然响起"汪汪汪"的叫声，闹出很大的动静，随后一个花白点冲了出来。王宇强吓了一跳，骂了声："该死的狗！"他呵斥了一声："花子！

别叫了！”

那个花白点听出了王宇强的声音，旋即改变了腔调，嘴里呜呜地，围着王宇强的脚团团打转。

屋里的灯亮了，木门也吱呀一声开了，两人一狗闪进了屋里，王宇强立即将木门关上了。

那只叫花子的狗还要作势与王宇强亲热，不断地跃起来去够王宇强的手，它一定以为他的手中有好吃的吧，王宇强很不耐烦地一巴掌扇在花子的长嘴上，花子立即躲到了一边，它不明白这是为什么，有些狐疑地看着在王宇强旁边站着的徐小芬，忍不住又冲着她嚷了一嗓子，王宇强又是一脚撩过去，这一下，它早有防备，迅速地跑开了。

花子跑到了屋里另两个人的身边，一个满脸皱纹的老太太，一个十二三岁大的小男孩。

小男孩用两脚轻轻夹住了花子，“哥。”他说，“花子这是想你呢。”

王宇强没有接小男孩的话茬，他看着老太太说：“奶奶。”他说着，拉了一下徐小芬狠狠地瞪了她一眼。

徐小芬从王宇强的背后闪出，她想起之前王宇强交代她的，便低了头轻声喊：“奶奶。”

王宇强有点不满意徐小芬那么细小而干涩的喊声，蚊子哼似的，他咳了一下：“奶奶，这是小芬。”

老太太头发花白了大半，她像是被电击了一般，身子一歪说：“小芬？她就是小芬啊？哦哦，好、好，小利，快快快，给你姐姐端吃的来，听说你们要回来，我下午就炖好了老母鸡汤，一直在灶间用炭火炉煨着呢！”

徐小芬连忙说：“不，不，我、我不饿！”

王宇强瞪了她一眼："别假客气，奶奶叫你做什么你就做什么！知道了吗？"

徐小芬知道王宇强这话的真实意思是什么，她只好不再说话，任凭小男孩跑到厨房去。

王宇强紧跟着小男孩也去了厨房。

厨房离正屋堂前隔着一条廊道，他们俩走后，堂前只剩下老太太和徐小芬。老太太看着她："小芬，喝了鸡汤后，你就洗洗歇了，你怎么了？你冷吗？你衣服穿得太少了吧？"

徐小芬也不知道自己为什么突然就浑身颤抖起来，她衣服穿得并不少，比在罗城的店里穿得多多了，可是她就是觉得冷，她摇摇头说："不、不，我穿得不少。"

老太太上前握着徐小芬的手说："哎哟，好凉哟，小芬，你怕是身体虚了，女伢子一定要保暖，回头我来想想法子，一定把你调养好。"她说着扭头对着厨房里喊，"你们俩做什么，端个汤钵子要这么老半天？"

小男孩端着一个粗大的陶钵子过来了，空气中飘浮着土鸡汤的香味。

王宇强跟在小男孩的身后，他吸吸鼻子，"可惜，这么好的鸡汤我都喝不上了。"他对老太太说，"奶奶，我得走了，车子在外面等我呢，我公司里还有事，离过年还有二十多天，到时我一定回来！"

老太太愣了一下："小强，这么晚了你还要走？"

王宇强点点头，转身往外走，走到门边时又瞪了一眼徐小芬："徐小芬，你在家好好待着啊！"

徐小芬面无表情地看着他，轻轻点点头。

王宇强又不放心地看了看小男孩："王宇利，照顾好你小芬姐啊，记住没有！”

小男孩挺挺胸膛回答：“记住了！你记得回来给我买学习机哟。”

王宇强的身影闪出了屋门，车子启动了，开走了，很快，小车的两个尾灯像两个小红虫，爬出了瓦庄的夜晚。

老太太、小男孩和徐小芬一起沉默地望着门外，直到小红虫彻底消失了，才回转身。

老太太先前皱紧的眉头慢慢舒展开来，她拉着徐小芬说：“小芬，喝吧，喝点鸡汤暖暖身子。”老太太看着她，眼睛里满是暖意。

徐小芬本来不想喝的，但她看着老太太的目光，便不再推辞，坐到桌前舀起鸡汤来。“你们、你们也喝吧？”她看着老太太，又看看那个小男孩。

老太太说：“小芬，我们瓦庄的规矩，新人第一次上门，一定要一个人喝完一只整鸡汤的。”又转过头对小男孩说，“小利，你去睡呀。”

小男孩动了一下脚，又收了回来，他说：“我不困，奶奶，哥哥要我看了小芬姐睡了才能睡下。”

老太太愣了一下说：“你哥真是的，我哪不晓得宝贝我的孙媳妇啊，去去去，睡去，你姐由我来照顾！”她像拢小鸡一般将小男孩拢进了房间里。

2

徐小芬上床时已是夜晚 12 点多了，她躺下去时，闻到了被单上米汤的气息，这和她老家一样，新洗的老棉布床单要用新鲜米汤浆一遍，这样既挺括又好闻，皮肤接触到床单就像洗了一场牛奶浴。老太太对她说："这是昨天才浆洗好的，床有点硬，你将就着睡啊。"

老太太看着她钻进了被窝，才熄了灯，关上门，走了出去。

四周漆黑黑的，徐小芬睡不着，这里又没有信号，手机不能上网，她侧耳听着窗外，深夜一片寂静，那只狗偶尔地"汪"一声，更远的地方好像有一只鸟在咕咕地叫，还有那间歇的风，不时从屋顶上空吹过，发出呜呜的声响。徐小芬裹紧了自己，蜷缩了起来，老太太特意为她又加了一床棉被，她还是觉得冷，一种寒到骨头里的冷，她不停地想着一个问题：逃还是不逃？怎么逃？

徐小芬是两年前的冬天认识王宇强的，那时她从罗城一家饭店刚辞职出来，想找一份工资更高的工作，她就按照网上的一个招聘启事上的电话号码打了过去，接电话的就是王宇强，当然，事后徐小芬才知道，那个所谓的高档饭店之类纯属编造，只是，当时徐小芬完全被王宇强所开出的条件吸引住了，高档饭店，每周双休，每月不少于四千元基本工资，节假日还有加班费，等徐小芬赶到王宇强的店里时，已经来不及了。

王宇强的店很小，不到二百平方米的营业面积，哪里有双休啊，几乎天天加班，唯一对得上的就是工资确实高，徐小芬在那里每月都能拿到一到两万——王宇强的店名叫"红磨坊洗头房"。一开始，徐小芬还想着要离开王宇强的店，可是慢慢地，她离不开了，她也不想别的问题了，她只想着挣钱，挣更多的钱，到城里来不就是为了挣钱吗？我一个打工妹做什么事能挣到这么多的钱呢？王宇强应该说还是个不错的老板，他从不克扣员工的工资，每月到日子就按各人业绩结账，还时不时地带着员工到旁边的饭店里聚聚餐，K个歌，小姐妹们偶尔手头不巧还可以向他预支一个月的工资，徐小芬有一次因为要凑钱给哥哥买房子，还大着胆子向王宇强借了五万元，王宇强二话没说当场就转给了她。所以，这两年来，徐小芬就一直待在王宇强的店里没有跳槽。在罗城，像徐小芬这样的是稀缺资源，如果在别的店，她可能工资会一年多个一两万元，也有店老板私下偷偷来挖过她，但她认为还是王宇强这里更靠谱些，一切都做顺手了，也就始终没有走。

在王宇强的店里做久了，也陆续听说了他的一些事情。王宇强虽然脾气火暴，但有时喝了点小酒，也会很有兴致地向员工们吹吹他的往事，主要是他在罗城的创业经历。据他自己说，他高中毕业后，到罗城来本来是计划开一家饭店的，他喜欢做饭烧菜，先是买了平板三轮，在夜市街边摆摊，想着慢慢做大，不料，生意并不是他想象的那样好做，起早歇晚，赚不了几个钱不说，还天天担心这样检查那样检查，最要命的是躲城管执法队员，一有情况他就要骑着三轮逃跑，他路况又不熟，跑不过那些城管，三轮车被罚掉两部，强撑了一年，只好歇业，万般无奈之下，他才经营起这洗头房来，没想到，这一行让他赚了钱，现在不仅有了自己的门面，有了手底下七八个员工，银行里也有了存款，真是有心栽花花不开，无心插柳柳成荫啊。

王宇强向徐小芬以及店里其他的小姐妹说这些话时都是显得牛气冲天，只是有一次，他大概是酒喝得太多了，说着说着就从钱包里掏出一张照片来，说："你们看到过这上面的人了吗？"照片是一张类似于结婚照之类的黑白照，一男一女，"这是我爸和我妈。"王宇强说，"你们知道我为什么要到罗城来吗？听说，我爸就是在罗城打工失踪的，他出来第二年就失踪了，我妈当时怀着我弟，等我弟一岁没到刚刚断奶，她就丢下我和我弟也到罗城来了，她说是要来找我爸，可是，她这一找也失踪了，对我们家来说，罗城就像那个百慕大三角，哗——”他做了个类似于广播体操中扩胸运动的手势，“把我爸我妈全吸进去了，吸得一根毛都找不到了！”他说着，突然趴在桌子上呜呜地哭了起来。徐小芬和小姐妹们拿起他手里的照片看了起来，虽然是几十年前的照片了，但保存完好，从照片上人的眉眼之间还能约略找到一点与王宇强相像的地方。

自从在王宇强店里上班了以后，徐小芬已经两年没有回家过年了，不是王宇强不给假，而是她不想回家过年，她总觉得自己这个样子回去后，无法面对爷爷奶奶、爸爸妈妈和哥哥弟弟，她之前骗他们说自己在一家高档酒店上班，当大堂经理，可是她连大堂经理具体要做些什么都一无所知，她回去后怎么能圆得住那些谎话呢？但是今年过年她是准备回家的，今年是奶奶八十大寿，奶奶让哥哥带话给她，无论如何要她回家过个年，徐小芬只好在电话里答应了。为此，她还特意上网查了查高档酒店的管理流程之类的，有几次还到附近的一家五星酒店转了几圈，看看那里的内部装修、外部环境等等，以免到时穿帮。可是，徐小芬没想到自己最终还是没能回到家，而是来到了王宇强的老家过年。

到瓦庄来完全是一个意外。

昨天晚上，王宇强叫上徐小芬一起到海鲜楼宴请房东，他们店里租用的这个门面市口很好，房东年年都嚷着要涨价，于是，每年年底，王宇强就要请房东老头儿吃饭，这老头儿一到这个时候就拿捏王宇强，必得要店里的头牌出面相陪，徐小芬已经连续两年来陪他了。当然，王宇强事先就说好了，徐小芬属于公务应酬，一切都计入工资酬劳中。那天的晚餐大家吃得挺乐呵，尤其是房东老头，酒色全收，快要手舞足蹈了，不料，临近结束时，王宇强接到了一个电话后，立即拉了徐小芬就走，也不管身后房东老头的叫喊。

王宇强和徐小芬赶到店门前，看见门前正聚集着一群看热闹的人，警车顶灯红红蓝蓝地旋转。王宇强不敢停留，悄悄地拉着徐小芬的手走到另一条街上，拦了一辆出租车连夜往瓦庄老家赶。

临上车前，徐小芬问他："你干啥了？店都不要了？"

王宇强说："看来这次是来真的了，你别问那么多，我已经被列上他们的黑名单了，你跟我一起走。"

徐小芬说："可是，我要回家，我要回家过年。"

王宇强急了："徐小芬，算我求你了，我请你回我家是为了我奶奶，她一直催我要带个女朋友回家，我都答应她了，我本来是准备随便带一个的，可现在我带不成了，我估计我过年都不能回去了！"

王宇强这样一说，徐小芬就想起他上次喝醉酒拿着他父母照片时哭泣的样子，她不知怎么心一软就答应了，可是一上了车，她就后悔了，但这个时候，她不敢对王宇强说，王宇强这家伙是吃朱砂长大的，这样抓狂的时候，他什么都做得出来，她一路上就在谋算着怎么到了瓦庄后逃脱出来，好在王宇强的看护力量并不强，一个十二三岁的弟弟，一个快要八十岁的老太太，只要方法得当，顺利出逃应该不是难事。

呜呜呜，又一阵风响，像一个酒鬼粗重的呼吸，徐小芬听到隔壁房间里的声音，是老太太，她好像是在梦里发出悠长的叹息声，接着又是一声"哎哟，哎哟"。这声音徐小芬很熟悉，自己的奶奶就经常会这样，那是她的老病痛在夜间发作时，睡梦中就会不由自主地这样呻吟着。徐小芬听着这声音，想着接下来的行动。

3

第二天一早，徐小芬被闹铃声弄醒，是她头天晚上设置的，7点，本来在罗城，她上午从没有在10点以前醒过，但她昨天入睡前想好了，自己如果想要逃脱出瓦庄，首先就是不能让老太太起疑心，这个家里目前看来，老太太是绝对权威，至于王宇强的弟弟，那个小男孩，徐小芬相信自己一个人绝对能搞定，所以，她就想着早早起来，生火做饭，扫地洗茶杯，装出一副小媳妇勤快的样子来。

不料，等她穿好衣服下了床，冲到厨房灶下时，老太太已经生好了火，铁锅里一片水汽蒸腾。见到徐小芬，老太太说："起来了?"又喊道："来，来，小利给你姐打洗脸水!"

小男孩从外面应声撞进来，手脚麻利地端起脸盆，用一个水端子从灶上的铁水罐里往外舀水，徐小芬赶紧说："不用，不用，我来。"

小男孩却不依她，固执地坚持舀好水，端到洗脸架上，又给她找来刷牙的水杯、牙刷、牙膏，然后站立在一旁，看着徐小芬。

徐小芬被他看得不好意思，问他："你叫王宇利?"

小男孩点点头，脸突然红了。

徐小芬决定逗逗他，她忽然拉过他："你比你哥小十来岁吧，可个子真不矮哟，应该有一米六了吧，我俩比一比。"她说着，硬是贴着小男孩，脸都快挨到一起了，能感觉到他急促紧张的呼吸，她故意把胸部贴在他的胸前，抵了抵，小男孩脸涨红了。

徐小芬说："哟，真有一米六，我也刚好一米六。"她松开小男孩说，"你以后个子肯定会超过你哥的，王宇利，你信不信?"

王宇利说不出话来，眼睛也不敢看徐小芬，只是点头。

徐小芬呵呵笑着，装作很愉快地刷着牙、洗脸，又拿了化妆盒来抹了护肤品。王宇利始终站在一边看着她。

等徐小芬弄好了后，她准备去扫地，又被老太太拦了下来，老太太早上下了鸡蛋面，又让王宇利端到桌上给徐小芬吃，徐小芬实在吃不下。以前，她的早饭都是从中午开始吃的，这会子肚子里鼓鼓的，嘴巴里也木木的，但老太太又瞪着一双满是暖意的眼睛看着她，她只好埋头去吃，吃得有点勉强。老太太又摸摸她的手说："还是凉啊，阳气不旺，小芬，奶奶给你做甜酒酿吃，一天一碗甜酒酿，再卧上个荷包蛋，保准半个月一吃，夜里睡觉身上就跟揣着个小火炉一样了。"

老太太说着，就让王宇利去镇上买糯米："买十斤糯米做一钵甜酒，你快去啊！"

王宇利站着不动，嘴里说着："我喝口水再走嘛。"一边不断地拿眼睛看着徐小芬。徐小芬知道他的意思，便扒了几口面条，对老太太说："我还是有些不舒服，先上床躺一会儿。"她说着就钻到了卧室里，关上了房门。

老太太收拾碗筷到厨房里了，徐小芬听到王宇利走到她的房门口轻轻地搭上了门外的门扣。徐小芬皱着眉头想，这臭小子，得找个机会对他好好说说。

徐小芬本来是想在床上歪一会儿就起来的，不料，竟然按照罗城的节奏一觉又睡到了中午，她试着开门，门外的搭扣被解下了，门开了，她闻到了一股好闻的米香。

香气来自厨房，土灶大铁锅上卧着一只大木饭甑，饭甑下是沸开的水，蒸汽缭绕在灶台上方，老太太站在那蒸汽中间，像站在一场大雾里，徐小芬知道，那饭甑一定是杉木做的，那里面蒸的一定是今年的新糯米，那好闻的香气就是通过沸水、杉木、糯米、蒸汽一起散发出来的。往年过年的时候，在老家，徐小芬的奶奶也要这样蒸一饭甑糯米，可以做冻米，做甜酒，做欢喜团。灶底下，火光熊熊，王宇利不停地向灶洞里塞柴火，火光映红了他的脸，还能不时地听到灶洞里的柴火发出声响，徐小芬也知道，不同的柴火在燃烧时会发出不同的声音，像竹子，就会爆炸发出"啪"的声音，槭树呢，它一烧起来就浑身冒油，"吱吱吱，吱吱吱"，而泡桐最不经烧，它一入火中，就叹息着，"咝咝咝，咝咝咝"，几下就成了灰，以前在老家，她也经常帮妈妈烧灶火，她喜欢看不同的柴火在火中燃烧的姿势，听它们在火中的歌唱。

老太太转身才看见徐小芬，她说："醒了？这么早就起来了啊，还可以再睡会儿，我还没给你做中饭呢。"

徐小芬说："奶奶，不用做中饭，等会就吃这糯米好了，我最喜欢吃了。"徐小芬想着新蒸出的糯米的香味，真的欢快起来，"奶奶"两个字喊出来也毫不别扭。

老太太高兴了："好，好！小芬，你也喜欢吃糯米啊，和小强一样，嗨，这个小强，应该早点告诉我你身体寒凉，让我早点做好甜酒等你回来就有的吃了。不过，现在的甜酒曲发酒很快的，四五天就好了。"

徐小芬站得离老太太更近了，也站到了那一团好闻的雾气里，她深深地吸了一大口："好香，好香！"

也就在那一大团雾气里，徐小芬捧着一个大大的糯米饭团吃下去了。吃完后，她想帮助老太太涮洗锅灶，老太太没让她插手，"小利要上山去扒点松毛回来，要不让他带你到山上转转吧。"她说。

徐小芬一听，心说，正好呢，得和这小子交流交流。

王宇利肩上扛着一个竹制的弯耙，像一个大梳子，手里拎着两个装化肥用的大编织袋，那是装松毛的，这个活计徐小芬以前也做过，就是用竹耙将落在地下的松树针叶扒在一起，装好，带回家引火用，这东西用火柴一点就烧起来了，是烧柴火灶的必需品。徐小芬上前强行牵着王宇利的手就走，王宇利挣脱了两下没挣脱开。

王宇利的手有些粗糙，徐小芬摸着他的手掌手背，摸到了几处老茧，“寒假都在家干活吗？”她问他。

王宇利点点头，脸又红了。

徐小芬握紧了王宇利的手，他的手也凉凉的，“这么凉，放姐胳肢窝里暖暖。”她将他的手塞到了自己胳肢窝下。

到了村后的山上，一山的松树，松树下满是松毛，王宇利利落地扒起来，很快就有了一小堆，他扒好一堆，徐小芬就帮着装进编织袋里。他们配合默契，一个小时不到，两个编织袋都塞满了松毛。徐小芬不想马上回到山下村子中，她拉着王宇利，两个人一人坐着一只编织袋。

“你叫我什么？”

“姐。”

“听不见，大点声！”

“姐！”

“嗯，这还差不多，姐让你做件事可好？”

王宇利迟疑地点点头，问：“什么事？”

徐小芬指着一棵松树边的藤蔓，藤蔓上结了一串香蕉样的东西：“你知道吗，那个东西可好吃了。”

王宇利眼睛亮了：“姐，你也知道啊，那是八月楂，又甜又香，真好吃，你等着。”他冲到那棵松树下，哧哧哧地往上爬，小猴子一样。

徐小芬想逗他一下，看着他爬到树顶了，快要接近那串八月楂了，立即躲到了身后的灌木丛里，偷偷观察着王宇利。

王宇利灵活地扯过藤蔓，摘下了那串八月楂，滑下了松树，“姐！摘到了！”他站在地上，环顾四周，不见了徐小芬，立即慌了神，他扔了八月楂，向四面大喊：“姐！姐！”山谷里回应着：“姐！姐！”王宇利怔了一下，立即拔腿向山下跑去。

徐小芬从灌木丛里站了出来：“王宇利！你叫什么呢？”

王宇利转过身跑回来，徐小芬看见他脸上竟然挂着两串眼泪，他抹抹眼笑着说：“姐！你在啊！”

徐小芬故意虎着脸说：“是不是你哥要你看着我？像看管犯人一样？”

王宇利低了头不说话，他把地上的八月楂捡了起来，递给徐小芬。

徐小芬叹了口气道：“王宇利，我不会跑的，你放心，我要等你哥回来。”

王宇利忽然抬起头，看着徐小芬，说：“姐，你千万等到过完年再走，奶奶今年老生病，有几次都下不了床，你来了后，她的病一下子就好了。”

徐小芬忽然有些后悔，不该跟王宇利开这个玩笑，她抬了抬眼皮，“回家吧。”她说。

4

年关越来越近了，在外打工的人陆续回来了，村口上每天有扛着行李包的，拉着拉杆箱的，或者开着小车子的进村来。这些人回来后，瓦庄就热闹起来了，人们忙着到镇上、县上去采办年货，村口的人进的进、出的出，唱大戏一样。徐小芬看见老太太天天站在院门口向村口望，知道她是望王宇强呢。徐小芬不敢告诉老太太，她偷偷打过王宇强的电话，结果，王宇强很不耐烦地接了电话："我正在外地物色店面呢，年一过我就回去接你，你别再打我电话了！"他说着就挂了，这说明王宇强根本就没打算回来过年。再打他电话他就关机了。

在每天一碗甜酒酿加一个荷包蛋的滋养下，徐小芬果真过得好多了，脸上也有了气色，哪怕是不抹化妆品也显得水嫩嫩的，老太太说："到底是年轻，一调养就见效。"可是老太太自己的脸色却灰白得像冬天的天空，夜晚她在床上哼的"哎哟哎哟"声也越来越大了。

腊月廿四，小年过了的第二天，老太太也要上街置办年货了，一早，她指派王宇利去村里的磨坊磨米粉，自己带着徐小芬一道到镇上去。

老太出门还收拾了一下，她穿了一件新罩衣，头上又扎了一个头巾，和徐小芬一起出了门，和她们一起出门的还有那只狗，这些天来，它也和徐小芬混熟了，成天围绕着她上蹦下跳。快走到村口时，老太太忽然走在前面，拐上了另一条小路，避开了人群，从田畈上插过去，这正是徐小芬愿意的，她心想，这恐怕是因为老太太怕村里人问起王宇强吧。

一老一少一狗走在了冬天的田野上，腊月的太阳虽然没有温度，但却是明黄的，像一个摊开的蛋黄，映得人的影子也是明黄的，野草上的霜还是很厚重，人走在上面，一踩一吱呀，花子一会儿跑到前面，一会儿又撵回头，徐小芬穿着高跟鞋，走得比老太太还慢，没办法，从罗城走得急，她就穿着脚上的一双棉皮高跟靴出来了。老太太放慢了脚步，和徐小芬一块走，她抬头看看天上的太阳，“干净冬至肮脏年，估计年底也就几天好天了，过些日子风雪就要来了，在路上的人就受罪了。”老太太说着，看了一眼徐小芬脚上的高跟靴子，“小芬，等会儿到镇上买双平底棉鞋吧，走起路来利索些。”

到了镇上，到处是置办年货的人，一条街挤满了红红绿绿的人，红红绿绿的年货，吃的穿的用的玩的，老太太从胸口里掏出一个塑料袋来，里面裹着一卷钱，她交给徐小芬，说：“你给我保管着吧，街上人多，我怕弄丢了。”

她们转了一圈，老太太除了买了两副对联，别的却什么也不买，然后，她给徐小芬买了一双棉的运动鞋，徐小芬穿上了就没脱下，她试着跳了跳：“嗨，轻便多了！”转着转着就到了中午，老太太说：“我们吃碗泥鳅面再走吧，小芬，你不知道，我们这里的泥鳅下挂面可好吃了。”

老太太带着徐小芬到了一个地方，那里人流更多，徐小芬抬头一看，心里不由一动，这里正是镇汽车站，她看见一辆辆长途大巴停在街道上，大巴前挡风玻璃上贴着各种线路，到郑州的，到常州的，到武汉的，到合肥的。徐小芬按捺住心跳，跟着老太太到了车站边上的一个面馆里。

泥鳅下挂面确实很好吃，徐小芬没有想到泥鳅还能和面这样搭配，鲜香四溢，她吃得头上冒出了汗，她不知道是自己吃了辣子的原因，还是心跳加快的缘故，她不停地冒汗。

吃了面后，她们一起往回走。再次经过人流拥挤的镇街，这几百米长的街道，几千人的人流，真是逃跑的好时机，徐小芬几次下了决心要离开老太太，这是很简单的事，她只要绕到一边，迅速地往车站那里跑，随便上一辆大巴车，就脱离了这个瓦庄，王宇强，再见吧！

可是，当她离开老太太几步，看着老太太茫然无知地在前面走动，就要被人流淹没时，她就只好又撵了上去，她担心老太太会走失，会被人流冲倒，还是把她送回家再寻找机会吧，徐小芬心想。果然，虽然徐小芬一直紧跟着老太太，老太太还是几次都差点跑出她的视线，最后，徐小芬紧紧拉着她的手，这才走出了镇街的集市。

镇街的外围是一条公路，从公路过了一座桥，就到了一条河埂，河埂往下便是大片的田野，田野尽头就是瓦庄了，徐小芬这次把这一路的路线、标志物都记清楚了。她们走到了河埂上时，老太太突然停了下来，她喘着气说：“小芬，我年纪大了，真不中用了，我要歇歇，要不你先回去吧。”

徐小芬看看前方的田野，又回头看看不远处的镇街，心里又咚咚地跳起来：“你没事吧，奶奶?”

“没事，你先回去吧，让我慢慢走。”老太太说着低下头，两手扶腮，眼睛闭着，像在沉睡。花子呢，刚在镇街上它吓得不敢乱跑，这会子它又在田野上撒欢了。

徐小芬说：“那，奶奶，我就先回了啊。”

老太太低着头：“走吧。”

徐小芬往田野里走，走了几十米远，她看见老太太仍然低着头在那里，便悄悄地拐到另一边，变了个方向，扔掉了那双高跟棉靴，向着镇街方向奔跑过去。花子不明所以，也跟着她跑，跑了一段就停下了。风声呼呼地从徐小芬耳边刮过，照这样的速度，十几分钟后她就能坐到大巴上了。她没有想到，成功来得如此之快。

跑啊跑，穿过了河上的桥，桥边的公路，镇街上的人流，到了车站了，看见大巴车了，徐小芬忽然停了下来，她摸到了口袋里老太太的装着钱的塑料袋，耳边那些小贩叫卖声，汽车喇叭声，全都隐去了，徐小芬只听到呼哧呼哧的喘气声，那是老太太发出的。

徐小芬一扭头，又掉转了方向，往瓦庄走去。

回去的路上，徐小芬没有再跑，她有些沮丧，埋怨自己不该帮老太太保管那个塑料袋，否则，现在自己或许都在回家的路上了。还好，路过田野时，那双高跟棉靴还完好地躺在那里，她又把它们捡了起来，抱在怀里，像抱着两只黑猫。

徐小芬走到屋里时，看见老太太已经回到家了。

老太太看见徐小芬，似乎有些惊讶："你，回来了？"

徐小芬掩饰着说："我没有直接回来，我又跑到镇街上买了根扎头绳子。"她说着，把那个塑料袋子交给了老太太。

正说着，从外面冲进来王宇利，他看见了徐小芬，立即一脸惊喜地喊："姐！姐！你回来了？你回来了！"他说着，反身从屋外房檐下拿了一串八月楂："给，姐，你喜欢吃的，我今天又上山摘了一串！"

老太太一拍手说："好！今年过年哪，我们的年货不从街上买，我们自己打豆腐，切糖片，炒山芋角子！"

王宇利欢呼了起来："耶！自己家做的就是好吃，姐，你不知道，奶奶炒的山芋角子可好吃了！"

5

接下来的几天里，徐小芬和王宇利一起，每天陪着老太太在厨房里准备年货。灶台上水雾缭绕，灶台下火光不熄，厨房里暖乎乎的。

黄豆磨成了浆，煮沸，点石膏，乳白的豆腐脑出来了，拌上绵白糖，徐小芬喝了一大碗，喝得肚子都快撑开了，可这种撑不难受，反而有一种妥帖的满足感。

山芋削了皮，蒸熟了，放在大木桶里，她和王宇利一人拿一根光溜溜的木杵棍，从上往下杵着，一颗颗圆圆的山芋，被杵成了泥，摊开在大大的竹席上，用模板拓平，再用快刀片成一块块薄片，撒上芝麻粒，这可是最好的山芋干啊。熬糖就更像是一场魔术表演，炒麦芽，煮米粒，一整天厨房里都弥漫着一种让人微醉的甜味，到了晚上，糖浆熬出来了，老太太用锅铲在锅中划拉，手往上一提，昏黄的灯光下，那糖丝牵成了一条黄金项链，然后，拌入冻米、花生米、芝麻，等等，那就成了冻米糖、花生糖、芝麻糖，每一样刚出锅时老太太都要她尝几片，徐小芬觉得从舌尖到舌根都是甜的。

在筹备这些大宗年货时，还有一些小食品也趁空当准备妥了，像炒瓜子、炒玉米泡、油炸馓子、搓粉团子，厨橱里盘子和碗都摆满了。徐小芬发现，看着满满当当的吃食，老太太也情绪高涨，成天乐呵呵的，打豆腐的那天，她还用她那苍老的嗓子唱了一段黄梅戏《王小六打豆腐》，说呀，那王小六是个好吃懒做的主儿，将老婆让他上街买棉线的钱赌博喝酒用光了，为了应付老婆，他将河沙装在袋子里，骗老婆说是买了过年打豆腐的豆子，结果老婆要打开袋子查看。“打开袋子看那么哈，看那么哈，小六急得头皮抓……”唱得徐小芬和王宇利笑得差点岔了气。

在做着这些时，徐小芬忘了要逃走，她甚至在白天大团的雾气里，有几次以为灶上忙碌的就是自己的奶奶，这间屋子就是自己的家，到了晚上上床以后，她才想起出逃的事，想着第二天怎么样找借口出去。其实借口多的是，其实，也用不上借口，王宇利已经不再跟踪她，他出去借木杵、讨麦芽，老太太也让她去小店里买石膏、买白糖，还将家里的那辆自行车归她使用，她要出逃有的是时机，但不知怎么的，徐小芬一到白天就忘了这事儿。

老太太说的真不错，等年货准备得差不多时，天气突然就变了。腊月廿七，上午还有花花软软的太阳，到了下午，先是像有一只大手拿一块灰布在天上抹了几下，抹掉了太阳，天地之间立即就成了铅灰色，紧跟着，北风就刮了起来，这风是带着长长的砍刀的，它砍得树木、茅草都缩了头，连狗啊鸡啊的叫声都被砍掉了，只有风自己在呼啸着。老太太当时正弯着腰拎一桶水往大铁锅里倒，她听着北风，说："晚上要落雪了！"

老太太这话刚说完，"哐当"一声，她突然倒了下去，一旁正切着糖片的徐小芬吓了一跳，她扑过去扶起老太太："奶奶，奶奶，你怎么了？"

王宇利闻声也从灶底下跑了过来。他和徐小芬一边一个扶起了老太太。

老太太脸色苍白，呼吸局促，她指指胸口："痛，痛。"

徐小芬一把抱起老太太往卧室床上去，她对惊慌失措的王宇利说："小利，你快去叫医生来，骑车去，快，快点！"

王宇利推上自行车走了。徐小芬安慰着老太太："奶奶，你忍一忍，马上医生来了就好了！"

老太太停止了呻吟，但徐小芬看得出来，她的疼痛并没有减轻，她似乎只有出的气而没有进的气了，徐小芬说："奶奶，我给你倒杯水来。"

老太太却一把抓住她，徐小芬真不知道老太太这会子怎么还有那么大的力气。老太太摇摇头，艰难地说："老天要收我了！"她说着，拼命地把徐小芬的手往自己的胸口拉："拿，拿。"

徐小芬顺着老太太手往她胸口探去，挨到她胸前时，徐小芬停了下来。老太太急了，着急地说："拿，拿，拿呀。"

徐小芬连忙将手伸到老太太胸前的衣服里，她明白了，老太太让她拿出那个装着钱的塑料袋，她拿了出来，不明白地看着老太太。

老太太松了口气，嘴角甚至有了点笑意，说话也顺畅了些："路费，你走吧，趁着雪还没落下来。"

徐小芬呆住了："奶奶，你都知道了？"

老太太的眼泪流了出来："小强这个死小孩！"

徐小芬也哭了，她扑在老太太的身边，握紧了老太太的手："奶奶，奶奶！"

门外，王宇利也哭喊着："奶奶，奶奶，医生来了！"

徐小芬感觉奶奶的手渐渐凉了，硬了。

医生翻开老太太的眼皮看了看，摇着头说："没有呼吸了，唉，这快过年的，还死人哪！上边的孙大毛父亲也走了，瓦庄这一天里竟然走了两个！"

呼啸的北风把白天仅有的一点亮光也吹掉了，天黑得更快。转眼间，屋子里黑得看不见人影。

徐小芬和王宇利坐在奶奶的床前，呆呆的，他们不再哭泣，也忘了拉灯。徐小芬觉得这不是真的，奶奶只是睡下了，这是深夜，等到早晨，她就会起来，在灶下生着火，又为她煮一碗甜酒酿，磕开鸡蛋，在沸水里精心为她卧一个白边黄心的荷包蛋。徐小芬试着去推推奶奶，奶奶一动不动。北风的啸叫声却更响了。

徐小芬猛地醒了过来，她站起来，拉亮了灯，再次拨打王宇强的手机，仍然提示是关机。

徐小芬说："小利，我们得给奶奶守灵！"

“姐，怎么守？”

徐小芬想了想说：“不是有另一个人家也有老人走了吗，你去看看他们家是怎么办的，我们也要让奶奶走得体体面面的。”

王宇利开了门，钻进了北风中，风把门吹得一个趔趄。

徐小芬看看灯光下的奶奶，她的头发还是乱的，衣服还是旧的，她立即打开奶奶的箱子，找出那天她上街穿的新衣服，新头巾。她又到厨房里打来一盆热水，绞了个毛巾把子，她从奶奶的额头开始擦起，擦过脸庞、颈脖、手胳膊，她觉得奶奶的手不再僵硬，抬起来落下去，像个听话的小孩子。徐小芬一边给奶奶擦洗，一边对着她说话：“奶奶，我现在才知道，你带我上街其实是想帮助我逃跑，奶奶，你做了那么多好吃的，你却吃不到了，奶奶，你把手再抬起来一点好吗……”

王宇利跑回来对徐小芬说：“张大毛家给他父亲请了个响器班子，现在正在搭台子，我也想让他们给奶奶请个班子来，可是他们说，天气这么冷，镇上只有这一个班子，别的镇上的班子不可能来的。”

徐小芬想了想：“镇上不是有放电影的吗？你赶快去要个电话号码来，我们为奶奶请一场电影吧，要不然，奶奶走得太孤单了。”

6

吃晚饭时分，北风刮得小些了。

徐小芬听见不远处孙大毛家的响器班子已经闹起来了，一百瓦的灯泡也拉到了院子里，照亮了他家小院上方的天空，这班子不仅有响器，演奏着《十送红军》《其实不想走》这些曲子，还有两个脸抹得粉白嘴唇涂得血红的女人站在台上演唱，唱的歌一首接一首，中间像没有停顿：我家住在黄土高坡，大风从坡上刮过，下雪了，天晴了，天晴别忘戴草帽，城里不知季节已变换，妈妈犹自寄来包裹，我是一只小小鸟，想要飞却飞不高……唱歌声与乐器声通过扩音器传得很远很响。

在徐小芬和王宇利的一再催促与恳求下，镇上那个放电影的终于来了，他将一张窄小的幕布挂在王宇强家的墙面上，调好了小放映机，根据徐小芬的要求，他选了一部黄梅戏电影《天仙配》的老片子，做好这些后，他就摇晃着身子到张大毛家那边看热闹去了。

徐小芬在堂前也搭起了一个灵堂，她和王宇利俩将奶奶抬到了灵堂前，在奶奶的脸上盖上了一叠黄表纸，又在奶奶的头顶上放了一碗米饭，脚底下点了一碗菜油灯，这在她的老家叫作“倒头饭”和“长明灯”，徐小芬完全按照她老家的风俗办的，她想，这大概也错不了哪里去。

这一切办好了，徐小芬拉着王宇利的手：“弟，走，我们守灵去。”

徐小芬和王宇利手拉着手来到了门外，看着墙上窄小的幕布。这是一部黑白电影，穿黑衣的董永与穿白衣的七仙女正在幕布上相遇，开始他们人仙之间的故事，没有别人，除了她和王宇利，就是睡着的奶奶。还有，就是花子了，它好像也意识到什么，不再四处乱跑，安静地卧在屋檐下，望着幕布。

相比于这边的安静，张大毛家那边却拥挤了许多看热闹的人，有人在对那两个唱歌的女人喊，跳一个！脱一个！那两个女人一边唱一边跳，随着人群的呐喊和鼓掌，她们开始脱掉了棉外套，又脱掉了毛衣，最后，只剩下了领口开得很低的上衣和短裤，跳着跳着就露出了一大截雪白的肚皮，人群更喧嚣了，响器更响了。

雪就是在这时落下来的。它好像是突然落下来的。没有任何过渡，它一落就是纷纷扬扬的铺天盖地的。

夜深了，张大毛那边的响器班子终于歇了，跳舞的女人也冻得穿上了衣服，围拢的人群渐渐散去，这时他们才注意到王宇强家门口的露天电影，这年头谁还看这老掉牙的电影呢，他们经过王宇强家的门口时并没有停留下来，而只是望了一眼银幕，银幕前站立着的徐小芬和王宇利，以及灵堂里躺着的老太太。他们没有说话，突然没有了之前的喧闹，只静静地低了头走过去。路上很快积了雪，他们脚踩在雪上，留下了深深浅浅的足迹，很快就被另外的雪花覆盖了。

夜静极了，唯有放映机的沙沙声和电影中的人声，提示着徐小芬夜还醒着，她紧紧拉着王宇利的手。漆黑天幕下的雪，在光影之间，化成闪亮的白花，一朵朵落在他们的头顶，像要掩埋这个小小的院落，徐小芬觉得这个夜晚变得无限宽阔，有那么一瞬间，全世界仿佛都浓缩在眼前这小小的幕布上了。

电影快接近尾声了，七仙女因为下凡让玉帝知道了，玉帝派来天兵天将来捉拿她回到天庭，她抗争不过，只能无奈地哭泣着与董永相别。

电影里电闪雷鸣，幕布下，雪落无声。在漫天的雪花中，徐小芬和王宇利一言不发地盯看着幕布，其实剧情早已不重要，他们就像是非要完成这个仪式，就像是电影和大雪都永无尽头似的。

（原载《山东文学》2016 年第 7 期）

牧牛图

1

“哥，天大亮了。”胡芋苗说。

“不是天亮，是雪亮，雪天亮得早。”胡芋藤说，“昨天晚上落雪了。”

胡芋苗下了床，走到窗户前看了看，还真的，雪落得有棉被那么厚，盖在外面的山上，田里，牛栏的屋顶上，雪像一面巨大的镜子把天上的亮光反射到人间，天地之间亮晃晃的。他在床前站了会儿，听了听牛栏那边的动静，然后穿起衣服来。

“就起来？”胡芋藤问。

“嗯。”胡芋苗顿了一下，他觉得雪光好像把自己的大脑照出了一大块空白，说什么话都像有回声似的。

“今天还要演出？”胡芋藤也支起了上身。

胡芋苗又顿了一下，说：“嗯，也许……”

后面的话胡芋苗没有说出来，但他知道哥哥胡芋藤肯定知道他的意思，说不定他就是指望着他说出这句话来呢。

胡芋藤点点头：“我也起来，反正睡不着。”

“能行？”胡芋苗问。

“行。”胡芋藤说。

胡芋苗便走过来，解开了他身上的尼龙绳。

胡芋藤拖着一条腿下了床，刚站到床沿，他就“嗞嗞”地叫着。

“你还是躺着吧。”胡芋苗担心地说，“你就躺着吧。”

胡芋藤痛得嘴角扯到一边。他不想看胡芋苗的脸色，还是想站起来，可是他的腿不给他表现的机会，他只好叫了一声“娘哎”，叹息了一声，又躺到床上去了。

胡芋苗看着胡芋藤躺倒在床上，整个人缩在被窝里，留在外面的一撮头发风中的茅草一样轻轻颤动着，他知道哥哥肯定又咬着嘴唇偷偷在哭了，他最近老是这样子，哭得两只眼睛像两颗烂桃子。

就在昨天晚上上半夜，雪还没有落下来的时候，哥哥的腿痛病又犯了。

胡芋藤二十岁那一年，就是因为腿病，给锯掉了一条腿，而这一年多来，他的剩下的那一条好腿又开始跟他过不去了，像是有一支起义队伍早就潜伏在他的身体里，经过四十多年的发展壮大，它们又在他的肉里和骨头缝里建立了根据地，而且势力范围越来越强大，隔个十天半个月就来一次暴动，每一次都要了胡芋藤的命，直痛得在床上打滚、咬床单。病发作的时候，胡芋苗就按照哥哥的要求，用一根粗尼龙绳绑住他的双手一脚。“要不然，我会把我的腿剁掉！”胡芋苗知道哥哥是个扛痛的人，他这样要求，那是确实扛不住了，他就每次都照办。可是这几个月来，每次病痛一发作，哥哥提出的另外的要求却让他无法照办。胡芋苗猜想，大概哥哥不想再和他身体里的痛抵抗了，更重要的是，他不想再失去一条腿了，他情愿死也不要成为一个没有腿的人。他不再要胡芋苗捆绑他，而是躺在床上，两只手在空中乱抓："苗，求求你，你帮我了结了吧！"

胡芋苗当然不能照办，后来，他发现哥哥胡芋藤真的起了死的心了。有天晚上，大月亮的天，他起床撒尿，猛然发现对面哥哥的床上没有了人，他跑出去，看见牛栏的木栏杆上，胡芋藤正颤抖着，跪着单腿吃力地爬上了一条板凳，费劲地将尼龙绳子往最高的那根木栏杆上打了一个圈。月亮把他的影子拉得很长，他好像是要用一根绳子套住月亮似的。

胡芋苗一脚踢倒了板凳。胡芋藤像一口袋稻子一样，落到了地上。"你疯了！"胡芋苗骂他。

胡芋藤扭动着身子，哑着嗓子叫："苗，你又不帮我，我是活受罪啊！你要看着我成为一个没有腿的废物吗？"他呜呜地哭着，单腿蹦跳，一头撞向牛栏柱子。

胡芋苗一下子抱住他。

胡芋藤已经一脸血糊糊的，全身抖抖索索。"我死了好受些啊！"他大概已经没有力气再去寻死了，甚至没有力气去感受痛了，只有眼泪虚弱地在瘦黑的脸上无声流淌。

自那以后，一旦胡芋藤发病了，胡芋苗临睡前都要给他绑上绳子。其实，每次给胡芋藤捆绑时，看着他痛苦不堪的样子，他也不忍心，他甚至暗中想，病痛中的胡芋藤就像一片枯树叶，在树上挣扎得那么累，真的还不如飘落在地上舒坦呢。每次这想法一冒出来都让他自己心里一惊，便赶紧把绳子又多捆了一道。

看着胡芋藤在床上躺好了，胡芋苗便摸到厨房里去点火，准备早餐。

柴火在锅底下叫，铁锅里的水也叫唤起来了，胡芋苗下了两把面条在锅里，又甩进去几根青菜。土灶边上爬着一个黑点，他定睛去看，是一只蚂蚁。这蚂蚁大概脱离了大部队，又感觉到了锅台上越来越高的温度所带来的危险，它着急而绝望地四处乱走。胡芋苗想起小时候，他经常扯下蚂蚁前面的两根须子，或者后面的两条腿，看着它们趔趔趄趄原地打着转转，他就拍着手笑。现在，他突然就想到了哥哥胡芋藤，要是他的另一条腿也要截掉了，他肯定比这蚂蚁还要绝望。他抬起手，小心地捏起蚂蚁，丢到了地上。

“哥，面条好了，吃一点吧!”他冲着里屋喊。

2

胡芋藤吃完了面条，吃得一根也不剩，他抹着嘴说：“上午我也出去，我不痛了，这要命的痛像条狗一样跑走了。”他说着，还故意笑出了声。

胡芋苗看看他，说：“真不痛了?”

“真不痛。”胡芋藤说。

胡芋苗就走到院子里，打开牛栏。牛栏是用一根根粗大的松树穿孔斗榫搭建起来的，还是他们兄弟四十多岁时，身体正好的时候，一口气砍了后山几十棵大松树，去皮，打孔，架梁，他们忙了半年，建起了整个画坑村最气派的一长排牛栏。现在，这么多年过去了，牛栏上的瓦都不知换了多少遍，可那些松树栏杆还牢固地站立着，牛群的皮毛把它们摩挲得油光水滑。胡芋苗闭着眼都能知道哪根牛栏栓对着哪根牛栏杆上的哪个孔，他卸下最上面的一根，栏里的牛群就反刍着稻草喷着粗气，将它们巨大的头抵了过来，脖子晃动着伸到栏杆下边，去帮他松动下面的一根栏杆。“别急，别急！你这是帮倒忙，越帮越忙！”他推开老牛，又卸下一根。

等他将四间牛栏打开，牵出了八头牛时，牛脖子上的铃铛集体响了，牛铃声像一只只圆溜溜的球滚动在雪地上，撞开了院门。胡芋苗跟在牛群的身后，抬头看，胡芋藤已经穿戴整齐，站在院门口等着他了。

胡芋苗连忙从胡芋藤手中接过自己的一套行头：一顶青箬笠(箬叶是春天摘的，现在已经发黄了)，一件棕蓑衣，一双长筒登山绑腿，腰背后还系了一条刀鞘绳，刀鞘上斜插了一把长柄子的砍柴刀。

等胡芋苗穿戴好了，胡芋藤扯住打头的一头水牛，“低角，低角！”他吆喝着，老水牛把一对长角低了下来。他单腿跪在牛角上，一手拎起牛鼻绳，老牛缓慢地把头和脖颈昂上去，像一架云梯，把胡芋藤送到了牛背上。他摊开手中的一块牛背垫，就坐在了宽大的牛背上。

牛群像一座座小山开始向前山移动。

看着坐在牛背上一颠一颠的胡芋藤，胡芋苗发现哥哥的身形这段日子好像又缩小了，腿痛病几乎已经抽光了他的血色，可是这个时候，他还固执地穿着和自己一样的行头，砍柴刀在他瘦削后背的刀鞘里闪着光芒。胡芋苗猜测，这个时候，哥的脸色应该是一派平和甚至是淡淡的喜悦吧，就像今年春天，他们第一次遇见那个女人时一样。

春天的时候，胡芋藤的腿痛病还不是十分严重，他们兄弟的牛群还维持在十五头，黄牛九头，水牛六头，那段时间，胡芋苗负责耕田犁地，胡芋藤负责放牛。那个春天的上午，他们兄弟俩一道出了门，天上下了点牛毛细雨，他们就各自戴了顶草帽，裹了件塑料雨衣出了门。

田是梯田，就在山腰腰上，有的只有斗笠大，有的比巴掌大不了多少，所以又叫“斗笠丘”“巴掌丘”，一头牛来来回回几犁头就犁完了，旁边的田地早就没人耕种了，长满了荒草，倒成了牛们的好口粮，所以，胡芋苗在犁田，不远处，胡芋藤就坐在田埂上看着牛群在抛荒田里吃草。

梯田蓄上了雨水，明镜似的，田边的老杨树枝条柔长，不时地拂过人、牛和水田里的白云，而微雨天，山里总是喜欢生出岚气，白飘带一样缠绕在山间。他们的田地对着乡间公路，胡芋苗有一次从公路上看自己家的这几块田、几头牛和露出屋瓦的几间土砖房，美极了，像中国画。他还记得以前的下放知青、村小代课的小张老师带领学生背的唐诗：“山重水复疑无路，柳暗花明又一村。”他觉得他们这个画坑村就是那“又一村”嘛，要是真有个画家把它画出来就美了，他又想，或者有个照相的把它照下来就美了。他这样想着时，忽然看到了对面的公路上，不知道什么时候，停了一辆银白色的小轿车，有一个穿红衣服的人抱着什么东西，正对着这边东看西看。

胡芋苗卸下牛轭头，站在田埂边上朝红衣服看，胡芋藤也站起来，骑到一头牛背上手搭凉棚张望。他们看清楚了，那个红衣服是个女人，她抱着一架黑色的炮筒样的照相机，对着他们这边瞄个不停，她好像有点不满意他们兄弟，扯下脖子上的丝巾挥舞着，嘴里不知道在说着什么。见他们兄弟俩听不明白，她索性往山腰上走来。

走近了点，胡芋苗听见胡芋藤嘀咕了一声：“不会是小张老师吧。”胡芋苗就去看那个女人的脸，还真有几分像呢。

女人走到他们身边来了，年龄比他们小不了多少，这跟小张老师的年龄也吻合呢。女人嚷着说："刚才多好的一幅画啊，老乡，怎么就停下来了呢？"

兄弟俩都不懂女人说的什么，傻傻地看着她，都在研究这个女人是不是那个小张老师，但这个女人好像根本就不认识他们，她见他们不理会她，更加有点气急败坏："哎，算我求求你们俩了，能不能配合一下？你，耕田，你，骑牛。"

女人说话的语气都像极了以前的那个小张老师呢，娇蛮又霸道。兄弟俩对了个眼神，便乖乖地架的架牛轭，骑的骑牛背。女人在水田边看着他们，不时地指挥："大哥，你们的塑料雨衣实在和这里自然风景不搭啊，能不能脱了，你看，雨这么一点子小，淋又淋不湿么，要是有蓑衣就好了，对，再配上斗笠，哎呀，别动别动，好，好，太好了。"她说着，猛地往身后的草垛上一靠，也不顾草垛上的发霉的草浆水把衣服染脏了，长炮筒子对着兄弟俩咔嚓咔嚓不停，原来，是几只牛背鹭飞了过来，白羽长腿的牛背鹭，有的飞在牛背上，有的站在水田里，有的则在空中低飞。

女人拍了好一阵，嘴里不停地喊叫着："太好了，太好了！"

胡芋藤实在憋不住了，他忽然问女人："你，可是姓张，你当过老师？"

女人说："是啊，我就是姓张啊，你们怎么知道我姓张呢？不过……"

女人说着，又把镜头对着一棵老杨树猛咔嚓，原来，老杨树的老丫上长出了一串白色的菇子，它们一排排站立着，像一只只肺。

兄弟俩一直等着女人的下文，女人却似乎忘记自己刚才说的话，她对他们说："你们能不能找到斗笠蓑衣穿戴上让我拍照呢？

我付你们钱。”

胡芋苗还没开口，胡芋藤就说：“找得到，苗，我们家的楼板上不是还有斗笠蓑衣么，就是有点破。”

“破？破了才好！”女人说，“求求你们了，你看，这景色，这人物，这场景，到哪去找啊！”

胡芋苗就按照胡芋藤说的，去自家屋里找斗笠蓑衣去了。他不知道，他不在的时候，那女人和哥哥说了些什么。等他拿着灰扑扑的破旧斗笠蓑衣到田边时，哥哥正和那女人头对头凑在一起看女人手中的相机，女人不断地说：“怎么样，这张漂亮吧！”胡芋藤只是不断地咂着嘴。

兄弟俩按照女人的要求和摆布，穿戴上了斗笠蓑衣，继续架的架牛轭，骑的骑牛背，让女人前前后后左左右右拍了个够。

后来，女人拿出来两百元钱递到兄弟俩手上，胡芋藤说：“不要，不要，你给我们照相，我们怎么还收你的钱呢？”

女人没有坚持，笑笑，收回了钱，又开着那辆银白色的小轿车走了，她车子开得和她的人一样轻盈，一会儿就转过了山嘴子，兄弟俩朝她走的方向望了好久。

过了一个多月，水田里的稻秧都长了两寸长了，有一天，那个女人竟然又来了，这回她直接到了兄弟俩的屋里，给他们送来了一张装了框的大照片，照片上拍的正是兄弟俩那天在水田里犁田放牛的样子。水田上轻烟漠漠，白鹭斜飞，老牛慢走，垂杨吐绿，兄弟俩穿蓑衣戴斗笠，细雨打在他们的脸上，他们像古人，脸上平和而又暗含春天的喜悦。

这幅相片就一直摆放在兄弟俩的房间里，面朝着胡芋藤的床，这样，胡芋藤躺在床上就可以看到了，而每当胡芋藤腿痛病发作时，看着这幅照片，他好像病痛就稍许减轻了一些。那个时候，胡芋苗就会在心底里暗暗感谢那个女人。

雪花又开始落了下来，有几片掉在胡芋苗的嘴唇边，即刻就融化了，他用舌头舔了舔，雪好像是热的，他的心里也一热，他看见哥哥胡芋藤在牛背上挺直了身子，眼睛使劲地望向山下的公路。

3

好在雪花飘得不大，他们常去放牛的斜坡上，背风雪的一块地方，小杂竹子的叶子还是绿油油的，够牛吃一口新鲜的了。画坑村的山山岭岭都长了这种小杂竹，它们一年到头青绿的叶子是牛的好伙食，也正因为这样，画坑村养牛成了传统，“画坑黄牛”在方圆百里都是叫得响的。不过，这些年，画坑村的人要不搬到山下去住了，要不干脆一步到位，在城里买了房子，留在村里的就是几个老人，而还在养牛的，也就是他们兄弟俩了。

胡芋苗把牛群赶到背风坡上，又找了个挡风的土坎，扯了些稻草垫了，把胡芋藤扶了过来。大概他腿里的痛真像狗一样走了，胡芋藤的脸色好了一些，他紧了紧蓑衣，眼睛直直地望着前方。

胡芋苗知道哥哥在等待那个像小张老师的女人走来。

那个女人给他们送来那张照片后，后来又来过几次，再来的时候她是带着一群人来的。那一群人和女人一样，都带了长枪短炮的照相机，都对着他们兄弟俩咔嚓个不停。

女人对他们说：“你们知道不，我上次在这里拍的作品获得国际大奖了！你们这个村子要出名了！”

兄弟俩并不明白获得国际大奖有什么意义，胡芋苗其实更替哥哥着急一个问题，那就是，这个女人是不是当年的小张老师。他几次想问这个女人，可他又不敢问，如果这个女人否认她就是那个小张老师，那哥哥胡芋藤能接受吗？估计他自己也害怕这样的结果，所以他也一直没有再问那个女人这个问题。

那个女人第一次从他们的水田边离开时，兄弟俩晚上回到家，胡芋藤就对胡芋苗说："那个女人恐怕就是小张老师，对，一定是的。"

胡芋苗想了想，他没有说是，也没有说不是。他怕自己一句话说得不妥当，会让哥哥心里难受。

如果那个女人是小张老师的话，那她离开画坑村已经四十多年了。那时，哥哥胡芋藤才二十岁出头，他的两条腿都还健壮地长在自己身上。

从城市里下放到画坑村的小张老师因为是高中生，所以就被安排在村小代课。她吃住在村小，因为村小里面没有水井，村里就每天派人轮流给她从村口水井里挑水。那天轮到胡芋藤挑水。他迈着小黄牛样的步子，很快将小张老师的一口大水缸挑满了。他挑着一担空水桶路过教室，看见小张老师不在，学生们在教室里打打闹闹，他突然放下水桶，走进教室，拿起粉笔，在木黑板上写下几个字："张老师您好。"

胡芋苗知道哥哥虽然只念了三年书，但他的字写得还真不差。小张老师从外面进到教室来后，追问那字是谁写的，当得知是胡芋藤后，她笑了笑："这字写得不错。"就自己用黑板擦擦去了。

这事后来被小学生娃娃告诉了胡芋藤，他对胡芋苗说："你看，人家大城市人，有学问，佩服的是学问，不嫌贫爱富。"

那之后，胡芋苗就看见哥哥胡芋藤经常找各种借口经过村小教室，在窗台边看小张老师上课，张大嘴巴盯住小张老师不放。胡芋苗也觉得那个小张老师确实好看，她的皮肤白白的，头发黑黑的，说起话来京腔京调，怪好听的。更让画坑人看不够的是，这个小张老师有一台海鸥牌照相机，小张老师经常在她秀美的脖子上挂着相机，在村子里四处看，不时举起相机对着镜头瞄准，只是很少按下快门。“按一下就要用一张胶卷的！”胡芋藤不知从哪里知道了相机里的秘密，他对胡芋苗说。

虽然胡芋藤对小张老师的一切都好奇，可是，小张老师却不大理会他。胡芋藤就每天晚上走到村小对面的一棵大树下，播报天气预报，他模仿县广播站的播音员口音：各位听众朋友，现在是天气预报时间，据县气象台 8 号预报员预报，今天晚上到明天，晴，东南风一到二级转西北风三到四级……他把风力风向报了个遍，也没能把小张老师吹出来。

一个下雨天，山洪暴发，到乡里的公路被冲断了，路成了河，小张老师站在河边急得哭了起来，她对站在她身旁的胡芋藤说：“我要回城去，我妈病了，我今天就要走！”她望着河跳着脚，哭得也像暴雨一样。

等胡芋苗赶来时，他看见哥哥胡芋藤已经背起小张老师，在河水中摸索着了。洪水不时携带着山上的烂草、死鸟甚至水蛇，从水面上冲过来，漩涡一个接着一个在河中间开花，胡芋苗看着河水看得头都晕了，浑浊的洪水底下，是冲决下来的利石、老树根、暗宕，一不小心就会把人割伤绊倒，他不知道哥哥是怎么背着一个大活人过河的。哥哥胡芋藤把小张老师送过了河，自己却累瘫在地上，等水退过后第三天，他才回到家中。

不久，哥哥的腿就出了问题，有人说，他就是背小张老师落坐下了病，但他不承认。几个月后，他的一条腿像砍掉大树的死枝丫一样被锯掉了，而小张老师也再没有回到画坑村。

有人对胡芋苗说："你哥是个傻瓜，那个小张老师哪里是她妈妈病了呢，她是急着去县里办回城的手续。"胡芋苗没有把这话转告给哥哥，从此，他再也没有和哥哥谈论过关于小张老师的一切。直到几十年后，一个女人抱着一个长炮筒闯进他们的画坑。

那个女人领着一队人来过几次后，有一次却是单独陪着一个男人来的。那个男人没有背长长短短的枪炮筒样的照相机，而是对兄弟俩的牛感兴趣，他绕着他们的牛栏，放牛的竹林山，一头头的黄牛，看了又看，最后，他买走了他们的一头黄牛。

过了几天，女人又陪着男人来了，这次又来了一群人，不过他们都没有带相机，而是从车子里拿出一堆东西来，竹斗笠、棕蓑衣、布绑腿、长得夸张的牛鞭子，还有杏黄的旗子、牛铃铛、犁头、耙、耖、稻箩等一堆家具家伙。他们让兄弟俩为牛们挂上铜铃铛，在牛栏前竖起杏黄旗，又分别穿戴起斗笠蓑衣，随后又在他们的房前、田边像拍电影一样布置起来。一切妥当后，那个男人对兄弟俩说："你们以后天天就穿戴成这样子去放牛，一天不要停，到田里后，犁田、耙地、耖地，当然不是真的犁，就是做做样子，给人家拍照，人多的时候，你们就舞着牛鞭子赶着牛，在山上这里走走那里走走。"

兄弟俩互相看看，不说话。

男人又说："不会让你们白劳动的，付你们演出费！知道吗？你们就是演员，你们的工作就是演出！"

兄弟俩还是没有表态。

女人急了，她说："哎，我说你们两个呆呀，又拿了工资，又不耽误养牛，划算的哩。"

女人一说话，胡芋藤立即就答应了，他嘀咕着：“还要什么工资嘛。”

胡芋苗也只好跟着说：“那就演吧。”

于是，另几个人就带着兄弟俩，教他们每天出去放牛耕地时，怎么样走一条固定的路线，做一套规定的动作，甚至坐在田埂上以什么姿势休息，也让人做了专门示范。“这样才能入画，才美，知道吗？”一个留着女人一样长头发的男人对兄弟俩说。

4

牛的铃铛声在雪地里显得迷蒙和深远，好像老是要把人带离到很远的地方去。

胡芋苗看看哥哥胡芋藤，他不知什么时候站起来了，走到田埂边将被风雪刮倒的稻草人一个个扶了起来。

稻草人已经老了，本就独立的一条腿也断了，胡芋藤费力地为它绑扎好，斜插到地头去。

稻草人也是春天时，按照那些人说的去扎的。那个女人最后一次来时，还和稻草人合影了。她临走之前对兄弟俩说：“这里的景色我拍得差不多了，下次我就冬天来，下第一场雪的时候我一定来，我估计冬季的雪景应该是不错的。”

果真，从那以后，那个女人就没有来过了。

那个男人派来的人倒是来，一开始还来得很密，十天半个月就拉了一批人来，那些长枪短炮，围着这里的山啊水啊牛啊树啊，特别是穿戴着蓑衣斗笠的兄弟俩一阵猛咔嚓。每来一次，那些人总会带来工资，一个月一千，兄弟俩不收钱都不行。也有其他的人来，三三两两的，画坑村竟然一时少有的热闹起来。

到最后，乡里也有人来了，乡敬老院的院长老蒋有天跑上来看稀罕，他背着双手大干部一样对兄弟俩说："原来你们有这个好钱路子呀，难怪死活不去敬老院。"胡芋苗听得出来，老蒋的话里还含着一股子怨气。

按照政策规定，像他们兄弟俩这样的，是要进敬老院的。老蒋到画坑村来了两次，动员他们去敬老院，他们俩不想去。

胡芋苗摇头说："不去，不自在。"

胡芋藤说："我们去了，那我们这一群牛怎么活呢？"

老蒋骂他们："敬老院里有吃有喝有玩有乐，什么都不用操心，你们都不去，真是迂了啊！"

最后一次，老蒋强行带着他们俩到了敬老院住了一晚上，"你们先住住看看，这比你们那三间破屋要强多了吧！"

那天晚上，老蒋特意买了鸡鸭鱼肉等，要敬老院的炊事员加了菜，又叫几个活泼的老人，讲故事、唱小戏，逗兄弟俩开心。不料，到了第二天早上，却发现，兄弟俩天没亮就溜走了。老蒋对着他们逃走的山路骂："真是两个活宝，一对迂子！明朝死在屋里都没有人去收尸！"

兄弟俩拿了三个月的工资后，来人渐渐少了，那个男人也不再来，画坑村慢慢地又像以前一样安静了。

胡芋苗问胡芋藤："哥，没人来了，还演不？"

胡芋藤说："演，怎么不演，也许哪一天人就来了呢？再说，牛不还是天天要放的？不就是穿个斗笠蓑衣的事嘛。"

胡芋苗虽然觉得天天穿戴那些东西费事，但想了想，又觉得哥哥说得在理，也就每天坚持着，两人照常外出演出，风雨无阻。

老蒋双手背在身后，又像干部一样上到画坑来了，见到他们俩这个样子，又好气又好笑："你们两个迂子，人也不来了，钱也没有了，你们还搞这个样子做什么？还是跟我去敬老院吧。"

胡芋苗看看胡芋藤，后者像没听到老蒋的话，他骑在牛背上，整整斗笠，看着远处。胡芋苗也就仍旧吆喝了一声："走！"水牛拉起犁，翻开田土，露出了埋伏在土里的蚯蚓、土鳖虫，一群牛背鹭又迅速飞过来了。

老蒋围着他们俩边走边骂："你们还抱着幻想，告诉你们，他们不会来了，不会给你们钱了。那个家伙请你们演出，图个什么？他们是想让你们做他们的活广告，他们要建一个大大的黄牛养殖场，他们在城里树的大广告牌子上，就是你们两个现世宝放牛的照片！可是他们搞不成了，他们后台老板是个大官，大官现在进牢里去了！"

老蒋跳起来骂，把犁田的牛都骂烦了，它走到他身边的时候，猛地一甩腿，泥水溅了老蒋一裤子，老蒋气呼呼地走了。"我爬一趟你们画坑容易吗？爬一趟都要大半天，我再也不来了，我再也不管你们两个迂夫子了！"

看着老蒋走了，兄弟俩并没有说话，一个放了牛轭低头抽烟，一个还是坐在牛背上望天。

到了冬天，胡芋藤的腿痛突然严重起来，胡芋苗去叫过几次医生来，开了一大堆药，可是效果并不明显，两三天就要发作一次，他的脸上几乎没有了血色，痛得耐不过了，他就牙齿咬嘴唇，上嘴唇咬了再咬下嘴唇，上下嘴唇都咬烂了。

就是这样子，胡芋藤天天还要随着胡芋苗出来演出。胡芋苗知道哥哥出来是为什么，他暗暗祈祷：快点下雪吧，下雪了，那个女人就会来拍雪景了。

雪越下越大了，牛群中的铃铛声浸在雪里，声音小了很多，胡芋苗看见哥哥倚靠在一个稻草人的肩膀上，也站成了一个稻草人，那些牛也披上了雪，黄毛换成了白毛，它们低头吃着草，吃着吃着，忽然会抬起头，看看四周的一切，雪天雪地大概也让它们疑惑了，这是什么地方？为什么要在这里？

“车子声音，我听见车子声音了！”胡芋苗说，他说着，使劲朝山下公路上望。

是车子轰鸣的声音，不过，不是那个女人的小轿车，而是一辆黑色的大摩托车，冒着黑烟，突突突地上山来了，停下来，两个人戴着头盔，手里拎着棍子样的东西钻进了山林里，过了一会，森林里传来“砰砰”两声——原来是打猎的。

胡芋苗去看哥哥的脸色，他脸色蜡黄，像一个没有发育完全的鸡蛋，蛋壳透明，轻轻一碰就会碎了。可是他嘴里却动个不停，好像在说什么。

胡芋苗支起耳朵听，听见哥哥胡芋藤好像在播报当天的天气预报：各位听众朋友，现在是天气预报时间，据县气象台 8 号预报员预报，今天晚上到明天，画坑村有中到大雪，东南风一到二级转西北风三到四级……

5

大雪一连下了三天。胡芋苗和胡芋藤兄弟俩在雪地里待了三天。三天里没有一个人来到画坑村。

第三天，从田野里演出回来，胡芋苗感觉有一双手在撕扯着自己的胸肺，还将大把的松毛塞进了自己喉咙里，他咳得喘不过气来，而哥哥胡芋藤进了屋子，脱掉斗笠蓑衣，就往床上一倒，他的嘴唇已经被他咬烂了一圈，没法再咬了，他开始在嘴里咬一根筷子，豆大的汗粒从他蜡黄的脸上往外渗。

晚饭谁也没有吃。整个屋子里漆黑一片，只有胡芋苗的咳嗽声，咳，咳，咳，咳……咳嗽声中，伴随着胡芋藤的牙齿咬住筷子发出的声音，咯吱，咯吱，咯吱……那声音像一把锯，把夜晚锯得摇摇欲坠，把胡芋苗的脑壳锯成了两半。

咯吱声忽然停下了。胡芋藤吐出了筷子，绝望地喊了一声："苗，你还是让我死去吧，你把我绳子解开。"

胡芋苗说："你忍忍，你忍忍就好了，说不定它就像狗一样，过会儿就自己跑走了。"

胡芋藤说："苗，你要把我了结了多好啊。"

胡芋苗忍着头痛，又捡起那根筷子，塞在胡芋藤的上下牙齿里。

咯吱，咯吱，咯吱……

过了不知多长时间，胡芋苗的咳嗽终于停了，他昏睡了过去，他觉得自己全身一会儿像火炭烧着了，一会儿又像掉到冰窟窿里去了。朦朦胧胧中，他听见哥哥胡芋藤喊他的名字："帮帮我！帮帮我！"

他挣扎着爬起来，看见哥哥竟然和那个女人厮打起来，那个女人面色凶恶，用相机的长镜头狠狠砸向哥哥。胡芋藤立即嘴角流血，摇晃着站立不稳，眼看就要倒下去。胡芋苗赶忙跑过去，他拿起一个枕头，往那个女人脸上闷去，那个女人拼命撕扯着，两只脚不停地蹬着，但是她终归没有胡芋苗的力气大。胡芋苗把整个身子压在枕头上，他感觉到了女人憋尽了她人生的最后一口气，终于，两腿一蹬，不再有任何动静了。

胡芋苗放下枕头，呆立着，忽然，他觉得有点不对劲，他拉亮电灯，没有那个女人，只看见哥哥胡芋藤躺在床上，脸上一片紫黑，眼睛圆睁，瞳孔放大，嘴里咬着的筷子断了半截，整个人一点声息也没有了。

胡芋苗拿起枕头看看，枕头上戳着半截竹筷子。他抱着枕头蹲下去，两只肩膀耸动着。

6

雪停了，这一场大雪压倒了不少竹子，走在山路上，不时听到竹枝折断的声音。

那个女人开着小轿车到画坑来了。虽然大老板进去了，那件事黄了，但最近又有投资人找到她，这么好的地方，可以搞多种业态嘛，除了黄牛养殖，还可以做摄影小镇，做深山民宿等，总之讲故事的方法多着呢。她停下车，还是站在第一次来时站着的位置，举起相机拍着对面的山、树、人家。嗯？那一群牛呢？那两个放牛的人呢？她皱着眉头，对眼前的构图不满意，她想，得让那两个人穿戴好行头出来，得拍一幅“雪中牧牛图”。

女人大踏步往山上那间老房子里走去。走到房子门前，却发现门前停了一部警用三轮摩托车。走进屋里，一个警察正询问那个牧牛的人：“你就是胡芋苗？”

女人知道他的名字，是那个更大一些的牧牛人告诉她的。那次她给他们拍了照片，送给他们的时候，那个大一些的很郑重地对她说：“我叫胡月庭，古月胡，月亮的月，庭院的庭。”他说着，又指着他弟弟：“他叫胡月邈，邈，就是礼貌的貌加个走之底。”他说了还不算，还用手指蘸了水在木头上写给她看。

她笑了笑说：“你字写得不错。”

哥哥又得意又有点害羞地说：“是吗？其实我们的名字也是

很好的，是个有学问的私塾先生取的，可是我们的名字被村子里的人叫坏了，胡月庭、胡月邈，硬是被他们叫成了胡芋藤、胡芋苗。”

这是她和这对兄弟接触以来，他们说的最多的话。

现在，那个蹲着的弟弟抬起头说：“我大名叫胡月邈，古月胡，月亮的月，邈，就是礼貌的貌加个走之底。”

警察又问：“别说这个，我问你，是不是你把胡芋藤弄死了？”

弟弟不说话，他重又低下了头。

站在警察身旁的人，双手背在身后，像个大干部的样子，他说：“你这个糊涂鬼，我还担心你们在雪天里没得吃没得喝呢，你们还非要跑出去放牛，放就放吧，你怎么把你哥闷死了呢？”他说着，又转过头对警察说：“也是巧了，我正好进来看看他们的，却看见他手里拿着个枕头，对着他那个死哥哥哭呢。哎，早知道这样子，我拖也要把他们拖到敬老院的。”

警察不再说话，从身后掏出了一只手铐，咔嚓，铐住了胡芋苗的双手。

胡芋苗没有丝毫挣扎，他扭着脖子问她：“你是不是小张老师？”

她愣了愣，张大着嘴，却没有说话。

这时，他们一齐听见牛栏里传来了一阵阵牛的叫声：哞——哞——

（原载《雨花》2018 年第 8 期）

像一场最高虚构的雪

我脑际浮现那老人满头的银丝，
像一场最高虚构的雪，落在现实主义
夜晚的灯前。我独自冥想——
诗歌，不正是诗人执意去背负的
那古老或虚妄之物？或我们自身的命运？

——白鹤林《诗歌论》

和老吴的第一次见面并没有想象中的那样具有仪式感，甚至有些过于稀松平常了。

老吴像是认识了我很久似的，他靠在床上，抬了抬手，他的老伴刘姨连忙摇了摇铁床下的一个“Z”字形摇柄，一圈，两圈，两圈半，老吴大半个身躯慢慢呈现在白色的病床上，像是浮在北冰洋上的一头北极熊，只是这头熊瘦得有点厉害，他目光瞬间闪亮了一下，但含义不明，像火星，又像寒冰，只一下，就灭了，他随后冲我轻微地点了点头，忽然咧开嘴，无声地小幅度地笑了，我看见他的鼻翼耸了两下，如果可能，他大概会像熊一样凑过来闻闻我。

“叔。”我喊道，尽可能凑得近一点，说真的，我这时含有一点挑衅心理，我心里说，老人家，你要打要骂你就来吧，反正吴小越这个女人就是我的了，任谁也阻止不了。

他的厚嘴唇动了一下，我没听清他说什么，紧接着他又将手轻微地朝下按了按，刘姨赶紧又去摇铁床下的那个“Z”字形摇柄，刚摇到一小圈时，一旁的吴小越看了我一眼，愣着的我明白过来，立即抢夺过刘姨手中这项抡圆运动，一圈，两圈，两圈半，老吴又慢慢消失在一堆白色的冰雪里。

这就算结束了，我听见吴小越长长地松了一口气，估计刚才她是憋坏了。

刘姨说：“你们先回家吧，这里由我来。”

我还要礼节性地作出坚守阵地的表示，吴小越却抢在前面回答：“好，妈，我们晚上再过来。”

一走出肿瘤医院大门，吴小越便将一只手插进了我的裤子口袋，这是她示好的动作，我搂住她的肩膀，抱了一下，又抱了一下，她抬头用另一只手摸摸我下巴上的胡须。“还好。”我说，“老吴没有朝我吐口水扔茶杯，他挺好的嘛。”吴小越脸色黯淡下来，焦虑地说：“估计是因为病，看来他真的时间不长了，他连愤怒都不会了。”

与吴小越一起赶回来和老吴见一面，是我的主意，之前，吴小越接到她妈电话，她妈让她回家一趟，说老吴越来越虚弱了，常常低烧不退，人也因此一会儿清醒一会儿迷糊，有一天甚至连他自己是谁都搞不清楚了。吴小越接电话的时候，我恰好在她身边。我说：“我也要去，我陪你去。”

吴小越说：“不行！”

这让我很好奇，我说：“我不相信，老吴真有那么奇葩？就是不想让她女儿带着准女婿回去拜见他?”

吴小越解释说:“我也想不通老吴是怎么了,他见不得我有男朋友,当年我还是初中生,一个男生给我写纸条,不知怎么被他发现了,你说他什么表现?他不打我不骂我,却躺在床上整整三天粒米不进,最后都快饿死过去了,真要闹出人命了,吓得我赶紧在他面前发誓,决不会和任何男生谈恋爱,他才开始进食,他就是这么倔。那时我以为他是怕我因早恋而耽误学习,才使出这手狠招,哪知道,我上大学了,想谈恋爱,他也不许,到我工作了,他还是不许。别人的父亲都是希望女儿早早恋爱早早脱单,他老人家却一心一意要我做剩女。上次我略略说了一下和你的情况,透露了一点点信息,他立即病情加重,你说,我现在带你去见他,岂不是直接对着他心脏开一枪?”

后来,还是刘姨发话,她对吴小越说:“让小章来,难道让人家永远不见未来的岳父?这次不见,以后恐怕就只能见到一把骨灰了。再说了,你不让他见,人家会怎么想呢?你爸除了这个,别的方面也还是正常的嘛。”这话的意思再明显不过,让不让我见老吴,事关吴小越今后的婚姻生活幸福,拼死也要在我面前证明吴小越的家庭成员个个历史清白,是一个正常的家庭,这个关头再藏着掖着就会出问题了。这么一分析,加上我的强烈要求,吴小越终于战战兢兢地带着我这个毛脚准女婿见老吴来了。

吴小越是个心思细腻的人,这么良好的开端,换成别人高兴得都要飘起来了,可是她却很快冷静下来,一脸的忧心忡忡,她把手从我的口袋里撤离出来,揪着自己的耳朵,仿佛她的耳朵会告诉她答案似的。她说:“老吴这不正常啊,这么个表现不像是他啊。”我说:“这很好解释,他老人家和我有缘哪,他和我对上眼了呗。”

在街上的一家土菜馆吃了饭，我和吴小越便回到老吴的家。老吴的家在一个老旧的工厂宿舍区内，20 世纪 80 年代的风格，红砖房，筒子楼，经过挤满了小卖部、早点摊、蔬菜铺、理发店的小街道，上楼，进了屋里。屋里陈设简单，墙上挂着一个玻璃相框，镶了一满框照片，其中大多是吴小越的，有她上小学时六一儿童节登台演出的，有她上中学和女同学合影的，也有她和她母亲到景点骑着白马的，但是就是没有一张老吴的。吴小越对我说过关于老吴的一些往事，老吴原来是一所著名大学的毕业生，能文能武，能文是指会写文章，能武则是指喜欢体育，尤其是会玩单杠，能在高高的单杠上燕子般灵活翻飞，分到县中后，他既教语文又带体育，学生们都很喜欢他。但不知道怎么的，后来，突然他就死活不愿意在学校待了，他由一名人民教师调到县里的红星机械厂做了一名保卫科干部，再后来就下岗了，退休了。关于老吴的往事，吴小越说，老吴从不告诉她，他才真正是那首老歌《北国之春》里唱的，是一个“沉默寡言人”，就是上面那些零星的信息，她也是小时候削尖了脑袋、竖起耳朵从邻居那里捡来的。

我在相框前站立着，把我的疑问说出来：“吴小越，这上面怎么没有你爸的照片?”

吴小越脱去羽绒服，露出里面的高领红线衫以及高耸的胸部。“他不乐意拍照。”吴小越说着，又去脱她的高帮皮靴。屋里有点暗，屋外传来一阵叫卖声：“甜酒卖也——”是那种吴越江南口音，顺着窗户钻进这幢老房子里，这使得空气中突然弥漫着一种沧桑与柔情，我上前一把搂住了吴小越，我贴着她温暖的脖子说：“亲爱的，我觉得现在是爱爱的时间。”吴小越仰起头，承接着我的嘴唇。

突然，手机响铃响了，是刘姨打来的，吴小越推开了我。接完电话，吴小越对我说："老吴指名让你去陪他，我妈说，老吴打了一针后就睡了过去，醒来后的第一句话就是问小章呢，他要你单独去陪他，他说他想见你，和你聊聊天。"

吴小越拒绝了我继续求欢的暗示，她拉开我的手说："看来，真正的考验还在后头，你可得保护好你自己啊，你也要保护好老吴啊，再怎么说，他是我父亲嘛。"

我说："那是肯定的，你也太多虑了吧，难不成，老吴同学会杀了我?"

一圈，两圈，两圈半，摇到两圈半时，老吴说："再高点。"我又摇了半圈，他点点头。

多出来的半圈，仿佛让老吴整个人也显得高大了，不过，他个子本来就高大。吴小越说过，老吴身高一米八，在这个南方小县城里算是高个子。窗外的天色变得暗了一些，不知什么时候起，太阳在云层中消失了，北风刮起来了，风刮过房屋，发出了呜呜的声音，有点凄厉，有点狂躁，屋内没有开灯，老吴整个人比上午也似乎暗淡了些，他闭了眼，只是用手势比画着，让我坐下，坐在他身边的陪护椅上。

有好一会儿，他没有说话，他的呼吸慢慢均匀了，我以为他要睡着了，刚这样想着，他突然睁开了眼，像是从梦中醒来。

"叔，你要喝水吗?"我问。

老吴的眼睛突然亮了："小章？你是小章?"

"嗯，叔，是我呢。"我凑近了一点去看他。

他看了我一眼，呼吸短促起来，他又闭上了眼："我想喝点酒，我们喝点酒吧。"他说完猛地睁开眼，眼睛里有种深深的企求，夹杂着婴儿般的无助。"就一点，其实，喝点酒没关系的。"

我明白老吴单独要我陪护他的目的了，原来，他是酒瘾犯了。可是，吴小越对我说了那么多老吴的过往生活习惯，并没有说他是一个酒鬼啊，凭我对吴小越的了解，她并不是一个为长者讳的人，这从她一口一个“老吴”也可以看出来。这让我有点犯难，喝点酒并不是多大个事儿，可是对睡在病床上的一个晚期恶性脑瘤患者来说，这可就是大事了。我站了起来，但我站着没动。

老吴呼吸声急促，从喉咙里发出咔啦咔啦的声响，像是喉咙里有一辆艰难爬坡的马车，他拍着被面说：“去啊，一点，一点就行了。”他的眼睛似乎都湿了。

屋外的北风呼啸声也更猛烈了，像一个巨人在哭泣。我也不知道我是怎么想的，我点点头说：“你等等。”

只喝了一小杯，老吴就像一盏枯油灯被注入了油突然被点燃了一样，他满脸通红，双眼迷离，只喝了一杯他就喝不下去了，我赶紧打扫战场，免得被护士和刘姨她们发现。等我洗好酒杯回来，老吴已然进入了迷醉之中。他闭着眼睛醉意醺醺地朝着我说：“张大桥，你终于来看我一回了，兄弟，你给我倒杯水吧。”

我什么时候成了“张大桥”了，我知道这个时候怎么解释也没有用，就给他倒了杯水，并插上吸水管喂他喝了。他咂咂嘴，像是又喝了酒：“好酒。”他睁开眼，看着我说：“张大桥，你不是老问我是怎么开始和王芳谈恋爱的吗？我告诉你。”

我不知道在老吴的眼中，我这个“张大桥”是什么模样，我努力想做出一副与“张大桥”匹配的样子来，但我也不知道“张大桥”是个什么人，我有些为难，冲老吴笑笑，好在老吴已经闭上了眼睛。

闭着眼的老吴活像一个说书人，那些旧时代的盲眼的说书人。让我没想到的是，虽然他嗓音低沉，但他说出的故事却流畅极了：

那时候，不是各个乡镇都在竖电线杆准备通电吗？我是供电公司的接线员哪，我每天爬上高高的电线杆，把电线缠绕在电磁盘上。那时候，不是说我们是光明使者嘛，我们到一个村子那都是受到很高礼遇的，村子里杀鸡宰羊，天天晚上喝好酒，还派人给我打下手，快活呀。

有天，我到了瓦房村，住在村里老王家，你猜到了，老王的女儿就是王芳，她长得真漂亮，还没有结婚，说真的，我一开始并没有想着和她谈恋爱，那完全是因为一桩事给弄的。

你别急嘛，你这个张大桥，做什么都急吼吼的。

瓦房村给我派了打下手的杂工，两个人，一个男的，一个女的，女的就是王芳。开头几天，干了几天活，小伙子负责给我递个扳手、钳子什么的，王芳就负责给我端茶倒水，把我服务得像个老爷。

后来有一天那小伙子临时有事，就由王芳一个人陪我去装电线。电线杆可都是竖在野外荒地里，那是初夏了，天气说热不热说凉不凉，是真正好的让人舒服的季节，荒地里杂草绿了，野花开了，空气中浮动着一种甜腥的味道，不远处稻田里不时传来一种鸟“好哦——好哦——”求偶的叫声。

我和王芳本来有说有笑的，她是一个挺活泼的女孩，我真没想到会和她发生后来的一切的。那时，我只拿她当妹妹看嘛，我比她大三岁，我们之间能发生什么呢？可是到了这野地里，那甜腥的风一吹，天地间仿佛就只有我们俩了，我们反而没有话说了，特别是王芳，看得出她突然显得紧张、拘谨，尤其在她仰着头，向攀爬在电线杆上的我递扳手、钳子的时候，我也有类似的感觉，当我从高高的电线杆上俯视她的时候，我看到她瓷白的脸庞，黑亮的眼睛，心里也颤颤悠悠的，像风吹过电线杆发出嗡嗡嗡的颤音。

我们虽然不说话，但配合还是比较默契的，如果一直那样下去就不会发生后来的事了，坏就坏在有一个瞬间，所以说，有很多事，瞬间往往能决定历史的走向。什么瞬间呢？就是王芳端水给我喝的时候，我俯下身去接水杯时，我腰弯到了九十度，接过水杯的同时，我忽然看见王芳的脖颈了，她的脖颈很好看，锁骨那里还长了一小粒黑痣，黑痣很生动，像一粒小爬虫，从黑痣那里再往下，啊，我看见了王芳的胸，她里面没有穿胸罩，而是一件小背心，那时候的乡村女孩都穿那种小背心，月白色的小背心里是白花花的胸脯，真好看哪，我觉得世界上最美好的词都形容不出那种美。我痴痴地看着，差点把一杯水弄洒了。王芳似乎觉察到了什么，她红了脸，佝了身子离开了。接下来的时间里，我脑子里全是王芳的样子，我像是一个溺水的人，呼吸不畅，拼命挣扎。更要命的是，我的身体有了反应，我那天穿着西装短裤，贴身穿的是三角短裤，突然而来的反应撑得我十分难受。我突然很生自己的气，我这是怎么了？我憋得要哭了。真的。

就在这时，我不知道那个坏主意是怎么从我的脑海冒出来的。我突然从电线杆上下来了。

什么，张大桥，你以为我要做坏事？去你的，我说了，我不是那样的人。

我往一处灌木丛里走，找了个隐蔽处，我在那里撒尿，然后，我脱掉我贴身穿着的三角短裤，只套着一件西装短裤，重又爬上了电线杆。

什么？你说我是流氓。唉，张大桥，我、我、我也不知道我怎么会想出那么一出。你说得对，我承认，我是个流氓，都怪我，我那天真是昏了头了，被鬼缠上了，我后来想，肯定是野地里有一个风流鬼，他附在我身上了。

可是，我不想承认我是流氓，真的，我再次爬上电线杆时，我的身体就没有反应了，但我知道，每一次，王芳给我递扳手、递钳子、送开水，她昂着头，都会不可避免地看见我身体上最隐秘的部分，我看见她的脸像火烧了一样，她的动作像喝醉了酒一样。

唉，张大桥，你在听吗？

老吴闭着眼，脸朝向我："张大桥，我真不是你想象的那样的坏人，虽然我也不是好人，你，在听吗？"

我愣了一下，随即说："在呢，我在听。"

老吴从被窝里伸出左手的中指，伸到我眼前晃动着，他自己仍然闭着眼，显然这是晃动给"张大桥"看的，他的中指上裹着一圈创可贴。老吴晃动了两下，手臂无力地坠落在被窝上，像一只被射中的大鸟。我将他的手臂塞进了被窝里，他的脸还是火炭一样红，但手臂却凉冰冰的，仿佛全身的热量全跑到脑袋上来了。他又睁了一下眼："许卫国，许胖子，你这家伙终于来看我了。"

"许胖子。"他又喊了一声。

我迟疑地答了声："哎。"

老吴满意地闭上眼，接着前面继续说：

我全给你们交代了好吧，你们这帮家伙，就是惦记着我那点事。

那天之后，我和王芳的关系似乎突然变了，我们的眼里都有了别样的内容。从那天开始，我们撇开了别人，只我们俩固定一组去安装电线，而且，她天天虽然上身还是贴身穿的小背心，但她把领口扣得死死的，再也不让我看见了，我呢，我再不穿西装短裤了，我天天穿长裤。表面上，我们都向对方封闭了自己的身体，可是我们的心知道，我们俩每天都处在一种迷醉的状态。极舒服，又极煎熬。极享受，又极难受。像皮肤上的痒，抓的时候好恣意，破皮的时候又钻心地痛。

就这样，我们俩越来越离不开彼此了，我一天见不到王芳就要死了一般，而王芳更是的，她看着我的时候，全身都融化成了浓浓的蜜，恨不得把我全部包裹在她的一汪蜜中。终于，在一处野地里，我们拉手了，接吻了，抚摸了，但我们一直没有突破身体上的最后一道防线，主要是我一有动作，王芳就特别紧张，她说："哥，你不会骗我吧，我怕。"她在我的怀里瑟瑟发抖，这让我不敢再继续下去，我想，这样也好，让最美好的果实挂在枝头，待真正成熟了再去品尝时，味道会更好。

有一天，我们又在野地里躺着，互相抚摸着，激情难抑时，王芳忽然从背包里拿出一片白布，她说："哥，我害怕……我、我要是不见红怎么办？听说，有那样倒霉的，可是，我、我真的没有过……"

我抱着她说："你原来是害怕这个啊，我喜欢你，这就够了，别的什么我都不在乎。"

"可我真的没有过。"王芳说。

"我相信你。"我说。那一刻，我已经被由爱情而激发的情欲折磨得丧失了任何理性，根本分析不了王芳说这话的意思，我只想向她求欢，只想在这个时刻这个地球上的这一点，和她相融相交，死了也罢。

王芳将白布铺在了地上，然后，闭上眼睛对我说："哥，我是真的喜欢你，你来吧，你尽管全都拿去。你怎么着，我都不后悔。"她说着，两行眼泪从圆润的脸庞上滑下来。

我抱紧了她。

等结束时，王芳长久地抱着我，抱得很紧，生怕我跑了似的。从迷狂中醒来，我忍不住偷偷去看身底下的白布，我愣住了，白布上除了沾染上青草绿色的汁液，并没有那传说中的血迹。王芳一直在流泪，从开始到现在。

看着王芳的眼泪，我慢慢挣脱她的拥抱，我亲吻着她脸庞，迟疑了一下说："我去方便一下。"

我来到不远处的小河边，看着河水呜咽，想着王芳的样子，有一种巨大的爱意从我心中生起，我用河边的野蔷薇刺刺破了手指，刺了三四处，刺得有点深，看到血珠从手指上冒了出来。我捏着手指来到了王芳身边，她还是闭着眼，像是一个等待我审判的天使。我心疼地抱着她，那根流血的手指顺势在她身下涂抹，过了好一会儿，我再去看那白布，已经是茫茫雪地上"红梅花儿开"。我没有将那幅"红梅图"指给王芳看，对此，我们都保持了沉默和有意的忽略，我们没有说话，只是又用力地爱了一次。事后，我才将那片白布郑重地收起来，交给了王芳。

老吴一口气说到这里，呼吸有点急促，我赶紧又喂他喝了一点水，我对老吴说的这件事异常好奇。"后来呢?"我忍不住问他。

老吴说："后来，许胖子，你不是都知道了吗?"

我不好否认我不是“许胖子”，我着急得抓耳挠腮，唉，一个好故事就这么断了。

可是，老吴又接着说了：“许卫国，你还记得那次我们去九华后山的翠峰寺吗？我问寺里的当家师父印刚师，我说我的这个手指上的小伤口怎么老好不了，什么消炎药都用了，它就是不愈合。你知道印刚师怎么说的吗？他说，你呀，你这是伤在心上了，好不了，这辈子。”

窗外北风更烈，吹得窗户上的玻璃哐当哐当响。一口气说了这么多，老吴似乎累了，他喘着气，慢慢呼吸平稳下来，像是睡着了。看着老吴的面孔，我恍惚了，刚才，他说的是真的吗？他又为什么要对我说这些？哦，不，他为什么要将这些他个人的秘密对“张大桥”和“许卫国”说呢？我想起那个关于病人临终前回光返照的说法，不由得有点紧张，我伸手到老吴的鼻子前探了探，谢天谢地，还有气息，还挺有节奏的。

吴小越发了个微信来，问：“老吴还好吗？他真的和你聊天了？”

我回复：“我叔挺好的。聊了一会儿，这会儿他睡了。”

吴小越说：“真奇怪，这个沉默寡言人居然还能和你聊天。都聊了些什么呢？”

我想了想，回了几个字：“聊的中美贸易战，老吴同学很关心天下大事。”我也不知道我为什么要撒谎。

吴小越在微信里给了我一个白眼。

天色暗了一些，北风又紧了一些，我看了一下天气预报，说是今晚将有暴风雪。老吴还在睡着，我看着他，又给吴小越发了条微信，我问她：“老吴是不是有个手指头一直有伤，那伤口一直没有愈合？”

吴小越在微信里一脸诧异："他只是脑子里开了一刀，手上可没动刀子啊。"

看着吴小越的回复，我摇摇头。我有一种冲动，想起身去掀开老吴的被子，看看他的手指头到底有没有伤口。正犹豫着的时候，老吴忽然醒了，他脸上的火红褪去了一些，看上去像一个正常人了。病房里的灯一直没开，半昏半暗中，他扭过头看了看我，说："小章？"

我靠近他说："是我，叔。"

老吴看着我，眼神又迷离起来，我感觉我这会子一定在他的眼睛里旋转，越转越快，旋转成了一个模糊的图像了，图像像一个旋涡，从旋涡中旋出了又一个人。老吴忽然神秘地对我说："警察呀，我告诉你，1986 年那年县中的纵火案是我干的，我烧死了王芳。我要是不告诉你，你肯定永远破不了案。"

我吃了一惊，这也太诡异了，有时间，有地点，有人物，莫非这老吴还真是一个潜伏的杀人犯？我想再问问他，病房的门却一下子开了，刘姨拎着一个保温盒进来了，她一进来就按亮了电灯，先前弥漫在病房的那种幽暗的气氛立即消失了。刘姨的脖子上围着厚厚的围巾，我莫名地紧张起来，我生怕她一层层松开围巾，松到最后，会露出一个巨大的伤口来。还好，并没有。她说："小章，辛苦了吧，你回去吧，晚上我来值班，你赶快回去休息休息。"

我没有理由留在这里了，我也没有任何理由再留在老吴的秘密里了。我有些遗憾地对老吴说："叔，我走了。"

老吴原先一直紧闭的双眼睁开了，他好像对我眨了眨眼，似乎与我心照不宣，我们俩拥有了一个共同的秘密似的。

我走到街上的时候，雪花纷纷扬扬地下起来了，街道上的路灯也次第亮起，穿行在这些雪花里，有一瞬间，我真的怀疑我刚才是从一部旧电影里走出来的。也许就是这种略显悲伤的、怀旧的、恍惚的情境诱惑了我，我突然有了一个荒唐的想法。我没有打车回到红星机械厂那个老小区，而是直接让司机带我去县中。

是谁说的，在现在这个世界上，你要是想寻找一个有名有姓的人，通过人找人，不会超出七个人，就能寻找到目标。这是真理。找许卫国我只花了半个小时，只通过四个人，就准确地联系上了许卫国本人。当然，这个真理的前提是，你寻找的那个人得是个活着的人，那个张大桥我就没有找到，因为他已经不在人世了。

一个小时后，我已经坐在县城长江南路一家卤菜馆里和许卫国喝上了。

许卫国果真是个胖子，看得出来，这位县中前退休化学老师好两口白的。“下雪天，对着牛肉炉子锅，咪口小酒真快活，浑身都要起化学反应呢。”

胖子的快活是真快活，胖老头的快活更是神仙般的快活了，于是，我在这种喜庆的气氛中向他打听起老吴的过去。他听说了老吴的病情后说：“这个老吴，他都是被心病弄成那样的啊，他那样天天忧愁恼闷，没病也弄出个病来了。什么，放火？1986 年的那场火灾？”

许卫国又咪了一口酒，陷入了沉默中，他看着眼前的火锅，火锅中翻滚着牛肉片，又扭头看看屋外纷飞的雪花。我不着急，我知道越是这样的时候，越得沉住气。果然，许卫国说话了，他说：“那场火啊，我知道，是那个女人放的。”

我说：“是王芳？”

许卫国喝酒不上脸，越喝他的脸反而越白，只是脑门那儿的肉疙瘩上不断地冒出绿豆般的汗粒，那些汗粒凝结着，却不往下掉，而是横向摊开互相链接，像一根汗水的链条，也不知道是什么化学反应所致。他说："你问我算是问对了，我对那件事可是比谁都清楚，那时候，老吴，张大桥，我，我们仨都是同一届从大学毕业分配到县中的，我们天天在一起玩，老吴的那点事，我可是一本全知。你说王芳？你也知道王芳？这事扯起来就藤藤蔓蔓多了，反正落雪天打孩子——闲着也是闲着，你说是不是？我就跟你扯扯吧，来，走一个。"

许卫国胖胖的小手端着酒杯，凑到嘴边"吱吱"两声，于是，酒入胖肠，化作额上汗，他缓缓地说："我知道，老吴迟早要出事的，但当时老吴哪里听得进去呢？老吴那个时候一表人才啊，用现在话来说就是大帅哥啊，一个学校的许多女学生都在偷偷喜欢他，只不过，王芳胆子更大些更主动些罢了。"

"什么？王芳是他学生？老吴没有安装过电线？"我问。

许卫国不满地看了我一眼："你别打断我嘛，王芳是不是他学生你都不知道？安装电线？什么电线？老吴一毕业就和我们一起来学校了，他安装个屁电线。"

我赶紧闭嘴。

"王芳说是学生，其实也比我们这些刚毕业的老师小不了几岁，腰细细的，胸鼓鼓的，算是个大姑娘了，她天天缠着老吴，那个时候当然是小吴了，缠着他做什么呢？练单杠，老吴单杠练得好，能在单杠上引体向上，双臂支撑倒立，再旋转三百六十度，他爱显摆，有事没事就在那单杠上展示他的好身材，结果，王芳就说她也要练，她要老吴托举着她上单杠，扶着她的腰下单杠，你想想，天天这样肌肤接触，这能不出问题？还有，王芳在单杠上旋转，又没有穿紧身衣服，有时候难免会露出白白的肚皮来，时间长了，谁受得了这诱惑？”

许卫国说到这里，我脑海里不由浮现出老吴说的他安装电线的场景，我靠，老吴可真会移花接木啊，他硬是把单杠换成了电线杆。

“恋爱就恋爱吧，说真的，当时我们还是挺羡慕老吴的。听王芳说，她家里都已经安排好了她的未来，只等她高中一毕业就去她父亲所在百货公司顶职工作，然后她就可以正式嫁给老吴，老吴什么也不用费心。这都是老吴私下里告诉我们的，因为我们关系好嘛，我们都替他打掩护，有人说起老吴和学生谈恋爱的事，我和张大桥赶紧澄清，没有的事，老吴天天和我们在一起呢，老吴的代价就是经常请我们喝酒。

“有一天晚上，我们仨正在老吴的宿舍里喝酒呢，突然闯进来了一个小年轻，那个家伙一看就不是个善茬子，他嘴里歪叼着一支香烟，抖着腿说：‘姓吴的，我告诉你，王芳早就跟我谈了，她是我的人，哪个再想插一腿，对不起，我就插他一刀。’他说着，从口袋里摸出一把小匕首，唰的一下，扎了出去，那刀从我们头顶上飞过，直直地扎在木门板上，闪着微微的寒光。说起来，有点丢人，我们三个人竟然被那家伙一个人镇住了，直到那家伙骂骂咧咧地走远了，我们还没有回过神来，连酒都喝不下去了。

“那以后，老吴一下子瘦了好几斤，他再也没有在单杠上燕子一样上下翻飞了，再也没有看见他偷偷带着王芳到宿舍里过夜了。那一段时间，大概是怕那个小年轻报复，老吴常常喊我和张大桥去宿舍陪他。看着木门上那个深深的刀口，我们就有点心虚，我和张大桥就都劝说老吴，赶紧地和那个王芳分了吧，人家早就和别人谈了，还来骗你的感情，你还有什么可留恋的呢？老吴被我们说急了，就争辩说：‘不是的，不是的，我相信王芳，我说过要相信她的。’

“快放假的时候，老吴忽然对我和张大桥说：‘我和王芳商量好了，生命诚可贵，爱情价更高，我要给她自由，给我们的爱情以自由。’老吴说他调查清楚了，那个小年轻是街道上的小混混，他是硬缠上王芳的，他威胁王芳，要是王芳不答应和他谈恋爱，他就杀死她全家，王芳没有办法才暂时答应的，可是王芳根本不爱他。那怎么办呢？我们问老吴。老吴说他想好了，他和王芳私奔去，为了爱情，他们可以把一切都抛下。

“老吴接下来开始做各种私奔前的准备工作，我和张大桥为了表示对他和王芳的支持，把省了一学期的全国粮票全都贡献出来了，我们还买来了一本全国地图册，用铅笔在上面勾画，帮助老吴设计私奔的线路，我们建议老吴在晚上出走，先坐轮船到南京，然后从南京坐火车去新疆，据说那里天高地远，往那一跑，谁都找不到。另外，我和张大桥还凑了钱，找县城东关铁匠铺的王铁匠打了一把双刃短刀，让他路上防身用，王铁匠开始不敢打，因为双面刃的刀具可是受管制的，抓住了要坐牢的，在他的吓唬下，我和张大桥又给了他多一倍的钱他才同意。

“一切准备妥了，定下的日子来了，那天，按照事先的计划，老吴借口去教育局办事，他一早就走了，他到教育局几个科室转了下，就跑到江边轮船码头买好船票，傍晚时分，我和张大桥再骑自行车带着他的行李，护送王芳到大轮码头。为保险起见，王芳头上裹了纱巾，我和张大桥一人带她一段路。船是晚上 6 点起航的，可是我们到了码头后，老吴并没有出现在我们约定的地点，候船室里也没有，渡口上也没有，6 点到了，那一班大轮长鸣了一声，推开江水像一头大鱼慢慢朝下江游过去了。

“我们陪着王芳一直等到晚上10点也没有等到老吴，看着空空荡荡的江面，王芳猛地扯下纱巾，她夺过我手中的自行车，跨上后，往黑暗中一头冲去。我愣了一下，张大桥反应快，他说：‘快，得追上她，女人疯狂了可是什么事都做得出来。’他骑上车，带着我，快速蹬着脚踏拼命去追赶王芳。

“结果，那天晚上王芳哪里都没去，她直接回家了，我们放心了，我和张大桥就回到了学校，我们敲着老吴的房门，门都快敲破了，里面也没有人应答，我们就各自回屋睡了。

“谁料到，到半夜里，校园里突然有人喊失火了，快救火！我和张大桥起身去看，看见是老吴的房间起火，火光熊熊，映红了半边天。好在学校里学生多，人多力量大，学生们端着脸盆脚盆，一队队地前来救火，终于把火给灭了。

“让人不解的是房屋的主人老吴，不知道他是从哪里冒出来的，他好像傻了似的，他一直站在火边，傻傻地看着大火，火光照着他那张漂亮的脸庞红一块黑一块，有的学生悄悄说，吴老师怕是吓尿了吓呆了，那么大火，他还笑呢。

“关于那场大火起火的原因，后来县教育局也派人来调查过，调查了半天也没调查出个结果，事情就那么算了。”

许卫国拨动了一下炭炉里的酒精，火势立即大了，他看着火光上的蓝焰，重重叹了口气。

“那，王芳被烧死了？”我问。

许卫国看了我一眼说：“王芳烧死了？怎么会呢，那场火就是她放的，只不过老吴没有把她供出来罢了。”

我感到牙疼，我迅速地喝下一杯酒，让它烧烧牙床。

“不过那场火后，王芳就真的走了，据说她去了东北，在那里结婚了，前几年班上同学会她还回来过一次呢。新学期开始后，老吴就没来上课了，他自己死活要求调到红星机械厂去，由一名老师成了一名工人，谁也不知道他是怎么想的。这家伙，倔得像头驴，从那以后，他再也不理我和张大桥，好像是我们拆散了他和王芳似的，在大街上碰到面，他也装着不认识我们，张大桥前年被一辆拖拉机撞上了，在医院里没抢救过来，去了黄土公社，我让人带话给他，说我们一起去殡仪馆向张大桥的遗体告个别，他也硬是不回一个字。靠，朋友一场，我们也不欠他的！”

许卫国越说越生气，他拿酒出气，干了一大口，额头上的汗水泛滥，冲刷着脑门上一团团的肉疙瘩。

我连忙敬了他一杯。

“散了吧。”一杯喝完，许卫国说。

“好的，散吧。”我说。

我和许卫国走出了小酒馆，推开门，雪下了有半尺厚，还在纷纷扬扬地下着，才准备迈开腿，大雪已落满了全身。

手机响了，吴小越抽噎着对我说：“你去哪儿了？老吴走了。”

（原载《福建文学》2019 年第 11 期）

精灵之家

1

马儿在这个早晨抱回了一个女人。

这个早晨和以往的早晨似乎没什么两样。7 点一过，街上的行人就多了起来，马儿觉得行人不是一个两个这样慢慢地多起来的，而是突然一下子多了起来，像开水在锅里一闭眼一睁眼之间就滚开了。马儿在家里负责烧开水，他在水叫喊得最厉害的时候，就闭上眼，然后睁开眼，水立即沸腾开了，马儿试了很多次，每次都很灵验，他就在那升腾的水汽里咧开嘴笑了。

可是在滚开水般的人群里，马儿却有点犯愁，他不是犯愁行人们丢下的塑料袋、餐巾纸、烟蒂头那些垃圾，清扫它们本来就是他的工作嘛。马儿在扫地的时候，曾经听到一个小女孩对她妈妈说："妈妈，你不要乱扔垃圾，老师说的，这会增加环卫工人工作量。"妈妈对小女孩说："小屁孩子，懂什么，我们如果都不扔垃圾，那环卫工人不就没事干了，没事干了他们不就没有工作了？"小女孩说："那我们扔垃圾其实就是帮助环卫工人了？"妈妈说："可以这么说。"听着这母子俩的对话，马儿也困惑起来，他想了好久，最后还是觉得那个小女孩的妈妈说得没错。所以，他一点不烦那些到处扔垃圾的人，他们扔，他扫就是了。他扫着那些垃圾，心里满是欢喜，况且，垃圾里还有宝贝呢，易拉罐一毛钱一个，旧报纸五毛钱一斤，还有旧衣服、旧鞋子、旧帽子、旧袜子、旧电扇、旧椅子，城市的垃圾箱是一个百宝箱，你想要的这里都有，马儿一家子——他自己，侄女羊儿，朋友牛儿——穿的用的都是从这里来呢。

马儿犯愁的是，人一多，扫马路就不太方便了，时时得当心着不要碰到行人。马儿的班是每天早上 6 点到 8 点和晚上 5 点到 7 点这两个时段。马儿特别喜欢每天早上 6 点到 7 点那一段时间的工作，他抡开大扫帚，在行人稀少的街道上，左右挥舞，那时候他觉得自己像一个英雄，像那个打过仗的姐夫一样的英雄，他大声哼着歌：“日落红霞满天飞，战士打靶把营归把营归，一二三四，嗨，嗨，嗨！”歌声的节奏就是他挥舞大扫帚的节奏。早点店里起早蒸包子的贾大嘴说：“马儿，能不能唱首新歌呀？”马儿愣了一下，便唱：“卖汤圆，卖汤圆，小二哥的汤圆圆又圆，一碗汤圆两毛钱，卖汤圆……”马儿唱着的“汤圆”两个字的尾音还含在嘴里呢，贾大嘴揉着面团说：“第三首！”马儿愣了一下，立即唱：“花篮里花儿香，听我来唱一唱啊唱一唱……”刚唱了两句，贾大嘴又发布命令：“第四首！”马儿立即换了腔调：“送战友，踏征程，默默无语两眼泪……”唱了好一会儿，马儿扭头看贾大嘴，贾大嘴不见了，大概是去剁包子馅去了。马儿立即又偷偷换上了“日落红霞满天飞，战士打靶把营归把营归”，扫地的时候，他还是最喜欢唱这首。

这几首歌都是姐姐和姐夫教他的。马儿在老家是老幺儿，大姐和大姐夫结婚时，他才一岁，等大姐夫从部队复员回到省城时，他已经八岁了，现在，他已经四十岁了。八岁时，父母先后殁了，大姐将他从贵州老家带到了省城，过了一年，因为半身瘫痪的大姐夫没有生育能力了，又将二姐家的女儿羊儿带了过来，算是过继给他们的，他和羊儿虽然是舅舅与侄女两辈人，但年龄上，马儿和羊儿倒是差不多大。马儿隐约记得那时的情形，他和羊儿一起去上学，一起在上学的路上唱大姐夫教唱的歌。大姐夫很早去世了，大姐也走了好几年了，马儿有时候不记得他们的模样了，他把脑袋使劲晃也想不起来，可是那些歌他却一直忘不了。

马儿负责的这一段湃河路就在他住家的附近，他看着快要扫到头了，就仰头朝他家所在方向望，扫一下，望一下，扫到马路尽头时，他再望一下，这时，在他家上空，如约而至飞出了一群鸽子。鸽群不像人群那样拥挤杂乱，它们是慢慢地有秩序地飞上天空的，开始是头鸽，头上有一团黑的黑子，然后是花子，它是黑子的忠实粉丝，一天到晚都黏着黑子，其他的鸽子也就随着它让着它，再后面是白裙子，再后面是愣子，贾大嘴（这家伙一张嘴吃得下一根萝卜，就像卖包子的贾大嘴，马儿和羊儿都认为它应该叫贾大嘴），再再后面是扫帚、冰棒、水壶。给这些鸽子取名字都是他和羊儿商量的，每次想出一个名字，他们就乐半天，那个尾巴又粗又大的不就是扫帚吗，那个细细长长的羽毛白白的不就是奶油冰棒吗。这时，冰棒、扫帚、贾大嘴都飞在天上了！它们飞得很讲究，先是扑扇着双翅，绕着马儿他们家的房顶飞行一圈，这是和羊儿打招呼，羊儿每天准时给它们喂食呢。然后，它们在小区的上方绕行一圈，这是和小区的大爷大妈们打招呼，再然后，它们抬升了飞行高度，直线上升，排成一个漂亮的队列，在这一片的上空训练队形，展示它们的飞行技术，直到飞累了，才往逍遥津公园东南方向飞去，那里，有一片宽阔的草地，它们可以在那里散步，梳洗羽毛，吃草地上的蚂蚱，当然，也会啄食草地上的沙子，它们的嗉子里可少不得沙子。

马儿冲着鸽子们挥了一下手，顺手扛起扫帚，推着垃圾板车准备收工了。马儿觉得这个早晨和以往的早晨一样美好。他推起铁架垃圾车的时候，车轮“咯噔”了一下，他低头去看，乐了，是一本厚厚的旧书。马儿赶紧捡起来，拍拍，又往身上擦擦，看看封面，上面的字他不认识，自从小学二年级时得了那一场脑膜炎，他就把之前认识的字大部分给弄忘了，但他还是把书塞在怀里，书是牛儿的好宝贝，牛儿看了书就不要命地扑上去，这下，牛儿看到这一本厚书了指不定会怎么高兴呢。

因为高兴，马儿的嘴都快咧到了耳朵背后了，他又推起车子，这时，那阵“咯噔咯噔”的声音似乎还没有消失。他侧耳听了一会儿，听见声音是从小推车旁边的绿化带灌木丛里发出的，这声音很奇怪，像哭声，又像笑声，还有点像骂声。马儿踮起脚尖往灌木丛里张望，他看见一颗平放在泥地上的人头，那声音正是从那颗人头里发出来的。马儿吓了一跳，手拍着胸脯，再大了胆子去看，才发现，这是一个女人，她的头部卡在灌木丛里，身上的衣服是青黑色的，整个人看起来像是长在灌木里了。女人的脸上满是泪水，嘴巴一张一合，原来她是在哭，不是在笑和骂。马儿平常遇到笑的人，他也就跟着笑，他不管别人在笑什么，要是遇到骂的人呢，他就赶紧离开，可是，遇到哭的人，他就不知道怎么办了，他也很少遇到哭泣的人，除了羊儿偶尔会哭外，好像没有人会对着他哭。

“痛、痛吗？”马儿想了想，伏下身子对女人说。

女人的哭声更大了，她从“咯噔咯噔”的小雨滴变为“哇哇哇哇”的大暴雨，她还狠命地扯动着双手双脚，像一只悬挂在蜘蛛网上的八脚蜘蛛。

马儿急得团团转，他搓着手，茫然地看着女人，又转身看路边渐次多起来的行人，但没有人停下脚步，来听一听这个女人的哭声，他们顶多向这边瞄一眼，然后，迅速地调整视线与步伐，坚定地继续行走。“吃、吃，你要吃吗?”马儿终于想到了女人可能遇到的另一个问题。

女人突然不哭了，她张着嘴，不住地吞舌头吐舌头，嘴里“哦哦”着。马儿明白了，她真是饿了呢。马儿一把抱起了女人，女人死死地抓住了马儿的两只胳膊。

“哎哟，你抓痛我了!”马儿说。

女人突然“嘻嘻”地笑了，她指指天上：“鸟，飞呀，鸟，飞!”

马儿抬头看天上，他们家的鸽子正在他的正上方的天空里盘旋，他笑了，说：“那是鸽子！我家的鸽子!”

2

马儿抱起那个陌生女人的时候，羊儿正拎着菜篮往湃河路菜市场去捡菜。每天将鸽子放出鸽笼，打扫干净了，她就去菜市场给鸽子们找吃的。

羊儿去菜市场走的都是固定的路线。卖菜的都是老邻居，这时候，早市差不多结束了，品相差一点的菜，他们特意挑选好放在一旁，有的老太太想贪便宜要低价买下，卖菜的摇摇头：“不行，这个是给羊儿的，不能卖!”不常来买菜的人就会一脸疑惑，“你还养了羊?”卖菜的就笑：“那当然，我们这里有羊儿，有马儿，还有牛儿！”买菜的听不懂，嘟嘟囔囔地走了。这时候，羊儿迈着她小绵羊儿一样的细脚步走了过来。于是，一个包菜，三根莴笋，五根胡萝卜，一路走，一路被丢在了羊儿的竹篮子里。羊儿好像是一个收税官，她只顾把菜篮子捧在胸口，只要一路走下去，走到头，菜篮子就满了，她就离开了。邻居们正忙着的时候，就什么也不说，直接将菜丢进篮子里，转身去做生意，如果不忙，就会拉住羊儿问两句：“羊儿，鸽子还不卖啊？”

羊儿说：“不卖！”

“傻羊儿，卖一对鸽子的钱，你就可以买好看的新衣服啊，你看你穿的都是马儿捡回来的旧衣服。”

羊儿摇头：“不卖，不要。”她说着，认真地凑近邻居的耳朵边，小声地说：“鸽子是我大姨父爸爸和大姨妈妈变的，不能卖呀！”

羊儿一直把抱养她的大姨父和大姨叫作大姨父爸爸和大姨妈妈，她养鸽子就是她大姨父爸爸教的。大姨父爸爸瘫痪在轮椅上，他的爱好就是教马儿唱歌，教羊儿养鸽子。

当过英雄的大姨父爸爸养鸽子是祖传的，他养的观赏鸽，形体漂亮，飞行姿势漂亮，而且，特别听从他指挥，他吹一个口哨，呼啦啦，鸽群起飞，再吹一声不同的口哨，鸽群在天空上盘旋，随着口哨声变化，鸽群飞翔的姿势和阵势也随之变化，最后一声口哨，是集合令，鸽群齐刷刷地飞到了屋檐下，整整齐齐站在一根竹竿上，嗓子眼里咕咕咕地哼着，好像在列队报数，接受大姨父爸爸的检阅。羊儿很快从大姨父爸爸那里学会了养鸽子，过了两年，大姨父爸爸身体上的老伤口发生病变，卧床不起，弥留之际，大姨父爸爸特意把她叫到了病床前：“羊儿啊，你记着啊，一定要把鸽子养好啊，不能丢了它们。”羊儿趴在大姨父爸爸床头，冲着他不住地点头。

大姨父爸爸又把她拉得更近了，在她耳朵边轻声说：“我死了，就会变成鸽子，每天还会在这个家里飞进飞出。”

羊儿相信大姨父爸爸说的话，大姨父爸爸先变成了鸽子，大姨妈妈去世后，她能往哪里去呢，她肯定也变成了鸽子去陪伴养爸了。在羊儿养的鸽群中，总有两只是没有取名的，那就是大姨父爸爸和大姨妈妈，“大姨父爸爸和大姨妈妈会保佑我们的。”她对马儿说，马儿也很同意她说的话。所以，前一阵子，有个养鸽的人要花三千块钱来买她家的一对鸽子时，羊儿就是不愿意，她有时候觉得每一只鸽子都有可能是大姨父爸爸大姨妈妈，万一卖错了呢，那不就是把大姨父爸爸大姨妈妈弄丢了？所以，那是千万也不能卖的。

羊儿抱着满满一篮子蔬菜回到家，开始洗菜，一部分是给人吃的，她、马儿和牛儿，一部分是给鸽子们吃的，给鸽子吃的要先洗好，切碎，拌上麦麸，麦麸是从她以前上班的面粉厂里拿的。

羊儿初中毕业后，就被街道照顾到街道面粉厂上班，面粉厂将小麦加工成面粉、面条，剩下的麦麸卖到饲料厂。知道羊儿养鸽子需要麦麸，青工刘志军就天天送麦麸给羊儿。送了几个月后，他就和羊儿谈恋爱了。

羊儿喜欢刘志军，刘志军个头很高，皮肤白净，他会拉手风琴，在街道组织的青工迎新年联欢晚会上，他穿着一件深蓝色的高领毛衣，背着一架手风琴，到了台上，冲着观众一鞠躬，偏了偏头，猛然，双手在琴键上跳动着，拉扯着，好听的旋律就像是从他的胸腔里飞出来似的。羊儿觉得这个刘志军也会养鸽子呢，那些乐声就是他养的鸽子，他只要一个手势，那些鸽子就呼啦啦飞上天了，落到树丫上了，蹿到云里了，还有一些钻到她心窝里了。羊儿看着刘志军都看得醉了，她得为刘志军做点什么。做点什么呢？她给刘志军织毛线衣。她知道了，刘志军身上那件漂亮的高领毛线衣是他大姑给他织的。他大姑是上海人，给他织的毛衣是最流行的针法。羊儿迷上了织毛衣，她暗暗下了决心，一定要织一件最好看的毛衣送给刘志军，把他的上海大姑给比下去。羊儿托人在上海买了最好的恒源祥全羊毛毛线和最时新的毛衣编织书籍，一边看一边研究。

羊儿对那件毛衣太上心了，她织了又拆拆了又织，织了一个月才织好一只胳膊。那时候，省城的冬天比现在冷，眼看着第一场雪就要落下来了，羊儿心里着急起来，她希望在第一场雪落下来的时候，能够亲手把毛衣套在刘志军的身上。

可是，刘志军却要离开省城一段时间，他突然要去香港了。他的二姑在香港，刘志军对羊儿说，二姑生病住院了，估计是快不行了，她打电报来，说是特别想看看家里亲人，于是，他就和大姑家的儿子一起作为代表去看望二姑。香港，多么远的地方啊。刘志军说："羊儿，半个月后我就回来了，我一共只向厂里请了半个月的假。"刘志军是在逍遥津公园里的一块草地上对羊儿这样说的。临行前的最后一个晚上，刘志军和羊儿翻围墙，跳进了公园里。刘志军说这话时正拥抱着羊儿。羊儿说："刘志军，你为什么不背着手风琴呢？我太喜欢看你拉手风琴的样子了。半个月后，你回来时，一定要拉给我听。"刘志军说："没问题，可是现在，我想拉拉你……"刘志军说着，两只拉手风琴的手就在羊儿的胸脯上拉扯弹跳起来。羊儿成了一架手风琴了，在刘志军的身下，她发出了琴一样的声音。

于是，那晚以后，羊儿把自己打好毛衣的最后期限定为半个月，等到刘志军一回到省城，她就给他套上这件毛衣。按这个进度，半个月后，羊儿终于织好了那件毛衣。更让羊儿高兴的是，头天晚上，老天听话地落雪了。第二天，羊儿早早就赶到了逍遥津公园等候刘志军。她和刘志军约好了的，刘志军从香港到上海，然后乘坐火车到省城站后，他不先回家，而是直接到逍遥津公园，到他们那晚去的地方和她见面。

羊儿在逍遥津公园站到了深夜，把雪地站出了两个深深的坑，也没有见到刘志军。

刘志军一直没有回来。据说，他爱上了香港，他爱香港比爱她更多些，他就不愿意回来了。

可是羊儿不信，羊儿认为刘志军一定是在那边被什么事情耽搁了，他一定会回来的，就在某个雪夜。刚好，她可以有时间重新去织那件毛衣了，她又从新买的书上看到了新的织法，新的花样，她正不满意呢。羊儿拆了毛衣，补充了新毛线，又在重新织毛衣了。她每天除了织毛衣，就是去逍遥津公园，好在从她家住的地方到逍遥津公园路也不远，无论刮风下雨，她都要去站一站，看一看。

羊儿这样子，在面粉厂是干不成了，这不要紧，问题是刘志军不给她送麦麸，她养鸽子就成了问题。好在厂里的人都对她好，厂长也做了一个规定，为了让羊儿能继续养鸽子，今后厂里每个月给羊儿免费送一袋麦麸。面粉厂后来改制成了私企，老板还是原来厂里的车间主任，他照旧按老厂长说的，每个月照样给羊儿送一袋好麦麸。

有免费的蔬菜、麦麸，养鸽子就不再是难事了，羊儿越来越相信大姨父爸爸临终前对她说的话了：好好养鸽子，鸽子们会保佑你们的。羊儿很满意现在的生活，就像很满意她养的那些鸽子们。羊儿看了看天空，看见鸽子们在天上玩得有些累了，它们正准备去公园的草地上散步。羊儿拿了毛线圈和毛衣针，也往逍遥津公园走去，刚走出大门口，就看见马儿抱着一个女人急风扯火地跑来，在马儿的后面，牛儿正急慌慌地撵上来，牛儿嘴里还喊着："羊儿，羊儿，糖水蛋呀，糖水蛋!"

3

那个女人指着天上的鸽子对马儿"嘻嘻"笑了两下，突然浑身颤抖，面色惨白。"吃，吃。"她用尽气力挣扎着说了最后两个字，头一歪，昏在了马儿的胳膊弯里。

马儿看见女人两片嘴唇颤抖着，双眼紧闭，呼吸急促，一颗颗绿豆大的汗珠从她额头上钻出来。马儿觉得她就像一只快要死的再也扇不动翅膀的蝴蝶，他在扫马路时，经常会在路边灌木丛里看见那样的蝴蝶。可现在，这只蝴蝶，大蝴蝶，就躺在他的双手之上。马儿急得不知道怎么办了。他跳起脚，嘴里呼喊着："哦，哦，哦!"

马儿跳动着，原先塞在怀里的那本书掉了下来，他终于想起来了，牛儿，对，这得找牛儿去啊。

马儿抱起女人往马路斜对过的墙角奔去。

此刻，牛儿刚刚摆好了他的补鞋摊子。补鞋机，钉鞋撑，三叉马儿的小凳子，装满了鞋底、鞋钉、胶水、丝线的小木箱。他坐下来，把昨天带回去修补好的一双白色女皮鞋拿出，放在小木箱上。他看了看那双皮鞋，嗯，他忽然觉得，这一双白皮鞋像一双飞翔的白鹤。这个想象好极了，牛儿立即从随身背的背包里掏出一个破旧的小本子，沾着口水把本子掀开到空白页，用圆珠笔一笔一画记下：

昨夜，一双受伤的白鹤
落在我的手上
今晨，它们恢复了健康
它们即将飞翔

牛儿写到这里，咬住了笔头，琢磨着这几句诗，他一会儿满意地点头，一会儿又丧气地摇头，直到听见马儿的叫喊：“牛儿，牛儿!”

看见马儿的样子，牛儿吃了一惊。

“你、你干坏事了?”牛儿问。

“不是。”马儿着急地说，“她要死了!”

牛儿看看马儿怀抱里的女人：“是你干的?你耍流氓了?”

马儿拼命地摇头。“她，她，她吃，吃，吃!”马儿说着，急得呜呜地哭了。

牛儿听明白了，他一顿脚手一指说：“快，快，回家呀，糖水蛋呀，糖水蛋。”

顺着牛儿手指的方向，马儿知道了自己该怎么做了，他立即抬腿往家奔跑，他跑得快极了，牛儿跟在后面被落下了好几十米远。

马儿一边跑一边看着怀里的女人，他的眼泪落在女人的脸上。女人在马儿颠簸的手臂上和纷乱的泪水中，睁开了眼睛，她看着马儿的脸，竟然微微笑了一下。马儿说：“糖水蛋，糖水蛋，吃了就好。”女人像是听懂了也相信了马儿的话，她又闭上眼睛，两只手却更紧地抱住了马儿。她的胸脯紧贴在马儿的胸前。马儿感觉到一股温热的奇怪的气息注入他的身体里了，他也微微地颤抖起来。“嗯，糖水蛋，好吃。”马儿战战兢兢地，他把胸前的女人当作糖水蛋一样，生怕一不小心弄破了。

4

看到那个女人的样子，牛儿之所以第一时间就想到了糖水蛋，是因为三年前，就是一碗糖水蛋救活了自己。

牛儿不知道自己那天晚上是怎么来到省城的。来到省城之前，他已经离开老家大别山的那个山村在外流浪有三个多月了。

牛儿读初中时，突然迷上了写诗，书也不念了，嫌老师管束太多，直接卷了铺盖回家干农活。干农活他也天天背着书包，书包里装着纸、笔、书。锄地时，锄着锄着，想到一句好诗了，立即停下来，从背包里掏出纸笔记下，记下还不算，还要愣在原地，左看右看，嘴里念经一样说个不停，家里人也不知道他在说些什么，只知道他三心二意，锄草锄掉了苗留下了草。他父母对他又打又骂，甚至把他的纸笔和书扔到水塘里去，斥骂他是个好吃懒做的败家子。一次又一次，牛儿受不了这样的冷眼和辱骂，可是他又绝不能丢下他的诗和书，他索性离开家，一个人在村东的山沟里搭起了一个窝棚，跟家里人彻底断了来往。

牛儿靠什么生活呢？写诗又不能当饭吃，好在他不仅认得诗，看得书，也还认得山上的许多药材，他就挖药材卖，老母猪屎、野黄精、野灵芝，卖了钱，就买一大箱子方便面，其余的都变成了书、笔、稿纸和邮票、信封。只要还有方便面，他就不出去挖药材了，蹲在窝棚里的木头墩子上，读诗，写诗，抄诗，然后，一周去一次乡里邮局，把写的诗投出去。

可是他投出去的诗十有八九都是泥牛儿入海，偶尔有回信的，也都是让他交钱发表或收到书中，也有让他寄钱去买各种获奖证书和什么世界华人诗人协会会员之类的。牛儿收到这样的回信很生气，他早就听说，写诗是可以得到稿费的，哪怕给我一分钱我也满足哪。这个倔人没有放弃，他照旧天天痴迷在诗里，时间一长，他破衣烂衫，人瘦毛长，像山上的一个野人，父母恨他丢人，村里人说他是疯子，街上的小孩子们见他上街了，远远地跟在后面扔石子打他。

为了把牛儿拉到正常轨道上来，他的父母和大哥想了一招，有天趁他到集市上投稿去了，跑到他的窝棚里放了一把火，他多年花钱买的书啊本子啊被烧了个精光，写的诗都化成了一堆灰烬。牛儿回到窝棚前一看，也顾不得灰烬还烫手，伸开两手在里面拼命扒拉，只扒拉得两手起了大大的水泡，也没扒拉出一样东西来，他一下子瘫坐在地上，伸开血糊糊的两手对着山林号啕大哭。

牛儿的父母和大哥远远地看着牛儿，也不去拉他，他们说，他哭哭就好了，让他彻底死了心就好了。

牛儿一直哭，一直哭，哭到半夜，他的父母和大哥早就回家了。牛儿哭累了，抬眼看着山脚下的村庄，村庄里黑乎乎的，像一块脏抹布，牛儿摸到了一根枯树枝，挣扎着站了起来，他抹抹眼泪，再也不看村庄一眼，深一脚浅一脚地走出了这个让他伤心、不让他写诗的村庄。

牛儿也不知道往哪里走，反正背着村庄的方向走，他一路乞讨着到了一个人多的地方，发现自己走到了一个城市里，他在城市的一座天桥上坐了下来，面前放着一只破碗，碗里放着两三个硬币，他捡到了一截铅笔头，半本本子，他又可以写诗了。牛儿完全沉浸在诗歌里了，连身边破碗里半天才响一下的叮当声也听不见。牛儿甚至想，这样也不错，一天能讨到三块钱就够他生活了，三块钱买三块烧饼，一餐一个烧饼，一天吃的就有了。可是，有天晚上，当他睡在天桥边一个大楼的屋檐下时，突然被一群人叫醒了，他们用手电照了照他，就拖着他，把他拖上了一辆大货车，货车像是装猪的，四周用铁栏杆围起了，充溢着猪屎猪尿的味道。大货车里装满了和他差不多的人，他们有的和他一样沉默不语，有的捶打着铁栏杆大喊大叫，还有一个跪在铁箱板上不停地磕头。开车押运他们的人也不说话，趁着夜色一路急驰，几个小时后，突然在一个前后无人的路段，车子停下了，几个人上车来，把他们驱赶了下去，随后，大货车就扬长而去了。

牛儿摸摸口袋，还好，他写的诗还在，他看看同车的人，他们有的坐在地上不动，有的往田野里走，有的就地躺在一旁的草丛里睡觉。牛儿看看地上，地上躺了一双鞋子，牛儿把鞋子捡起来，问："谁的鞋子？谁的鞋子？"没有人应答他，他就把两只鞋子的鞋带子系在一起挂在了脖子上。牛儿又看看四周，看见远处有一个地方闪烁着亮光，他想了想，就朝那个方向慢慢走。

那亮光看着好像不太远，但其实挺远，走着走着，怎么也走不到似的，牛儿也不知道自己走了多远，他就机械地一直走，除了一直走，除了朝着那亮光走，他不知道他还能怎么办。走了很久，天快亮的时候，牛儿发现又进到了一座城里，一座比先前更大的城里。他走到了这城里的一个巷子里，突然，他发现自己浑身冷汗汹涌，一种深入骨髓深处的寒冷钻到他身体里，他禁不住上下牙齿打架，头脑里天旋地转，肠胃里翻江倒海，他扶在一户人家的门前，支撑不住身体里的地震，"咣"的一声倒了下去。

隐约中，牛儿听到有人打开门惊呼，也听不清说的什么，迷迷糊糊地，他听得清楚的是一阵密集的"咕咕咕咕"声。后来，他才知道，那是鸽子的叫声，正是羊儿端上来的一碗糖水鸽子蛋，让他苏醒了过来。

牛儿醒过来的时候，鸽子们已经飞出去了，只有羊儿和马儿在一旁静静地有点害羞地看着他。牛儿看着这两个人，觉得他们就像他写的两首诗，他真想把他们一遍遍地朗诵。

牛儿不想再被大货车拖走了，牛儿也不想离开马儿和羊儿了，他在他们家的鸽子窝下搭了一张小床，他琢磨着，摆了一个补鞋摊，边修鞋边继续写他的诗，读他的书。他的鞋摊上，不论什么时候都放着一本书，手一闲下来就去读书，另外还放着一本本子和一支笔，灵感一来就抓紧记下来，三年里，牛儿已经写了两千多首诗了。

现在，牛儿看见那个女人和他一样，喝了糖水，吃了糖水鸽蛋后，也睁开了眼睛。

牛儿看看羊儿，羊儿看看马儿，他们仨互相看着，高兴又害羞地吃吃笑着，笑得脸都红了。

那个女人也吃吃地笑了。她理了理脸上的乱头发，笑起来，还挺好看的。

牛儿问她："你叫什么名字？"

"广州。"她头也不抬地说。

"你是广州人？"牛儿吃惊地问，广州可是够远的啊。

不料女人又换了一个地方："香港。"

"香港！"羊儿听不得"香港"两个字，她急急地问，"你知道香港？"

女人却听不见羊儿的话，她忽然跳下床，直扑到房间桌子底下，她几乎是全身趴在桌底下，一把抱过一只布娃娃。那布娃娃是马儿捡来的。女人抱着布娃娃喜笑颜开，她亲着布娃娃的脸，嘴里喊着："儿子，儿子。"布娃娃的眼睛是有机玻璃做的，可是一只眼睛装得有点松，女人用劲抱着，那布娃娃的一只眼珠子就

“啪嗒”掉下来了。女人吓了一跳，立即又哭喊起来。

马儿立即蹲下身，捡起了那颗玻璃珠，细心地给布娃娃装了上去，女人这才破涕为笑，她一把拉过马儿，拍着他的胸口说：“哥，你真好！”

马儿摸着被女人拍过的胸口，咧开大嘴：“哥，哈哈，我是哥了！我是哥喽！”

5

女人和牛儿一样，也喜欢上了这个家，她也不走了，她每天晚上和羊儿挤在一张床上，白天呢，一会儿跟羊儿去菜市场，一会儿又去看看牛儿修鞋子，一会儿又跑到马路上，去找她的“哥哥”马儿。她走到哪，都抱着那个布娃娃。牛儿用502胶水把那只眼珠子粘好了。羊儿又把布娃娃的衣服清洗了一遍。这样，布娃娃就成了一个漂亮的新鲜的娃娃了。

这样一来，表面上这个家只多了女人一个人，可由于她抱着那个布娃娃，他们家就像是一下子多出了两个人，他们家里比以前热闹多了。女人喜欢“吃吃吃”地笑，她一笑，羊儿、马儿、牛儿都笑了，他们家的笑声也突然增多了。

但是这个女人叫什么名字呢？她自己也一直说不上来，她有时也使劲想，想了好一会儿，也想不出来，问了几次后，马儿再也不允许牛儿问他的这个“妹妹”了。马儿知道人要是想不出一个事情时还非要想，那是太难受了。他不想让他的这个“妹妹”难受。至于名字么，它肯定在那里，一个人一个名字，反正也不会丢掉的，迟早有一天这个名字自己会跑回来的，就像有些调皮的鸽子，偶尔会从大部队里走丢，几天不回窝，都以为它再也不回来了，可是，在某一个夜晚，它却突然又悄悄地站在鸽群里了。

过了几天，马儿果然为他这个“妹妹”找回了名字。那天中午，他们一家子正在小院子里吃午饭。鸽群飞回来了，“妹妹”放下碗筷，看着鸽群归窝，又“吃吃吃”地笑了。突然，空中飘落下来一根鸽子的尾羽，有风，它在空中晃晃荡荡的，一会儿飘到东，一会儿飘到西，她兴奋地跳起来，追逐着那根长长的尾羽，甚至，快要捉到了，还故意吹一口气，把羽毛又送到天上去。她左冲右撑，上蹿下跳，忽高忽低，身子显得特别灵活、柔软和修长，阳光打在她的身上，她像一个金黄的小动物在追逐着风。看着她的样子，马儿脱口而出：“猫儿，猫儿，哈，你是猫儿，你叫猫儿。”

牛儿也觉得马儿这个名字取得好，可不是吗，她就是一只小猫儿啊。牛儿在纸上写了几句：

追羽毛的猫儿

她好像要飞起来

飞成一根羽毛

牛儿越看越觉得这句好，他兴奋地读给马儿听。“我写得好不好？”牛儿问马儿。

马儿郑重地点点头：“嘿嘿，真好，猫儿！喵呜！”马儿对猫儿叫了一声。

猫儿也向他回叫了一声：“喵呜。”

羊儿、牛儿、马儿、猫儿，他们一起“喵呜喵呜”叫了一阵，又集体“吃吃吃”地笑了起来。

笑着笑着，猫儿跑到房间角落里一面破镜子前，那镜子当然也是马儿捡来的，镜子很大，有一人高，只是左上角缺了一大块，但并不妨碍照见一个完整的人。猫儿对着镜子“喵呜”一声，羊儿也走上去，“咩咩”一声，牛儿挨她们俩站着，扭着脖子“哞哞”一声，马儿站到猫儿身边，想了想，他实在想不出马儿是怎么样叫的，他干脆趴在地上，“驾！驾！”奔跑了两圈。他们全都趴在地上，又一齐对着镜子，他们看着镜子里的自己，发现他们真的像羊儿、马儿、牛儿、猫儿，他们分别长了一张羊的脸、马的脸、牛的脸、猫的脸。他们看着彼此，又“吃吃吃”地笑了起来。鸽棚里的鸽子们看着他们，彼此挤挤眼睛，在嗓子眼里“咕咕咕”地议论着这几个家伙的疯样。

但猫儿的到来也给他们带来了一件麻烦事。

那天，猫儿跟在羊儿和马儿的后面，在厨房里洗菜。洗好了菜，羊儿从老式橱柜里拎出一把菜刀去切菜。猫儿看见羊儿拿出菜刀，脸色一变，突然大叫一声，夺门而逃，嘴里嚷着：“不要，不要！”她的叫声凄厉而恐惧。

马儿立即去追上猫儿，一把抱过她：“怎么了，怎么了？”

猫儿惊恐地指指厨房，恐惧地说：“不要，不要！”

马儿抱着猫儿返回到厨房，猫儿死死地抱着他，不停地全身颤抖：“不要，不要，不要杀我。”

马儿明白了，猫儿是怕那把菜刀，他走上前，一把夺过羊儿手中的刀，扔到了屋外的垃圾桶里，安慰道：“好了，刀没了，啊，没有刀了，不怕不怕啦。”

猫儿怕刀，要命地怕，这可麻烦了，一个家里总不能没有刀啊，最后还是牛儿想出了办法，他把刀藏在了米桶里，趁着猫儿不在的时候才拿出来用。

马儿越来越离不开猫儿了。猫儿也乐意一早一晚陪着马儿去打扫马路。马儿唱着歌挥舞着大扫帚时，猫儿就抱着布娃娃静静坐在一边看着他，说也怪，猫儿只要到了屋外，就老老实实地坐着不动。

马儿用扫帚扫一下马路，也用眼睛扫一下猫儿，猫儿坐在这条路尽头的广场边。广场边是一个地铁口，来来往往的人很多。马儿扫到那里的时候，他冲着猫儿笑了笑，从挂在垃圾车旁的布袋里掏出水杯，喝了两大口。马儿越来越喜欢扫马路了，正是因为扫马路，才出现了猫儿呀。

马儿细细地回头看着自己扫过的路面，很好，看不见一片废纸屑、塑料袋、包装盒等，撑着大扫帚，马儿很满意自己的工作。他再一次抬头去看猫儿，却发现猫儿站了起来，像一只真正的受了惊吓的猫儿一般耸起了肩膀，不安地看着地铁口。

地铁口上，围聚着一群人，一阵阵吵闹声和惊叫声传来。

马儿拖着扫帚跑去。

眼前的场面有点混乱，一个女的拖着一个高个子男的，那个高个子男人封住了另一个胖男人的衣领，他们吵闹、咒骂、哭喊，马儿有点听不懂他们说的是什么。猫儿钻到他的身边，一把挽住他的胳膊，神情紧张，拉着他的手，示意他：回家吧，回家吧。

马儿听懂了猫儿的意思，他顺从地转身往家走。身边的人群突然发出“哎呀”的声音。马儿回头看，只见原先那个被逼得说不出话来的胖男人，手里突然多了把寒光闪闪的短匕首。胖男人手里的刀让他一下子显得强壮起来，他挥舞着刀，向那个高个子男人扎去，高个子躲了一下，胖子又举起了手，他的眼睛已经血红一片。猫儿突然瘫倒在地上，好像那刀是扎在她身上一样，她痛苦地叫着。

在一片“哎呀”声中，马儿举起他的大扫帚，降落在纠缠在一起的两男一女的头顶。他们散开了。可那个胖子杀气没有出尽，他嘴里喊着："杀死你！杀死你！反正老子也不活了！你给老子戴绿帽子！"他也不看对方，直直地举起匕首冲向马儿。马儿也不知道避让，临到那寒光奔到眼前，他才用手挡了一下，他看见一股血从自己的手臂上喷溅出去。

看见热血喷溅出来了，那个胖男人愣住了。

马儿并不觉得痛，他没想到关心自己的伤口，他焦急地用眼睛去找猫儿。猫儿伏在地上，埋着头，两手捂紧脑袋，身体不住颤抖。马儿心痛极了，他奔过去要搀扶起猫儿来。

马儿没能奔到猫儿面前，他被从补鞋摊子那里赶来的牛儿拉住了："马儿，你受伤了！"

马儿说："猫儿，猫儿在那儿！"

一片混乱中，不知谁报了警，片刻，警笛声响起，持刀的胖子被手铐铐起，而那个高个子男人和女人却趁乱溜走了。

马儿被人架起，强制地被塞上了救护车，他大声喊着牛儿："猫儿，猫儿在那儿！"

牛儿冲他挥着手："放心，我负责送猫儿回家！"

6

马儿伤得不重，敷了消炎药，手臂上打了个绑带，就从医院回家了。

环卫所的所长是贾大嘴的舅哥，贾大嘴把这事向他一嚷嚷，所长寻思：环卫工人大都是从城郊请来的，这年头人人都会使奸卖滑，只有这头马儿干活一直勤勤恳恳，这一次的举动更算得上是环卫工人里的英雄嘛，见义勇为啊，所里应该要表示表示。所长立即带了所里的几位科长，买了吃的喝的来看望马儿来了。

马儿搓着双手，都不知道怎么迎接所长了，他一着急，就用没受伤的左手拖着扫帚说："我、我去上班，扫地！"

所长拉住马儿："你呀，是英雄，你现在一定要先养好伤！"

马儿说："我要扫地，我要扫地。"

所长转过身对所里的其他人说："你们看看，多好的员工啊，就这样还一心惦记着扫地呢。"所长一激动，又说："马儿，我们得为你申报见义勇为奖！"

所长于是专门派了两个人来整理材料，给马儿申报见义勇为奖。也不知道是哪个多嘴的在领导面前说马儿是个二傻子，结果审核材料被科长给卡了下来，还狠狠地批评了所长，瞎胡闹嘛，一个二傻子怎么表彰？你想让我们政法委出丑？

所长挨了一顿批后，气得恨不能把门前的垃圾桶踢翻。你不承认我承认！所长自己张罗了一个全所的表彰大会，还将市里晚报的记者找来了，在会上给马儿发了奖金和大红证书。

颁奖会是牛儿陪着马儿去的，牛儿在台下拼命地给马儿鼓掌，他一边鼓掌一边脑子蹦出好几句诗，写的都是马儿当时的英雄行为：

你有时胆小
胆小得不敢说话
可你有时又胆大
你迎着刀锋救人
连死神都不怕！

马儿的样子和他救人的故事让参加会议的晚报记者小丁很好奇，他就紧跟着他们回到他们的家，要细细地采访采访马儿。

面对记者，马儿什么也说不出来，他只是一个劲地笑，逼问急了，他就拖扫帚要出门扫地去。马儿的意思其实很明白：说什么呢，你看看我扫地呀，我扫地可干净了。

马儿着急，记者小丁也着急了：“你别急啊，你一急，我也要去扫大街了！”

一直没有说话的牛儿对小丁说：“这么着，我可是亲眼见的，我来说。”牛儿就把那天的情形一一说了。牛儿不愧是写诗的，他说得挺生动，很有感染力，甚至还加上了不少心理活动，比如，他说马儿拖起大扫帚冲上去时，“马儿当时心里想的，就是救人要紧！”

牛儿说着说着，把自己的诗情又说上来了：“我还写了一首诗呢。”

记者小丁大跌眼镜，“写诗？你还是个诗人？”

牛儿把自己刚记下来的那几句诗念给小丁听。

“太好了！”小丁说，他把那几句诗一个字一个字地抄录了下来。

“你说，我这个诗能发表在你们晚报上吗？”牛儿关切地问。

小丁记者说：“我看能！”

牛儿高兴地要和小丁记者继续探讨诗歌，但小丁记者抄完诗后，接到另一个采访任务，急匆匆地走了。

所长硬是让马儿在家休养一个月，哪怕马儿的手臂已经挥动自如了。可马儿闲待在家里，浑身都犯疼，后来，还是猫儿帮助了他。猫儿总是能找出许多事来做，其中一件就是，她让马儿和她做过家家的游戏。

马儿很乐意扮演猫儿要求的各种角色，最乐意的是他做猫儿的儿子。

马儿喊着："妈！妈！"

猫儿答应着："儿子，你回来了？来，我们吃饭！"猫儿就假装着面前是一个餐桌，餐桌上摆了很多菜，她做出菜很丰盛的表情，指着一片虚空说："儿子，妈妈给你烧了你最爱吃的，红烧肉，扒猪脸，荠菜圆子，对了，来，吃一筷子菠菜，菠菜是大力水手吃的。"她说着，两只手在空中一划，做了个搛菜的动作，然后把手伸到了马儿的面前。

马儿听明白了，他乖乖地张开嘴，又闭上嘴，做出津津有味地咀嚼的样子。

"好吃吧？"猫儿问。

"嗯，好吃，好吃。"马儿说着连连点头。

"真乖。"猫儿完全是一个母亲的样子，她一把拢过马儿的头，把马儿的头按在她的怀里，抚摸着马儿的头发，哼着儿歌："阿门阿前一棵葡萄树，阿树阿上一只黄鹂鸟，蜗牛背着那重重的壳呀，一步一步地往上爬……"

马儿埋在猫儿怀抱里，闭上眼睛，他觉得自己被歌声送到了半天空上，一层厚厚的云朵托举着他，他晕眩着，又轻轻地喊了声："妈！"有时，马儿的喊声会让猫儿愣怔。她睁开黑黑的大眼睛，直愣愣地看着马儿。

"你是我儿子？"她看看马儿，一会儿摇头，一会儿点头。她好像在使劲地回忆着自己的过往，猛地，她问马儿："我是谁？我到底是谁？"

马儿说："你是我妈妈呀。"

猫儿忽然烦躁起来："不对，不对，我到底是谁呢？"

猫儿一烦躁的时候，马儿就牵着她的手，去看他们家的鸽子，他央求羊儿："羊儿，让鸽子飞回来，飞得好看，猫儿要看它们飞。”

羊儿就将手上正在织的毛衣放在一边，打了一个口哨，一会儿工夫，一只，两只，三只，那些在外觅食的鸽子们一只只飞回来了，飞行在他们家的上空，在羊儿的指挥下，它们在蓝天上飞出各种阵势，看着舞动的鸽子们，猫儿的眼睛越发纯净，整个人也渐渐就安静了，她就不再去思考她到底是谁了。

这天，猫儿和马儿正在看鸽群的空中舞蹈。牛儿一头闯进来，手里拿着一份报纸，拉住马儿的手说：“发表啦，发表啦！”

原来，自从那天小丁记者走后，牛儿就养成了去街道阅报栏天天看晚报的习惯，天天看，天天也没看到他的诗被刊登出来。这天，他照例去看，看到了小丁记者写马儿见义勇为的文章，里面把他的诗用了一段：

你有时胆小
胆小得不敢说话
可你有时又胆大
你迎着刀锋救人
连死神都不怕！

而且还特意标注了一行：“这是一个诗人写给马儿的。”

第一次看到自己的诗变成铅字，牛儿高兴得疯了，他跑到报摊买了报纸，立即往回奔，他一把抱住马儿，两只眼睛里湿淋淋的：“马儿，不是你，我的诗发表不了啊！”

牛儿把那几句诗一遍遍地读给马儿听，马儿只是嘿嘿嘿地笑着。

“你知道我这首诗的意思吗？”牛儿问。

马儿摇摇头：“不知道。”

牛儿有些失望：“那你还嘿嘿笑。”

马儿说："嘿嘿，反正是好听的话。"

牛儿不恼了，他说："确实是好话，好话就是好诗。"他继续大声朗诵着，声音都飞到了鸽群的背上。

7

马儿的伤口好了后，没等到一个月，他就拖着扫帚去上班了。相对于在家里待着，马儿更喜欢在大街上扫地，况且，现在还有猫儿抱着布娃娃紧紧跟在他的身后呢。但是，马儿没有想到，他重新上班没两天，就把猫儿给弄丢了。

其实也不是马儿弄丢的，但他认为是自己弄丢的，马儿不能原谅自己。

那天马儿去上早班的时候，一切都正常，扫到 8 点的时候，猫儿都还在，不远处的修鞋摊子前的牛儿也看见了猫儿，他们还相互之间挥了挥手呢。头天晚上是圣诞节，街上狂欢的行人多，早晨地上的垃圾也特别多，饮料瓶、餐巾纸、圣诞老人的纸帽子，一地狼藉。马儿卖力地去清扫，扫起了一堆堆的垃圾。直到扫到路尽头了，他习惯性地用眼睛去找猫儿，却不见了猫儿，他以为猫儿是去了牛儿的补鞋摊子，就不慌不忙地收拾好垃圾车，慢慢推着去找牛儿。可是牛儿说，猫儿并没有来他这儿。

马儿有点着急，思忖着是不是回家了，他急急跑回家。羊儿说，家里也没有见到猫儿。马儿于是又返回到早晨清扫过的淠河路上，马儿在这条路上走来走去，走去走来，目光扫了几个来回也没有找到猫儿。马儿越发慌了，他发疯一样，又沿着淠河路上上下下地喊着："猫儿，猫儿！"有人以为他是在寻找一只丢失的猫儿，便拦住他说："黄毛还是花猫儿？超市门前有一只猫。"马儿被问得一脸无奈，他扯扯脸上的肉，蹲在地上哭了起来："哥哥找妹泪花流，泪花流，不见妹妹心忧愁，心忧愁……"

牛儿和羊儿陪着马儿找了一天一夜，从淠河路一直到长江路、青阳路，愣是没有找到猫儿。马儿的嗓子都喊哑了，他还是不肯和牛儿羊儿一起回家。

深夜了，路上少有行人了，虽然道路两旁的霓虹灯还在使劲地闪烁着岁末新春的喜庆灯光，但禁不住冷风呜呜地吹，吹得世界一片萧瑟。马儿走到一处绿化带边的灌木丛中，他想起不久前，就是在这片灌木丛里见到猫儿的。"我就蹲在这里，我在这里等猫儿。"

牛儿急了说："现在天这么冷，你怎么一天到晚都蹲在这儿呢？会生病的。"

马儿摇头说："不冷，我不冷。"他一边说着，一边打着寒战。

正说着的时候，天上飘起了雪花，雪花越来越密，越来越大。看见雪花，羊儿眼睛里突然涌上了火一样的亮光，她顶着雪，走到路口，开始充当起交通警察来，指挥着来往车辆，车辆不多，她的动作却不停，她见到一辆车就做一个手势，上去问一声："你是从香港来的吗？"

牛儿回到家里，抱了一件棉大衣披在蹲伏在灌木丛里的马儿身上，又掏出围巾把羊儿的头和脸围严实了。他也不能回去，他就在马儿和羊儿的身边走动着，看一会儿雪花，再看一会儿马儿和羊儿。

整个世界淹没在雪花里，除了偶尔驶过的车辆，这一条道路上，只有马儿、牛儿、羊儿，雪花落在他们的身上，他们全成了雪人。雪花让他们身形臃肿，像是长出了厚厚的白毛，牛儿看看自己，看看马儿，看看羊儿，他觉得，他们只要一弯腰，就会立刻变成真的白色的牛儿、白色的羊儿、白色的马儿，他们在白色的雪海里奔跑。要是猫儿在，她也会是一身白的，他们就能一起跑了，跑着跑着，他们就能跑到雪花里，跑成雪花，跑到高高的天上去。那该多好啊！

8

没有找到猫儿，马儿就不再扫地了，这可是以前从来没有过的，他一步也不离开那片灌木丛，他固执地认为，猫儿以前在这里面躺过，那她肯定有一天还会在这里躺着的。

马儿不知道，其实这会子，猫儿正在市晚报社会新闻部的大办公室里“喵呜喵呜”地叫着，她越叫越急躁。这声音让记者小丁也如同被一百只猫爪挠了心，他一时束手无策。

猫儿那天陪着马儿扫马路时，一直抱着那个小布娃娃，坐在人行道边的休闲椅上。她拍着布娃娃，哼着歌曲，看着不远处挥舞着扫帚的马儿，她又在想那些问题：我是谁呢？我叫什么名字？想着想着，她有些迷糊，渐渐睡着了。那个布娃娃从怀抱里掉下，滚落在一边，一个路过的小男孩子经过它时，伸出脚，像踢足球一样将它踢到了前方，待走到跟前，他又秀脚法，一脚将布娃娃踢到了人行道内侧的人工湖里。布娃娃睁着那两只亮晶晶的玻璃眼，慢慢下沉，下沉，最后彻底掉落进湖底。猫儿呢，其实睡也没睡一会儿，就被路旁一辆呼啸而过的车子里车载音响巨大的音乐声惊醒了。醒来后，她顺手一摸，发现布娃娃不见了。

“儿子！”猫儿惊呼一声，赶忙起身去找。

猫儿逢人就问：“我儿子呢？你看见我儿子了吗？”

猫儿根本就不认识路，她七拐八拐，很快偏离了淠河路，拐进了小街小巷，直穿过去，拐入了肥西路。她的问询自然毫无结果，她在失魂落魄地寻找她的儿子时，马儿也正在不屈不挠地寻找她。

入夜时，雪落下来了，猫儿正在逍遥津公园边的绿道上，她顶着风雪木木地走着，忽然，她看见路边停着的一辆车里，前窗玻璃里坐着一个布娃娃。“啊，儿子！儿子！”她拼命地拍打着车窗。

猫儿的拍打声，引起了对面歌厅里保安的注意。保安去拉开猫儿，猫儿死死揪住车前横梁不放：“儿子，我儿子！我要我儿子！”

保安无奈，只好去请了车主来，车主大为恼火。散步的人、参加完饭局回家的人，全都围着车子参观。这人群中就有好事者——记者小丁。大家都看出来了，猫儿不是一个正常人。于是都在劝那个车主，就将那个布娃娃送给这个可怜的女人算了。车主气愤地说：“这是我女儿的生日礼物，我怎么能随便送人？”

记者小丁掏出了三百元钱递给那个车主说：“兄弟，你就给你女儿重新买一个吧，你老在这儿耗着，人越来越多，也阻碍交通啊。”

车主接过钱，拿出那个布娃娃扔给猫儿。前一秒还哭哭啼啼的猫儿，立即抱紧了布娃娃，轻轻拍打着布娃娃的后背：“哦，哦，宝宝要睡觉了，宝宝要睡觉了。”

见没有戏剧性事件再发生了，人群很快散去。只剩下小丁和猫儿。

小丁问：“你家在哪？”

猫儿睁大眼睛看看天空，脸上绽放出笑容：“鸽子，鸽子。”

小丁看看天上，天上只有雪花，没有鸽子，他心想，这个女人疯得不轻，一时半会也问不出所以然来，而把她丢在这雪夜里，明天一早说不定就被冻成一个雪人了。

小丁踌躇了一下，打了个电话给部主任说了这个事，主任说："那你暂把她带回值班室吧，前几天，读者不是还在批评我们的报道不接地气吗？你就以这个写个跟踪报道，说不定能起到好的效果。"

小丁就把自己的车开过来，将猫儿带到了晚报社会新闻部的值班室。同事们纷纷停下手中的工作来看猫儿。猫儿一开始安然地享受着他们送来的酸奶、饼干等食品，并回答记者们的提问，但她的所有的回答在记者们看来都答非所问。

你是谁，你从哪里来，你到哪里去？

猫儿的回答也很哲学：我不知道我是谁。鸽子。儿子。

趁同事们照顾猫儿，小丁把新闻稿写好了，主要是发布一下寻人启事，并配上了猫儿的照片。

猫儿在吃过东西后，小孩子一般在办公室各个人的办公桌前东看西看，她拿过铅笔在纸上画一只鸽子，又画一把扫帚，又写两个字："儿子。"可是到了下半夜，猫儿忽然狂躁起来，她似乎着急要出去，她不停地"喵呜喵呜"地叫着。可是她这个状况，小丁哪敢让她一个人出去呢。

小丁希望明天的报纸能被这个女人的家人尽快看到，把她认领回家。

9

幸亏牛儿养成了去报栏看报的习惯，他一眼就发现了报纸上的猫儿。他去淠河路一把扯住了马儿："找到猫儿了！"

牛儿把报纸递给马儿看。马儿不认识字，可他认识那个照片上的人，他把报纸捂在怀里，冲着牛儿直乐。

牛儿和马儿打着车就去晚报社。雪停了，太阳出来了，道路上的雪已经清扫干净，柏油马路显得黑而润泽，道路两旁的树叶上还缀着雪，像蹲伏着一只只白鸽子，空气也像被水洗过一般，清新洁净，马儿大口大口呼吸着，一想着马上就要见到猫儿了，他忍不住咧开嘴笑了起来。

下了车，马儿迫不及待地一路跌跌撞撞地跑向报社三楼社会新闻部的值班室。他推开门，猫儿正闷闷不乐地抱着布娃娃斜靠在沙发上。

“猫儿！猫儿！”马儿扑了过去。

猫儿看了一眼马儿，她嘻嘻笑了。

马儿和猫儿紧紧抱在了一起，马儿边流着泪边唱：“哥哥找妹泪花流，哥哥找妹泪花流，不见妹妹心忧愁，心忧愁……”哭着哭着他又笑。

这一幕被小丁的相机捕捉到了，他实在理解不了眼前的这两个人到底是怎么一回事。后来还是牛儿向他说了事情的来龙去脉。小丁乐了：“这还真是传奇！”

就在马儿拉着猫儿要回家的时候，办公室门口又闯进来三个人，一个老太太——满头白发，两个中年女人——一个长头发一个短头发。她们一进门就拉住猫儿，上看下看，左看右看，然后，长头发从包里拿出一张照片。照片是老照片，一张过去年代的全家福。她们拿着照片，比对着猫儿。“像啊，真像，你看这鼻子，这耳朵，这眼睛。这可百分百就是我们的小妹！”

年纪大的那位白发老太太，摸着猫儿的头：“小丽，小丽，你终于回来了，白云观的道长算得可真准哪，他就算到了今年你要回来啊!”老太太说着说着就哭了。

一旁的短头发说:“小丽,你还不喊妈?她是你妈呀,我是你姐啊!喊妈!”

猫儿茫然地看着这几个人,嘴里动了几动,鹦鹉学舌样吐出一个字:“妈!”

老太太像被电击了似的,撕心裂肺地叫了一声:“小丽,我的好女儿,你受苦了啊!”她抱住猫儿,哭了个稀里哗啦,另两个女人也紧紧抱了上去,呜呜呜地哭成了一团。

三个女人只顾哭她们的,眼里根本没有马儿和牛儿。马儿急了,他扯开纠缠在猫儿身上的三人六手,气呼呼地说:“猫儿,我们回家。”

这三个女人不干了:“咦?你是谁?”她们看着马儿,一脸的戒备和鄙夷。她们迅速地围成一个圈,把猫儿围在了中央。

马儿挥舞着双臂,想把猫儿从包围圈里捞出来,而三个女人组成的包围圈坚决不让马儿触碰到猫儿。你突我围,我冲你挡,整个场面像老鹰捉小鸡。

小丁好不容易叫停了他们,这边让牛儿拉住马儿,那边让两个中年女人抱住她们的妈。小丁细细问了老太太。老太太说:“小丽是我们家十八年前失踪的女儿,你看看这照片,多像啊!你也听见了,她刚亲口喊我妈了。这还能有错吗?我可怜的女儿啊,我一定要带她回家,让她下半辈子好好地生活。”

老太太的话无懈可击,再说了,这个女人本来就是马儿从马路边捡到的,现在有人来认领,那就应该还给人家呀。小丁把马儿拉到一边,问他:“每一个人都有一个妈妈对不对?”

马儿想了想,点了点头。

小丁又说:“没有妈妈的孩子多可怜呀。”

马儿唱了句："没妈的孩子像根草。"

"对了！"小丁指着猫儿说，"她好不容易找到了妈妈，她妈妈要接她回家，我们都应该高兴对不对？"

马儿瘪了瘪嘴，却说不出话来，只是一双眼睛热切地看着猫儿。

小丁又对那母女几个说："不管怎么说，是这位大哥救了你们的女儿。"

老太太警惕地看着马儿，然后不情愿地说了声："谢谢！"

小丁让那母女几个留下电话号码和地址，由她们领着猫儿走了。马儿在后面呆呆地看着，等她们快走出大门时，马儿突然奔跑上前，拉着猫儿说："猫儿，猫儿，猫儿。"

猫儿怔怔地看着马儿，突然说："儿子，儿子乖乖。"她伸手抚摸马儿的头发，被老太太拦开了，几乎是强拖着猫儿走远了。

马儿在后面踮起脚尖喊："猫儿，我会去看你的！"

10

第二天傍晚，马儿回家时，羊儿和牛儿吓了一跳。马儿的脸上青红紫绿，鞋子也掉了一只，他是光着一只脚回来的。

牛儿问："怎么了？谁打你了？"

羊儿跳起来去为马儿找鞋子，反正他们家有许多鞋子，都是马儿捡回来经牛儿修理好了的。

马儿摇摇头，委屈地耸着鼻子："他们，他们不让我见猫儿。"

牛儿明白了："这帮混蛋，不让见就不让见呗，竟然还打人！"

马儿在一边跳着脚说："我要见猫儿，我就要见猫儿。"

牛儿拍拍马儿的肩膀："别急，明天我陪你去见猫儿，我看他们还打不打人。"

羊儿说："我也去，我也要去看看猫儿。"

马儿穿上另一双鞋，听牛儿和羊儿这样说，便擦擦脸上的眼泪，高兴地笑了。

这天晚上，马儿在屋子里折腾了半天没睡，牛儿半夜起来，看见他还是一个人坐在那里自言自语，摆弄着一堆白花花的纸片，临近了看，原来马儿是在折千纸鹤，一个个折好，又用细线穿起来，已经穿起了好几圈儿。

隔天，马儿扫完了马路，牛儿、羊儿就和他一道去了猫儿的新家。

猫儿的新家与他们住着鸽子的家并不远，也就是三站路，偏这天公交车半天都不来，马儿几次要步行前往，都被牛儿拉住了，他指指马儿脖子上套着的一圈圈千纸鹤说，"路上风大，你这个东西在路上三吹两吹还不吹散了？"

上了车，别的乘客像看着怪物似的看着马儿和羊儿，有几个好事的老太太问马儿："你这是干什么呀？"

马儿红了脸结结巴巴地说："看，看，看我妹妹去。"

老太太们还要问，牛儿把手搭在马儿肩膀上，睁大眼瞪着她们，老太太便不再说话了。

到了猫儿所在的小区，猫儿在五楼，马儿一马当先，哧溜一下上了楼，等牛儿和羊儿上了楼，马儿已经拍打起他们家的防盗门了。

"猫儿，猫儿！我们来看你来了！"马儿高兴地嚷嚷着。

可是那铁门始终不开。

马儿又哐哐哐地拍门，震得一个楼道都响，有邻居开了门朝这边看。

终于屋里面有了响声，门打开了一条缝，老太太拿着一个拐杖从门缝里冲了出来："滚！滚！"

牛儿羊儿马儿一齐说："我们来看猫儿！"他们一边说，一边朝屋里喊："猫儿！猫儿！"他们看见屋里猫儿的两只手被那两个长头发短头发分别扯住了。

猫儿嘴里叫嚷着："喵呜，喵呜，儿子，儿子！"

老太太拿着拐杖怒气冲冲地戳弄着他们仨："滚，滚！我们家不欢迎你们！"随后"砰"一声关上了大铁门。

牛儿、羊儿和马儿相互看了看。

马儿不解地看着大铁门："为什么呀，为什么不让我们看猫儿呀！"马儿说着，把脖子上的千纸鹤取下，挂在铁门的把手上，"猫儿，哥哥给你折的！"马儿对着门缝喊。

马儿对着大铁门的猫眼儿使劲往里看，不愿意下楼，后来还是被牛儿拖下去了。他们下到了楼下空地上。马儿朝楼上望，他忽然看见猫儿在窗前向他招手。

"猫儿！"马儿高兴地挥手，不停地调整角度看着猫儿。但很快，猫儿就被人从窗前拉走了。

马儿一屁股坐在地上："我不走了，我要等猫儿。"

羊儿愣了一下，她忽然吹了几声口哨，不一会儿，他们家的鸽群飞来了，鸽子们在猫儿家的窗前飞翔着，飞出了种种姿势。

羊儿、牛儿和马儿都看着鸽群。

在羊儿看来，鸽群是在天空上织着毛衣，它们每天都织着不同的花样；在牛儿的眼里，鸽群就像是一首首被风朗诵的诗歌，有长句子，有短句子，读起来有不同的韵律；在马儿看来，鸽群是一把轻快的扫帚，在清扫着天空，天空上也有道路，也有垃圾，也需要打扫。

鸽子们飞得很卖力，它们和羊儿牛儿马儿一样，希望猫儿能从窗子里探出头，和他们一样观看它们的演出。然而，五楼的窗子一扇也没有打开。

马儿看着鸽子们，他突然大声唱了起来："哥哥找妹泪花流，不见妹妹心忧愁，心忧愁……"

小区里的人纷纷围了过来，他们闹不明白眼前的一切，关于鸽子，关于马儿，关于马儿的歌声。在他们看来，这都是哪儿跟哪儿呀，他们可能永远也不会闹明白的。

马儿唱得嗓子都冒烟了，每一句歌声里都像带着血丝。

约莫过了半小时，围观的人群中破了一个口子，只见五六个穿着保安制服的人冲了过来，他们两两分组，把马儿、牛儿和羊儿架了出去。保安们把他们仨丢在了小区门外，指着他们说，"我们这是文明小区，别再来无理取闹了，再来，打断你们的腿!"

11

随后的几天，马儿仍然每天都去看猫儿，但他每一次都没见着，小区里的大门被锁上了，马儿每次去都被保安堵在了门外。

马儿没有气馁，他就站在小区大门外，每天对着猫儿所在楼房的方向唱歌，带着鸽群在猫儿的窗前飞翔。因为是在小区门外，所以那些保安也无可奈何。

这一天，马儿正唱着，看见记者小丁开了辆车过来了。小丁同马儿打了个招呼，说："马儿，可找到你了，别唱了，我带你去见猫儿。"

听说能见猫儿，马儿乐颠颠地爬上了小丁的车。小丁在车上告诉马儿，他们报纸报道了猫儿被这户人家认领的事情后，有不少读者打电话反映到报社，认为这样做不科学不严谨，应该做亲子鉴定。这户人家昨天拿到了结果，结果就是——猫儿不是他们家的人。

马儿认真地对小丁说："对啊，猫儿是我们家的，她应该回我们家。"

小丁看着马儿，抱歉地摇摇头说："马儿，对不起，你恐怕是最后一次见猫儿了。"

马儿惊讶地说："为什么？"

小丁说："我们找到了公安局，公安通过网上询查，已经找到了猫儿的家，她家里人正在报社等着接她回去呢。"

马儿的脸色一下子暗淡了，他委屈地说："猫儿应该在我们家啊。"

小丁在前，马儿在后，他们进了老太太的家门，猫儿一眼就发现了马儿。

"哥，哥。"猫儿热切地扑上来，揉搓着马儿的头发，忽然又说："儿子，儿子，我们吃饭吧。"

马儿两眼含泪："嗯哪，妈，我们吃饭。"

猫儿指点着一片虚空说："儿子，妈妈给你烧了你最爱吃的，红烧肉、扒猪脸、荠菜圆子……对了，来，吃一筷子菠菜，菠菜是大力水手吃的。"她说着，两只手在空中一划，做了个搛菜的动作，然后把手伸到了马儿的面前。

马儿乖乖地张开嘴，又闭上嘴，做出津津有味地咀嚼的样子。

“好吃吧?”猫儿问。

“嗯，好吃，好吃。”马儿说着连连点头。

“真乖。”猫儿一把拢过马儿的头，把马儿的头按在她的怀里，抚摸着马儿的头发，哼着儿歌：“阿门阿前一棵葡萄树，阿树阿上一只黄鹂鸟，蜗牛儿背着那重重的壳呀，一步一步地往上爬……”

马儿埋在猫儿的怀抱里，闭上了眼睛，也跟着猫儿哼唱着这首歌儿。

马儿和猫儿在那里做游戏，这边小丁和老太太做了一个交接。小丁拉起他们俩说：“走啦!”

在车上，马儿和猫儿还在扮演着母子或父女的角色，停下来时，他们相互看着对方，嘻嘻笑着，小丁觉得他们的眼神就如鸽子一般清澈。

小丁看着他们，不禁心中感慨。他从公安那里了解到，这个女人是邻市的，她的儿子才三个月大的时候，她带着他到集市上去玩，玩了大半天，她要上卫生间，就把小孩子放在厕所前的小凳子上，等她两分钟后方便好了出来时，孩子却不见了。她弄丢了儿子，她的老公便迁怒于她，每天对她不是打就是骂，经常喝醉了酒，就拿起一把刀子，用刀锋贴着她的颈脖子，慢慢地来回比画：“总有一天，老子要杀了你。”女人长期被老公家暴，脑子越来越不清楚了。有天晚上，她老公又磨刀要杀她，她惊吓之下，便跑了出来，这一跑，就遇见马儿了。小丁想了想，便又特意拐上了湃河路，带上了牛儿和羊儿：“你们一起来和猫儿告别吧。”

他们一上车，车里笑成一团。“喵呜!”猫儿先叫。然后，牛儿、羊儿、马儿一齐头顶着头，“喵呜，喵呜”地叫了起来。

到了报社，猫儿好像意识到什么，她的脚步迟疑着，快要进到大门时，她反身往回走：“不，不，我不要。”

小丁赶紧拉住他：“你家里人来接你了，你终于可以回家了，你还不高兴吗？”

走到报社社会新闻部的办公室，只见一老一少两个男人从椅子上弹起。

老些的冷不丁叫一声：“秀芳！”

猫儿像被施了魔法似的，立即呆住，木木地应了一声：“嗯。”

年轻些的男人板着个脸，上前来拉扯猫儿：“你这个臭女人，你疯够了吧，走！”

猫儿一看见这个男人，脸色大变，她大叫一声，浑身瑟瑟发抖，她掉头就跑，可是退路已经被男人堵死了。猫儿一头扎在马儿的怀里：“怕，我，我怕！”

男人更愤怒了：“你个不要脸的，快跟老子滚回老家去！”他说着，上前来拉猫儿。

猫儿语无伦次：“刀、刀子，杀我，我，怕、怕！”

马儿一把将那个男人推了开去，他拍着猫儿的后背说：“猫儿，妹妹，不怕，不怕啦。”

男人没提防，被马儿推了个趔趄，一张大饼脸都扭曲成包子了，他顺手一拳砸在马儿的脸上：“噫！你拐骗我老婆，你还正大光明了？”

这一拳砸得不轻，马儿的鼻孔里立即冒出两股血流，可是马儿顾不得去擦，他紧紧抱着猫儿：“回家，猫儿，我们回我们的家！”

那男人紧跟着又是一拳，这回砸在马儿的嘴巴上，血流从马儿的嘴巴里冒出来了。

猫儿在马儿的怀里像受伤的鸟一样哀鸣："呜呜，不、不，我怕、怕。"

小丁急得在一旁直叫唤："别打了，别打了！"

没等小丁叫声落地，只见牛儿高高举起一把钢条椅子，一下子砸在那个男人的身上。

男人先于小丁的惊叫声倒地了。

12

淠河路与长江路交叉口的那个临街的补鞋摊子空了几天，后来，人们看见，马儿每天上班扫马路时，都会先替牛儿支起那个补鞋摊。牛儿打伤了那个男人，造成了那个男人脑震荡，因为故意伤害罪，他被判了两年。牛儿人不在了，他的摊子却还天天被马儿支起，就像他一直都在那儿似的，马儿甚至还把牛儿读的书也摆在摊子上。

马儿每天扫完了马路，就坐在牛儿的摊子上，静静地看着马路，或者抬头看看天上，看看他们家的鸽群。

羊儿呢，她还是和从前一样每天去逍遥津公园，手里绕着毛线，眼里绕着一个远方的人的身影，她一直相信，那个人总有一天会回来见她的。

有一天，马儿收到了牛儿从九成畈劳改农场给他寄来的一封信，白白的信纸上画了一幅画，上面画着一只羊、一匹马、一头牛、一只猫，还有一群鸽子，羊儿、马儿、猫儿，全都和鸽子们一起在天上飞着。画面外写着几个小字：精灵之家。

马儿捧着信，他不认识那几个字，但他觉得自己完全看懂了这幅画，他看着看着，不禁嘻嘻笑了。他抬头看看天上，细细地在鸽群里寻找起来，看看哪一只是羊儿，哪一只是牛儿，哪一只是猫儿，还有哪一只是自己。

（原载《清明》2018 年第 4 期）

鸟语者

1

老头把那盘褐黄色的盘香点着了，那形状看着，怎么说呢，像一坨牛屎。我想笑，但努力憋着，一旁的吴晓明却一脸严肃，蹲在地上，睁大着双眼，两手前伸攥着空心拳，暗暗用力，像是这样就能帮助老头成功似的，他这个模样很像是一个正在解决问题的便秘患者。我终于不可抑止，咳哦咳哦地在嗓子里笑起来，笑声差点就要喷发而出，冲破鼓起的嘴巴直上云霄了。

我认为这从头到尾就是一个笑话，吴晓明这个傻瓜竟然如此认真地配合，甘愿被一个老头愚弄，这就更可笑了。我看了一眼一旁架着的摄像机，我很想掉转摄像头，将镜头对准吴晓明，让他日后看看自己这天的傻样。

就在这当口，老头突然长啸一声，不知什么时候嘴里多了一支柳哨，柳哨中传出了奇怪的腔调，像是刚出生婴儿的咿呀声，又像是树叶在风中的拍打声，有时，又像是来自远古原始部落人的啸叫声（当然，我不可能听过原始部落人的声音，但在我想象中就是这声音）。老头吹着柳哨，伏下身子，双脚不停地交错转圈，两手前后左右划动，颈脖子一伸一缩，这时候的他看起来就很像一只鸟了，一只巨鸟。

老头穿了件橘黄色的房地产楼盘广告衫，前胸后背都印着一连串售楼部的电话号码，裤子有点肥大，又短了一截，他的一双长满了汗毛的细腿，看起来像两根刚出土的山药棍。这一身穿着，一看就知道都是别人捐助的，他还不知道从哪里弄来一顶老年旅游团的旅行帽，上面的“某某旅行社”字样已经看不太清楚了。老头这么个扮相，邋里邋遢，慌里慌张，加上长得獐头鼠目，刚出场就让我失望，也让我更加坚信，这事儿是个谎言，我之所以还能待下去，纯粹就是想看看吴晓明的笑话。

但现在，我笑不出来了，我不敢笑了，我有点相信，吴晓明说的可能是真的了。

那盘香，缭绕着，在山腰那一处老坟场前逗留了一会儿，摇摆了一会儿，突然像得到了号令，直直地蹿上了高空，一种奇异的我从未闻过的香味，随之在山林间弥漫。老头的鸟步越走越快，柳哨声声如泣，像是在召唤着什么。俄尔，东边的楮树林里传来“嘟哦——嘟哦——”的叫声，一只白色的大鸟闪电一样飘飞过来，它从鸟冠到鸟尾长约一米，浑身雪白，头顶一根蓝翎，脸颊通红，两旁鼓出绿色的囊泡，两只脚细长而鲜红，真是翩若惊鸿哪。我从没有见过这么美丽的大鸟，我扭头去看吴晓明，他兴奋而紧张，由蹲姿改为探身半伏，大颗大颗的汗珠挂在脸腮上，也顾不得去擦拭，只目不转睛地盯着那一人一鸟。

我知道，这就是吴晓明说的白鹇了，看来，他说的并非如我猜测的那样不靠谱。那只白鹇亮开双翅，它的羽毛真美，并非单纯的白色，它表面是白色的，而背面却布满了波浪状的细黑半圆圈，绒毛富有光泽，这样，它双翅一扇动起来，就如同月下波光粼粼的一湖水。它一边扇动翅膀，一边踮着脚，跟着老头转圈，并用鸟声呼应着老头柳哨中吹出的节奏。

那盘香燃烧到一半了，香味越发浓郁，老头和大鸟同时大喊一声，像是吹响了集结号和冲锋号，顿时，从四面的山林里，哗啦啦，哗啦啦，哗啦啦，飞出了一群群鸟来。

凭着有限的鸟类知识，我认出来，先是白鹇，有上百只，尔后是花喜鹊、灰喜鹊、竹画眉、山麻雀、苦哇鸟、黑乌鸦、哼子鹰、白头翁。它们在天空上盘旋，鸣叫着，发出各自的叫声，像排演一场盛大的合唱。几千只鸟围成一个个圆圈，最里面的是白鹇，然后是花喜鹊，再外面就看不清了，它们如云团，在天空中纠缠着，流动着，那盘香的烟直直地升腾，被鸟们的双翅搅动，香味更加浓郁。

正是傍晚时分，夕阳斜照，鸟们的背上闪闪发亮，它们以天空为舞台表演着集体舞蹈，和地上的一人一鸟相应和，地上的一人一鸟往东，它们便往东，地上的一人一鸟往西，它们便往西。老头的脸上像是给镀上了一层神秘的色彩，如一个远古的巫者，先前给人猥琐的形象一扫而光，他不再是一个贫穷的糟老头，而是一个通灵的神仙了，举手投足间仿佛都带着神的启示。

我怀疑这景象不是真的，我做了这么多年记者了，我太知道什么可能是真的，什么可能是假的。这件事，从一开始我就怀疑是假的，不，不是怀疑，是断定它是假的，只是拗不过吴晓明强拉硬扯，我才答应和他一起来的。但眼前这景象，按以往的经验，却是绝对只能出现在传说中啊，我再一次扭头去看吴晓明，他也像鸟一样，尖起嘴，喉咙里发出“哦哦哦”的声音，两眼放光，他看着我，挥舞着双手，我知道，他的意思是：成了！我再一次掐自己的胳膊，还是感觉到疼，这不是梦，这是真的。

大概过了十来分钟，那盘香烧完了，香烟消散，那些围成一圈的鸟们，才慢慢有顺序地撤退，如同大海的退潮，先是外围的麻雀、乌鸦，最后才是那群白鹇，它们像一支支箭射向莽莽苍苍的大森林，不见了，天也就突然黑了下来，仿佛是它们把最后的夕光驮走了。

眼前又恢复了寂静，山地，老坟，古树，还有老头。老头直喘气，叼在嘴上的柳哨不见了，笼罩在他身上的那种神性的光辉不见了，他又成了一个瘦小、干瘪、穷困又木讷的乡间平常老头了。

我起身去看摄像机，查看录下的视频，刚才那梦幻的一幕被完整地记录下来了。我们凑着脑袋又看了一遍，我查了一下，整个过程约十五分钟，等全部看完了，吴晓明按捺不住地跳了起来："怎么样？余大记者，这是多大的新闻哪！"

2

"你运气好，你运气总是那么好！"当天晚上，采访完老头，当我睡在豹坞里村部接待室那张架子床的上铺时，我对下铺的吴晓明说，"你怎么总是碰到好事呢？"

吴晓明和我是大学同学，当年我们在大学公寓就是睡的上下铺。论专业课成绩，我比他好多了，可是，他一毕业就考进了本县的公务员，据说本来他笔试成绩达不到面试分数要求，后来，那个笔试第一的放弃了面试，他得以递补，而在面试时，考官出的一道大题目恰好是他头天晚上无意中翻书见到的，于是一举中的，成了一名幸福的公务员。而我呢，凭着一股子心高气傲，进了省里的一家媒体，媒体这些年越来越不好混，工作强度大，采访任务重，经常没日没夜地加班，忙得苦兮兮的，却没有多少收入。而公务员却旱涝保收，吃香喝辣，真是“没有比较就没有伤害”。这还不算，吴晓明到县里后，又认识了县领导的女儿（偏偏这位县领导的女儿还长得挺漂亮），结婚时，连房子都是老丈人准备好的。有了这样的背景，吴晓明先是从先前的那家冷门单位调到了县委办公室，做秘书、科长、副主任，眼下正在积极谋划主任一职，据说可能性很大，这不，他这一次下派到豹坞里来挂职村支部第一书记，就是为这个升迁做铺垫的。他要往上升，得要有基层工作经历，挂职书记是最好不过了，时间不长，也就两年，得到的关注却不少，只要做出一点成绩，那就是在个人政治履历上增添了光彩的一笔。

这些都是吴晓明那天到省城来找我时，我请他在楼下小酒馆喝了一件啤酒后，他大着舌头对我说的。这把我嫉妒得牙痒痒，恨不得一口咬下这家伙一只耳朵，但他酒喝高了，却还不忘记找我的事，他一再强调，这件事他要是办成了，很可能在县里、市里扔下个大炸弹，有可能直接破格提拔到副处，他老丈人快要退休了，很有一种危机感，已经提前布局把他这个女婿的后面的路都谋划好了。

吴晓明说的事就是那个鸟事。

吴晓明对我说，他是一个月前才到豹坞里村挂职管事的，这是全县最偏僻最贫穷的一个村，到那里去，是因为老丈人认为，一个地方越是贫穷就越是容易出成果，越是偏僻也就越显出他的奉献精神，不过，说是那样说，真到了村里，他还是头疼。这地方要资源没资源，要产业没产业，除了山还是山，山上的树木倒是多，但是现在封山育林，再大的树也不给砍，况且就是能砍也找不到人将大树从山上运下来，村里的劳动力全都跑到外面的城市里去了，道路又不畅通，一条机耕路歪歪扭扭像鸡肠子，全村两个村民组，一个是村部所在地豹坞里村民组，最里面的一个鸟坞里村民组连电都是两年前才架通的，这破地方要想改变，该从哪里下手？

吴晓明到村里后的第二天早上，端着茶杯蹲在溪水前刷牙，刷得满嘴冒白沫，突然看到对面竹林里飞过几只白色的大鸟，轻盈若雪，落到溪沟那边饮水，长颈细身，步态优雅，真漂亮，他愣了一会儿，悄悄拿起手机准备拍照，刚要起身，那几只鸟像明星发现狗仔队般，立即腾空飞起，隐身到竹林里去了。

吴晓明只拍到了它们的模糊的背影，他反复看那些鸟影，然后逮到来洗菜的老太太问："这是什么鸟？"

老太太看了一眼，说："这个哦，白山鸡。"

"多么？"吴晓明又问。

"多。"老太太低头洗菜说，"以前多的是，中间有一段时间少了，现在又多了，这东西早晚都喜欢到溪边喝水。"

"哦。"吴晓明说，"说明现在生态好了。"他边说边赶紧在手机上百度"白山鸡"，并没有搜索到。

这天傍晚，吴晓明早早趴在溪边的一篷茅草窠边，盯着对面竹林。老太太没有骗他，果然，那一群鸟又飘飞到溪边，跳芭蕾舞一般，在溪水边啄饮。吴晓明连续拍了几张后，又拉近焦距，拍特写。这鸟还是很警惕，吴晓明稍稍弄出了一点声响，它们就飞快地逃走了。

吴晓明立即在朋友圈里发布了这些鸟照片，并询问这是什么鸟。很快，点赞一片，有个大学生物系的教授发来一段资料，说这是国家二级重点保护野生动物，2012 年被列入"世界自然保护联盟"（IUCN）濒危物种红色名录；又有一个老学究介绍说，这白鹇鸟在过去可是朝廷五品文官朝服补子上绣的规定图案，寓意为“贤”；还有一个文史专家摘录了李白的一首诗，说李白写过一首《赠黄山胡公求白鹇并序》，诗曰：“请以双白璧，买君双白鹇。白鹇白如锦，白雪耻容颜。照影玉潭里，刷毛琪树间。夜栖寒月静，朝步落花闲。我愿得此鸟，玩之坐碧山。胡公能辍赠，笼寄野人还。”

总之，朋友圈的反响太热烈了，热烈得出乎吴晓明的意料，有几个搞摄影的朋友不断地发问：这是在哪儿？能不能拍摄到这仙鸟？

吴晓明没有急着回答朋友圈里的问题，接下来几天，他什么事也不干，天天拿着相机去拍白鹇，这地方白鹇确实不少，他发现了好几个鸟群，但这些鸟不太好拍，它们非常机警，只要稍发现人的动静就立即玩消失。

吴晓明拍了一大堆照片后，脑子里的想法渐渐成形。周末，他回到城里，在老丈人家吃了饭，然后向这位领导汇报了他的想法。老丈人听了后，先是闭眼不语，摇头晃脑，突然，一拍大腿说：“好！这个主意好！四两拨千斤！做工作就要有这种巧劲！”

老丈人都说好，那是真的好！吴晓明立即回到豹坞里开始着手实施他的鸟计划。他找来村干部，宣布了几条，第一条，以后不准叫那白色鸟“白山鸡”了，那太土了，得叫“白鹇”；第二条，任何人都不准打白鹇；第三条，村里出钱买玉米粒，让护林员老叶每天在八岭脚那个地方定点定时投喂白鹇，喂的时候必须吹哨子。为什么在八岭脚呢？那个地方平坦，白鹇也不少，利于观赏、拍照，等到白鹇喂熟了，就开始着手举办中国白鹇摄影大赛，以及创建“中国白鹇之乡”。“这两件事干成了，你们那些捂在家里卖不掉的黄姜、红茶、薏仁米等乱七八糟的山货还愁卖不出去？不但卖出去，价格还要翻倍，城里人好糊弄，你不卖得贵他还不舒服呢！关键是打响白鹇之乡品牌，把城里人引进来，然后就坐在家里收钱了。”吴晓明对村干部说。

吴晓明一番鼓动，把村里的人说得心动了。一早一晚，在八岭脚那个地方，老叶吹着铁皮哨子扔玉米粒，引来许多人埋伏在茅草丛里围观，但白鹇鬼精，有点富贵不能淫的做派，远远地探了探头，就又走了。老叶连着吹了半个月，玉米粒在地上积起了一浅层，那些白鹇就是不沾边，倒是麻雀斑鸠们发现了好地方，呼啦啦地飞来了，起劲地啄食着。吴晓明赶走了那些埋伏围观的人，让老叶又坚持了半个多月，结果，那些白鹇干脆连面都不露了，集体移民了。

吴晓明急得一嘴燎泡，脾气也变大了，那天开村干部会时，他冲着迟到的鸟坞里村民组组长齐继发一顿臭骂，骂得齐继发两只眼睛直往天上翻。等到会议结束了，别人都散了，齐继发上前说：“吴书记，听说你在喂白山鸡？”

吴晓明两眼一瞪说：“什么白山鸡？白鹇！”

齐继发说：“吴书记，白鹇这野鸟是喂不家的，不过，它是可以喊出来的。”

吴晓明说：“喊？怎么喊？”

齐继发说：“有人会喊，就在我们鸟坞里，他是祖传的，一喊，几百上千只白鹇就出来了，就像是他家养的一样。”

“那你也不早点跟我说！”吴晓明拉起齐继发就走。

“这事要是坐实了，那就是世界级非物质文化遗产，而我，一个中国最基层挂职干部将因此载入史册，当然，你这个记者也将一夜成名。”吴晓明兴奋地对我说，又喝下了一大口啤酒。吴晓明沉醉在省城街头那个春风沉醉的夜晚，他说，真没想到，鸟坞里那个鬼地方，竟然隐藏着一项不为世人知晓的世界级非遗。

听了吴晓明的介绍，我当时就断定，这也太玄幻了，不是吴晓明的臆想，就是那个齐继发在发癫。我说："吴副主任，你是不是想升官想疯了？有这么玄乎的事吗？看来权欲确实会让人变得弱智啊。"

吴晓明认真地说："应该是真的，村里上了年纪的人都说看到过，你要说是撒谎，不可能一个村的人都撒谎吧，况且，山里人多老实啊，你让他们撒谎他们都不会呀，不管怎么样，你就和我去看看吧。"

吴晓明说他找那老头可是费劲了，那天他在齐继发的带领下，走了二十里山路，翻过一座山岭，才在一个山洼洼里找到了传说中会喊白鹇的那个老头。

老头正在门口的山芋地里扎稻草人。他烟瘾很大，烟一支接着一支，纸烟头上的烟灰长时间也不掉落，吸到海绵嘴那里了，才瓜熟蒂落般掉下，他身上的衣服被烟灰烫得一个洞接一个洞，像一张破渔网。他的稻草人扎得很像，有头有脸有手有脚，两只手上还扎上了红飘带，迎风飘舞，作驱赶状。"野猪太多了。"老头很无奈地指着脚下的山芋地，"这害人的东西政府还不给打，说打了还要坐牢，这是什么道理？难道人还不如野猪了？"

老头听说要喊白鹇，他连连摆手，对齐继发说："不是喊白鹇，那是祭贤，祭贤者的，一年里只有在冬至或者是族里做大事时才祭的，现在不年不节的，不是时候呀。再说，祭贤要准备啊，要做香，做一盘香至少十天工吧，都几十年没祭过了。"

老头说了一大堆理由，把一根纸烟的烟灰都说脱落了，就是不想干。吴晓明说："这样，只要你祭成功了，喊出白鹇了，我给你一千块钱，不，我现在就给你一千块钱，你去准备做香。”他说着，从口袋里摸出了钱，数了十张递给老头。

老头看着那钱，吸了一口烟，又吐出来，又吸了一口，头一歪，伸手把钱取过去了。

吴晓明就是在老头收了他钱的那天，匆匆赶到省城找我来的。他说：“这次处女演，我就找你这个大记者独自见证。”

于是，十天后，我按照和吴晓明的约定，一个人带着高清摄像器材来到豹坞里村，又进入鸟坞里，看到了那精彩绝伦的一幕。此时，我已经把自己定义为，全世界第一个亲眼见证古老的“祭贤鸟舞”的新闻记者。

3

那天，“祭贤鸟舞”结束后，老头累了，他像一摊和了水的泥巴一样，无力地躺倒在一个长满了青草的坟堆上。

周围都是大大小小的坟堆，长满了各种草、藤、灌木，坟上的石碑大多都已经塌陷。就在那些荒坟间，我采访了老头。老头不会说普通话，鸟坞里的方言就像鸟语一样，听得我很吃力，在齐继发的翻译下我才勉强听懂。

老头说他的名字叫 gong ye hao，不知道这三个字怎么写，齐继发在我的采访本上写：公冶浩。啊，复姓公冶？我突然一下子想起小时候课本上学过的一篇课文，说的是一个叫公冶长的人，能听懂鸟的话，有一天，鸟对他喊：公冶长，公冶长，南山有头大肥羊，你吃肉，我吃肠。他和村里人跑到南山，果然有头肥羊刚被狼咬死，于是，把狼赶走，他们把大肥羊宰杀了，把肠子留给了报信的鸟。这故事很诱惑小孩子，所以一直忘不了，我一拍大腿，这很有可能是古老的技艺，是祖传哪。吴晓明也直拍大腿，这是重大发现，又是一个卖点，他对我说："你报道中一定要写这一点。"

老头说："鸟坞里从前是只有公冶一个姓的，大家族，也不晓得是哪一年搬到这里来生息的，以前每年冬至家族都要举办'祭贤会'，而'祭贤鸟舞'是其中最重要的一项。祭贤就是祭祀祖先，地点就在这块老坟场前，你看这个坟场，极好的位置啊，前有照，后有靠。什么照？在山洼里，你来的时候有没有看见一口水塘？看见了？经过的时候还惊起了一只野雉？那塘水多清哪，它有名字，叫金钗塘，天再旱，它也不干。后有靠呢，你看这山，像不像一把大太师椅？两边还有扶手。为了选这个位置，据说阴阳先生跑遍了我们整个山阳县，选中了后，他就变成了一只鸟飞走了。"

老头说得太离奇，但我还是很耐心地听着，不时地插话，我最关心的是他会喊白鹇的话题。相对于老坟地，他似乎并不太把"懂鸟语"当回事。他说，他今年七十六岁了，在九岁时，他父亲教他祭贤鸟舞，能呼出鸟，要做到三样：一是会做香，这个香要采集山里九九八十一种花、草、树叶、树根等，晒干，掺入木屑，再盘成香，每种成分占多少是有配方的，多了不行，少了也不行，香要是做不好，鸟是不来的。二是会吹哨，最好的是柳哨，不过更有本事的也可以用嘴巴吹哨，他父亲就可以，而他不行。三是要有媒鸟，最先出来的那只白鹇，是他经常喂的，它就是媒鸟。

老头一五一十，将唤鸟这件事毫无保留地告诉我们，这出乎我的意料，如果我要找他要那做香的八十一种植物的配方，估计他也会说出来。

我问他："有多少年没有演了？为什么不演呢？"

他深吸了一口纸烟，说："1980年搞过一次，刚到户，大丰收，大家伙儿高兴，结果被当成搞迷信，把我抓到乡里关了两天，我就不敢搞了，后来，山上乱砍滥伐，树没了，山光了，白山鸡也就都跑光了，再后来，又搞起火葬，这坟场也用不上了，再再后来，人也跑光了，你看这鸟坞里，有几个壮劳力？就我这老头儿还算是能干活的，没有人，野猪现在都欺负人，屋门口的山芋地都敢拱。"

"就没演过了？"我问。

"不搞了。"他嘴上长长的烟灰总算掉下来，他又迅速接上一根，"现在的人都不信这个了，操自己的心都操不过来了，还有哪个操心老祖宗呢？"

"那为什么还养着媒鸟呢？"吴晓明说。

老头说："这也是凑巧，上年我去挖茶叶棵，捡到了一颗鸟蛋，带回家放在鸡窝里孵，结果发现是白山鸡，哦，对，对，是白鹇，我就养了它，经常呼它，养大了送回到山上，我一呼它就出来了，我当时还想呢，又不会演祭贤鸟舞了，养这个媒鸟也没作用，没想到，它今天还给我挣了一千块钱。"

吴晓明说："你好好养这只媒鸟，挣大钱的日子就要来了。"

"挣大钱？"老头又换上一支纸烟，"就这还能挣大钱？多少是大钱？"

吴晓明说："多到你数不清！"吴晓明忽悠的劲儿又上来了，"老人家，我知道你有个儿子在城里，没挣到钱，好几年都没有回家来了，到时候，你挣到钱了，他就会回来了。"

老头一脸不信任，说："他不回来就拉倒，我也不想他回来，上回你给的一千块钱，我让老齐转给他了，他收到钱，连吭都不吭一声，这个儿子算是白养了。”

齐继发在一旁说：“他是不好意思，自己的儿子你还和他计较?”

吴晓明起身又拿钱包，掏出了一沓钱递给老头，说：“老人家，什么野猪拱山芋地什么的，就不要管了，这是两千，你抓紧时间再去准备那些呼鸟的香，马上我们要再演一场，演一场大的，来的人会更多。”

老头看着钱，手伸了出来又缩了回去，他迟疑着说：“真的还要演?”

吴晓明把钱往老头怀里一塞，大着嗓子说：“演，你做好准备，随时听候通知。”

老头捏着钱的那只手颤抖着，既不往回缩，也不往前伸，犹豫着，他说：“这不年不节的，不能演啊，我父亲说的，一年只能演一两次啊。”

吴晓明拉住老头的手，往他怀里一拐，说：“时代不同了，这样的世界性非遗要发扬光大，要多演!”

我们离开鸟坞里村时，山林里一片昏暗，脚踩在山路上的腐叶上，沙沙沙响，不远处传来嘟哦嘟哦的鸟叫声，吴晓明兴头十足，他脑子的想法像池塘里的青蛙纷纷往外跳。“新闻晚上就发。”他对我说，“发连续报道，我得连夜召开村干部大会，立即启动创建中国白鹇之乡和全球白鹇摄影基地工作，我敢肯定地说，鸟坞里马上就要火了，想不火都不行了。”

4

在“祭贤鸟舞”的宣传上我动了一番脑筋，从公冶长的古老传说，到“鸟语者”公冶浩的传奇，从李白笔下的白鹇到当地百姓朴素的生态保护理念，等等，极尽渲染之能事。其中也不乏偷梁换柱的地方，比如，我写公冶浩记得父亲说他们家是“鸟语世家”，家谱上也曾有过记载，可惜后来家谱毁掉了；再比如，我写吴晓明为了鸟坞里村的发展，在村里住了十多天，才发现白鹇的行踪，等等。在我们的省级晚报及融媒体平台上连载了一周，这些神秘的传说加上夺人眼球的照片和视频，让我们平台每篇阅读量都达到了一百万加。

鸟坞里果然成了网红打卡地。

吴晓明在微信里不断地转发各界人士前往鸟坞里村探秘、观鸟、赏鸟舞的视频，旅行社已经迅速开发出观鸟路线，市县两级政府高度重视，山路在拓宽，客商来洽谈。据说一位上海客商，自称是公冶长的后代，他愿意出资十个亿打造中国首个鸟语文化园，传承中国鸟语文化，甚至还引来了一位省委副书记前往视察，该副书记从政治、经济、文化、社会发展各个方面出发，高度评价了鸟坞里村的做法，并指示要传承好“祭贤鸟舞”这一世界级非遗文化，以非遗促经济发展，做好乡村振兴，实现脱贫攻坚，等等等等。

在吴晓明发的视频中，我看见公冶浩一身行头也鸟枪换炮了，他全身着黑色汉服，黑色厚底布鞋，头上还耸了个假发缠成的发髻，横穿了一根长长的簪子，下巴上还粘了几缕白胡须。视频里看不清他的表情，不过他的步伐显得有点拖沓，不像我第一次见到的那样灵动有力。这也可以理解，吴晓明说来参观的太多了，一周一场已经满足不了需要了，现在扩展成一周两场，有时重要领导来视察，还要加演一场，老头肯定很累了，但想着演一场他就能挣一两千元，我还是暗中替他高兴。

第一次采访完老头，我们往山外走时，陪我们走山路的齐继发说了老头家庭情况。老头的老伴死了二十多年，儿子小松初中毕业就出去打工了，在模具厂操作机器时，左手四根手指被切掉了，这样就一直没能找到对象，到了四十多岁，还是个寡汉条子。小松在外面做两天歇三天，反正一年到头就是糊个嘴，他唯一的爱好就是在网络上的全民 K 歌平台上唱歌，每天晚上喝完几瓶啤酒后他就在手机里吼，竟然也积累了好几千粉丝。这些粉丝当中有个宁夏的女粉丝，经常给他点赞送花，两个人加了微信，聊得投机，恋爱了。

前年过年前，小松把这个外乡女人带回来了，过了一个正月，这个女人在小松家像过门的小媳妇一样，天天洗衣、做饭、锄地，样样事都会做，老头高兴坏了。但过完了正月，这女人说她要回家一趟，她父亲去世快满百日，按当地风俗，她必须赶回去，她回去后把家里事处理好了就来。这时，村里的人就说，不能放这女人走，说不定就是个“放鸽子”的，真要走也不能给她钱。老头还是让小松给她塞了五千块钱，并和小松一道送她去县城车站坐车。到了车站，那女人准备登车了，抱着小松痛哭，老头在一边也默默流泪。其实他们心里都预感到，这女人恐怕真是要一去不回了。

父子俩回到家后，发现那女人并没有拿那五千块钱，而是放在了小松床上的枕头下。后来，几个月过去了，那女人一直没有来，老头特意找人借了几千块钱，让小松又通过微信转给那个女人，女人一分钱没收。小松天天问她原因，女人最后说：“虽说爱情是伟大的，可在你那大山里我实在住不惯，而要搬到县城镇上去住，我们又没有那个能力。”

小松把那个女人微信删除掉了，又到了城里，又像以前一样，打点零工，糊个肚子饱，其他什么也不管，连着两年过年都没有回家了。老头很想帮助儿子小松成个家，他拼命攒钱，连挖出来的山芋都要背到镇上去卖，但那点钱离在县城买房子还是差得太多太多了。

齐继发说到这里，恰好我们走完了鸟坞里村狭长的山冲，到了村村通公路上，他和我们挥手作别。我看着他身后漆黑的山林，想象着老头黑夜里吸着纸烟的情景，不由得在心里说，下次再来时，一定要带条烟给老头抽。

可半年过去了，我一直没有再去鸟坞里，因为与我谈了多年的女朋友要和我分手。女朋友几次劝我跳槽到一家上市公司公关部去，那里的薪酬是我在媒体的两倍多，但我还是喜欢跑新闻，一直找各种理由不去。女朋友特别失望，她说："以你现在的收入，你能给我什么未来？连一套房子你都给不了，我们还有什么未来？"一天，趁我出差在外，她将我们一起租住的出租房里属于她的东西全部拿走了，只给我留了一张字条：对不起，我走了，别再找我。

我没对吴晓明说这些，他隔几天就要给我打个电话，老是让我帮他谋划谋划，怎么样让鸟坞里成为更红的网红地。我就对他说，那必须抓住三个关键点：一是白鹇，二是鸟语者，三是祭贤鸟舞。这其中，关键的关键就是鸟语者公冶浩了。

吴晓明在手机里冲我发牢骚说："那个老头经你一吹嘘，名气大了，他真把自己当个世界级人物了，这也就罢了，他还忸怩作态，老是强调说祭贤鸟舞不能多演，一年最多只能搞两场，你说，我们发展旅游观光，人家冲什么来的？一年两场，我们还搞个啥啊！"

"为什么呢？他不是需要钱吗？你给他钱啊！"我说。

吴晓明说："给啊，一场现在给两千块呀，可是他老是说不能多演，老祖宗传下来的，就是不能多演。你不知道，我现在就像伺候祖宗一样伺候他，每次都要做很长时间思想工作，从村庄发展到乡村振兴，从非遗保护到文化传承，说得一嘴白沫，他才勉强肯出演，你说这怎么办？"

我想起齐继发给我说起的关于他儿子的事，我给吴晓明支了一招："你们赶快找到他儿子，可以借钱给他儿子在县城或省城买套房，帮他付完首付，剩下的让他儿子去还，为了儿子每个月的房贷，老头还不卖力？"

我不知道吴晓明后来是怎么办的，随着鸟坞里日趋走红，他的智囊大概也越来越多了，各路记者也越来越多，不乏中央级大媒体，后来他就很少打电话给我了。大半年后，秋末的一天，吴晓明到省城来举办鸟坞里世界白鹇摄影基地暨鸟语者申报国家非遗项目新闻发布会，他让我去了会场，示意工作人员塞给我一个红包，我捏了捏，还挺厚。

吴晓明忙得不亦乐乎，他忙里偷闲告诉我说："鸟坞里现在是真红了，成了香饽饽，要投资的大老板天天上门缠着我，有的还通过省领导来找，现在变化可大了，你什么时候再去视察视察吧。"

我说："那个老头怎么样？问题解决了？"

吴晓明愣了一下，随即笑了，拍了拍我肩膀说："你那一招真好使，立马见效，现在啊，老头自己都恨不得天天演了。"

5

转眼到了第二年春天，桃花开了，我的桃花运也来了，一个在省城独自拥有一套房子的写诗的女文青竟然不嫌弃我，坚定地和我恋爱上了，她名叫岩晓。有一天，我和岩晓说了鸟坞里的新闻，她立即央求我带她去那里看看。

于是，选了一个双休日，我租了一辆车，载着岩晓，我们一路向南。这是我们第一次一起长途出游，兴致格外高涨，每经过一个小镇或一处山水入画的地方，岩晓都兴奋地要我停车，自拍，互拍，合拍，这样到了鸟坞里时，天已经黑了。

我没有惊动吴晓明，我对我和岩晓的未来还有点不敢确定，怕到头来在他眼里又是个笑话，我只是联系了齐继发。和一年前到这里相比，道路交通状况已经大为改善，小车能直接开进山村，虽然还没有来得及浇筑沥青，但路基挖得挺宽，是按照旅游等级公路的标准来施工的。齐继发在路边等我，今晚我们就吃住在他家。来之前，他就告诉我，村里现在有十多户人家都开办了农家乐，他家也是其中之一，条件虽不是太好，但都有热水洗澡、有独立的卫生间，我觉得这样就够了。

吃过晚饭，我拉着岩晓到村庄里去转转。这天是农历月初，一勾新月像把金镰刀，明晃晃地挂在钢蓝色的天空上，几颗很大的星星围在月亮的周围。村庄并不安静，轰隆隆，轰隆隆，山边挑起高高的炽亮的夜灯，好几辆吊车、铲车还在施工，据齐继发说是在快速建设一个度假酒店和“祭贤鸟舞”传习中心，工程日期紧，所以，歇人不歇机械，这些天都在连日带夜地作业。

凭着记忆，我找到了老头的家。连喊几声，却没有人应答，大门是虚掩的，我推开门，屋里电灯亮着，不见人影。我拉着岩晓的手，穿过堂屋，来到后院。他家的后院就连着大山，也就是沿着山岩挖出了一块空地，盖起了猪栏、牛栏和偏厦。院子里没有灯，黑漆漆的，岩晓握紧了我的手，往我的怀里缩，她是有些害怕了。但我看见一个红点，红点一闪一闪，那一定是公冶浩那个老头子了。他在抽烟。

我叫了一声："老人家，你还记得我吗？我是那个第一个采访你的记者啊！"

红点更亮了一点，我的眼睛也慢慢适应了黑暗，能看清老头了，他端坐在地上，两只眼似乎正往虚空里看。他啊了一声，然后哑着嗓子说："哦，稀客啊，坐吧。"

我给他递过去一条烟，他点点头，递给我一支烟。我要用打火机点烟，他拦住了我，将他的燃着的烟头送过来。

我和岩晓坐在他身边的两个柴墩上。施工的机器声远了，山上的虫子鸣唱如雨，院子里比院子外显得安静了许多。

"明天表演吗？"我问。

"演。"老头嗓子里像是塞进了一团棉花絮，吐字沙哑且迟缓，一点也没有我想象中的兴奋劲儿。

"你生病了？"我问他。

他摇摇头，忽然没头没脑地问我一句："我会不会忘记？"

"忘记什么？"

他急切起来："忘记什么？忘记配方啊，做香的配方啊。"

我迟疑着问："你是说，祭贤鸟舞时烧的香，你怕自己会忘记配方？"

他指指脑袋："我这里怕是记不住了。"烟头的间歇的火光中，我看见他满脸的憔悴，一张瘦脸更加瘦削了，比一只鸟的脸似乎也大不了多少。

"别的都是假把式，就是做香，香不对，鸟就不会出来。"他像是对我说，又像是一个人自言自语。"我每天晚上都在默记呢，我害怕我会忘记。"

我明白他的意思了。我说："那你用笔记下来啊，用的是哪一种植物，用多少，记在纸上不就不会忘记了?"

他接上了一支将熄的纸烟，狠狠地吸了一口说："不行，我不会认字，就是让别人写下来，我也记不住啊，要是别人知道配方了，我不就不是传承人了!"

我说："让你儿子记嘛，他是你儿子，你还防着他?刚好你传给他，也算是祖传啊。"

他说："我怕媒鸟不认他啊。"他说着，身子一挺，咬着牙说："不行，我得默记，我要死死记住。"他的嘴唇抖动起来，像是在默念经书。

"你以前几十年没演了，不还是记住了?怎么会忘记呢?你就别多心了，你从小就练习的，就是想忘都忘不了。"我说。

他似乎得到了安慰，点着头说："也是，我应该不会忘记的。"他像是从一场梦魇中苏醒过来，恢复了之前我见到的老头样子。他站起来，搓着双手说："家里去坐，家里去坐，你看我也没泡茶给你们喝。"

岩晓大约是被老头刚才神神道道的样子吓坏了，她偷偷地挠我的手心，我便找个借口告辞了。老头送我到门外，黑暗中，那一点红烟头红了好久。我们走过山脚，快看不见老头的红烟头时，岩晓突然停下脚步，仰着头对我说："我觉得那个懂鸟语的老头好可怜啊。"月光下，岩晓的脸庞光洁如瓷，影子像一株柔软的水草。我一把抱住她，轻轻地亲了亲她的微凉的嘴唇。我说："是的，我也这么觉得。"

回到齐继发家时，他还在堂前等我。我便和他说了公冶浩老头的情况。

齐继发说："这人哪，越有钱胆越小，他现在一个月能挣一小万呢，可他老是担心自己会忘了这门手艺，整天疑神疑鬼，生怕别人学了去，连他儿子他都不相信。他把那个香的配方让儿子用笔记在纸上，纸条却不给儿子，自己保存着，他怕儿子不小心给透露了出去。除了担心这个，他又担心老祖宗会怪罪他，说是祭祖的东西拿来当玩意儿，又说，那个媒鸟现在也烦了经常表演，说不定哪天就不听话了……嗨，这老头，我真担心他哪一天，在祭贤时跳着跳着，就倒了下去，你看他那个单薄样子，比鸟还轻。”

6

祭贤鸟舞的舞台不再是坟场前那一块尘土飞扬的泥地了，而是在山洼间搭起了一个四面环绕屏风、铺着红地毯的专用舞台，四周装饰着山野风光，这样更便于入画面，更利于拍摄和观赏。

这是一场重要的演出，现场有一位副国级、两位正部级、五位副部级以及二十多位厅级领导出席观看。

老头穿着一身新行头，脸上还被特意化了装，勾了眼线，看起来更像是一位远古的高士。这场演出太重要了，吴晓明告诉他，要好好演，到时除正常报酬外，再额外奖励他两千块钱。

老头的脚下似乎有些绵软，他上场后，竟然晕了头转了向，茫茫然转了几圈，愣了好一会儿，才起身去点燃盘香，然后，开始吹响柳哨，香越升越高，柳哨声声如泣，这个过程耗去的时间远比以前长得多，长得有点让人失去了耐心。老头的脸上冒出一颗颗黄豆大的汗，啪啪啪，滴落在红地毯上。陪同领导观看的人不由焦急起来，一起扭头向山林的方向望去。山林里没有一点动静，吴晓明急得心脏打鼓，咚咚咚，他恨不得自己跳上舞台去帮助老头呼喊。

还好，过了好一会儿，就像过了一个世纪那么长，那只作为媒鸟的白鹇总算飞来了。

老头浑身一震，受到了鼓舞，随即走起了鸟步，但他走得有点踉踉跄跄，媒鸟也走得三心二意，连美丽的翅膀也不愿意伸展开，让领导们看一看。那盘香烟倒是升得越来越高，香味也越来越浓郁，群鸟并没有如约而来。

吴晓明脸色煞白，两条腿不住地抖动，他不时去观察领导们脸上的表情。

老头的眼中满是绝望和哀怨，脚下的鸟步却不停，他挣扎着，喘息着，用尽所有的力气，起，伏，前，后，左，右，扭，摆，伸，缩……

群鸟没有来，不仅白鹇没来，连山画眉也没来，哼子鹰也没来，白头翁也没来，最丑陋的麻雀子也没来。

天空空空荡荡。

老头突然丢掉了柳哨，引颈向天，声嘶力竭地喊出了一连串奇怪的音符，像喊叫，似干号，如诅咒。

那只媒鸟顿了一下，随即也和老头一样，引颈向天，它的叫声大极了，像要穿透山林，它的长喙边缘冒出了一缕缕红色，是啼出的血，滴落在红地毯上。

那群白鹇终于飞来了，但它们并没有像以往那样在天空上盘旋，舞蹈，鸣唱，它们像是一片突然降临的白云，齐齐地落在红地毯上，然后，又齐齐地飞走。人们看见，那只媒鸟被几只大白鹇托举着，像被绑架了一样，飞走了。

老头停止了呼喊与走鸟步，他一头栽倒在了红地毯上，四肢颤抖，嘴里却不知在念着什么，两只眼睛紧闭，眼角涌出了一股股泪水。

这一场最后的祭贤鸟舞我并没有看到。事实上，春天的时候，我和岩晓特意去鸟坞里看鸟舞，也并没有看到，因为第二天一早，岩晓接到她妈的电话，说是她爸突发脑溢血，情况危急，让她赶快回去。我们连早饭都没吃就开着车狂奔回省城了。

关于上面的这场最后的祭贤鸟舞，我是听齐继发说的。我在电话里问他："那张记着制香配方的纸片呢?"

齐继发说："没了。"

"怎么没了?"我问。

"有人看见，那天那些白鹇鸟落在红地毯上，有一只从那老头的口袋里叼出了一张纸条，飞走了。后来，他儿子怎么找也找不到那张纸条了。"齐继发说。

"那，老头呢？他怎么样了?"我问。

"他还活着，就是不会说人的话了。"这下，他像个真正的鸟了，只会在喉咙里说着所有人都听不懂的鸟语了。

（原载《长江文艺》2021 年第 3 期）

狗獾不是果子狸

1

二叔捣了一下王良生，努着嘴在他耳边轻声说："你看。"

王良生像被洋毛辣子虫叮了一口似的，脖子猛地往后一缩，再慢慢转过头来，有些漫不经心和不情不愿。他不想搭理二叔，看什么呢，有什么好看的呢，还一张嘴那么近地凑在自己耳边，神神道道的，他心里想。可是，当他扭过头来，往二叔努嘴的方向看去时，却不由得睁大了双眼。

这一路上，公交车每次在一处站点停下时，都会涌上来一批人，不用问，王良生就知道这些人都是和他们一样，去正阳关镇上赶集的。

这天是腊八，逢正阳关的大集，这可是运河一带场面最热闹、规模最大、动静最响的一个集。或许是因为快要到年关了，一年行将结束，所有赶集人心里闷了一冬的那股想热闹的劲头儿都被激发出来了，像是拼尽了全年的气力去浪这一年的最后一遭，都有点不管不顾的意思了。

王良生一路上并不怎么去看上车的这些人，有什么可看的呢，他清楚，去正阳关赶集的，无非是两类人。

一类是沿运河上下百公里范围内的那些老人们，他们从小到大，年年赶这个腊八集赶惯了，不去正阳关集上走这一趟，觉得这一年就白过了。当然，他们还得给自己找一个赶集的借口，于是，背着家里的七七八八的东西，自己做的竹扫帚、小马扎、柳条筐啦，地里收的红小豆、沙地薯、紫甘蔗啦，也不管卖得掉卖不掉，反正是个意思，表明自己不是去纯粹瞧热闹的，而是去集上挣钱的。

还有一类是附近城市里的人，这些人是纯观光的，他们穿着光鲜的衣服，背着长长短短的照相机，或手持高高低低的自拍杆，对着市集上的那些土得掉渣的物件和皱纹荡漾的老脸，咔嚓咔嚓地拍照，遇到小吃摊前的油炸糍糕、火炉烧饼、灌糖白切等，也会装模作样地尝上两口，拍别人、让别人拍以及自拍，然后发朋友圈、发抖音、发博客。

这两类人，王良生都不想看，不新鲜，和二叔从南方城市回到老家这边来，王良生恨不得一脚就踏回到家里的堂前，可是，这都快要到家了，二叔却非要拐个弯，说是到邻县正阳关集上做完最后一笔生意，就回家休假，用他的话说，就是过一个“祥和富足而文明的新春佳节”。

二叔说得文绉绉的，好像他有多少文化似的，其实，他不过就是再想弄两个钱罢了。王良生十分不耐烦，十分烦躁，但二叔总算答应和自己一道回家了，自己也就得适当地妥协一下。

王良生上车前和二叔谈判说：“这是最后一次啊，完了就回家。”

二叔点头又摇头说：“好，回家，回家，你这孩子，回家怎么就比挣钱还重要呢，真是想不明白。”

和王良生不同，二叔上车后，扫描了一眼车上原有的乘客后，两眼就紧盯着每一个上车的人，像一个渔夫，盯着他撒下的网。王良生知道二叔这是在寻找“潜在的消费客户”。二叔早年的传销经历如今还在深刻地影响着他，他经常说着说着，就会吐出一些貌似传销的话术来。

二叔又捣了一下王良生。

王良生没有去看二叔递过来的眼神，他只顾着看那个上车的人了，也不是看那个人，而是看那个人手上拎着的竹笼子，也不是竹笼子，而是那个竹笼子里的动物：兔子般大小，灰黑色皮毛，蓬松、柔滑，长长的尾巴，这让它看起来圆滚滚的，很肥硕，这东西伸着突出的粉红的长圆嘴，眼睛很圆，像猫眼，但从它转动着的样子来看，又像狗的眼。

这东西王良生从来没有见过，毕竟，他十五岁的人生经验还是有限的，如同二叔经常奚落他所说的，“我吃过的盐比你吃过的饭多，我走过的桥比你走过的路多”。

王良生正要去问二叔，早有人围着那个拎竹笼子的问了：“这是个什么动物呀？”

那个拎竹笼子的人很瘦，瘦得像根竹竿，与他笼子里的胖东西正好形成了对比。瘦子端坐在座位上，骄傲地说：“这是狗獾，稀罕着呢。”

有几个好事佬不顾车子颠簸，凑到瘦子的面前，观察着狗獾，嘴里还自作聪明地发出他们自以为是狗獾的叫声，叽叽，喳喳，吼吼，哦哦，咕咕，甚至连喵喵和汪汪都用上了。

那只狗獾不为所动，它竟然一点也不害怕，不怯场，只顾着上肢趴在竹笼上，下肢直立，一双如猫如狗的眼，深沉地打量着笼子外的人，却不停地皱着鼻子，像是鄙夷与不屑身边这一群逗弄它的人。

在淡定的狗獾面前，人显得有些轻浮了，大家围观了一会儿，觉得无趣，也就退回到各自的座位上去了，但毕竟还有些人好奇心重，颇为不甘心，便隔着座位向那个瘦子提问："你这狗獾是从哪里逮到的呀？"

瘦子说："地里，用丝弓吊起来的。"

"厉害，怎么吊的？"

"这东西天天偷吃我家地里种的山芋、花生、黄豆，吃又不好好吃，吃一半，糟蹋一半，我只好安了丝弓，细细的钢丝线，做成活套，放在它经过的路上，守了好几天，才捉住了它，这东西鬼精哪，几次都快套上了，临了，还让它跑了。"瘦子很得意，说起来两根瘦黑的眉毛上下翻飞着。

"你这是送它到集上卖？"

瘦子说："嗯。"

"不好卖吧，动物都保护了，要是让政府抓住了，是要罚款的，上年我们那里一个人到河里毒鱼，毒了十几斤鱼，硬是吃了牢饭……"

"壳事。"另外一个人反驳，"又不是枪打的药毒的，抓个把狗獾算个什么事呢？"

王良生知道这个地方的方言，"壳事"，就是没事，没有关系，这个地方的人，将没有的东西称为"壳"，比如没办法，就说是"壳办法"，大概是他们认为，没有用的东西就跟那些果实外面的壳一样。

"怎么壳事？捉到了就犯法呢。"

"没人管就壳事，大集上的，政府忙着呢，谁管你一个狗獾呢。"瘦子一点也不怕，气定神闲，神情上倒是与笼子里狗獾一样镇定。

王良生仍然盯着狗獾看，他好像看见那家伙在不动声色当中，偷偷地，以极小的、人们难以察觉的幅度，微微笑了一下，满带着嘲讽。这个神情倒是有点像二叔。

这时，二叔又捣了他一下，咳了咳嗓子，王良生知道，这是二叔出场前的习惯，二叔即将开始他的表演了，面对这样一只狗獾，王良生不知道二叔这回要怎么发挥，又会做成一桩什么样的生意，难道他要向狗獾推销佛珠手串吗？

2

二叔即将移步凑到那只狗獾跟前时，不提防，一个女人抢在他先，蹲在竹笼子面前问瘦子："这个东西人家买了回去做什么呢？当宠物养吗？"

女人看样子不太像本地人，穿得很时髦，染着金黄的长发，长长的风衣，高跟鞋的后跟细细长长，像鹭鸶脚，她身边坐着一个男的，关系不像是情侣，应该是同事，两个人拿着手机，一上车起就不停地拍照，拍别人，也互拍，也不知道有什么好拍的。二叔观察了他们一会儿，然后，丢下了研究的兴致，转而关注别的人，因为这样的人在二叔看来，是没有客户开发价值的，没有成果的事我们不做，这也是二叔常说的，他以为自己是个大企业家呢。

瘦子瞥了一眼女人，说："养不活的，买了回去，杀了，肉炖汤，鲜哪！最好的是它的油，熬出的油，治烫伤，一治一个准，烫得再狠，涂上獾油，一点疤痕都不留，人家抢着要呢。就是这獾子皮，一张也能卖一百多，狗獾全身是宝哇。"

狗獾这时似乎预知到了前途不妙，忽然不皱鼻子了，也不淡定了，在笼子里转起圈来，嘴里也发出了不安的声音，原来，它的叫声是，哼哼，哼哼。

女人看着狗獾，不说话，脑子里似乎在想着什么，并不时与和她同座的男人交换着眼神。

二叔适时出现了，他已经摘下了头上戴的瓜皮帽，脱下了先前罩在身上的长大衣，露出了里面一身佛黄色的僧衣，一串长长的佛珠也不知什么时候挂在了他的脖子上，光亮亮的佛珠，映着他光亮亮的头皮。“阿弥陀佛。”他微闭双眼，双手合十，朝着那个瘦子和女人鞠了一躬。

瘦子和女人都一愣，他们都有点困惑，什么时候车子里从天而降一位和尚来了？

这个时机是最关键的，二叔曾多次告诉王良生，什么时候出场，什么时候说话，什么时候最有效，这个时间点一定要拿捏得准，拿捏好了，就会先声夺人，攻城攻心，一举拿下。

“阿弥陀佛，善哉。”二叔又跟了一句，“救人一命胜造七级浮屠。”说着，捻着胸前一颗颗硕大的佛珠，又一次做老僧入定状。

“什么意思？”瘦子有点警觉地问。

二叔仍然不理会瘦子，微欠着身，一手竖掌，一手捻珠，一脸凝重，一脸庄严，一嘴佛号：“南无阿弥陀佛，南无阿弥陀佛，南无阿弥陀佛……”

瘦子有点急躁了，他又问了一句：“你要做什么？”

二叔这才缓缓睁开双眼，像是刚刚从另一个世界走来，他定神看着瘦子和那个女人，也不说话，只是从侧边僧衣袋里摸出一个佛黄色的本子来，那就是他的“工作证”了，封面印着某某佛教协会的字样，内里是他的出家证明，也不知道二叔是从哪里花钱印制来的。

二叔打开证件内里，又念了一声佛号，说："出家人本不该管世上事，但佛祖说了，一切佛法不离世间法，也是有缘吧，二位施主，僧人果虚这边有礼了。"他说着，又欠了欠身子。

不得不佩服，二叔这一段话说得滴水不漏，比僧人还像僧人，除了王良生，大概谁也不会怀疑这是一个假冒的和尚。那两人应该也是从来没有遇见这个阵势，瘦子慌得站了起来，瘦竹竿子的身子也弯了下来，问话的声音也少了些先前的硬气："师父，你要做什么？"

二叔仍然不理那瘦子，而是转向那个女人："阿弥陀佛，施主，一看你就是善良之人哪，好人有好报，你一定会有好报的。"

女人眨巴着眼，二叔的这形象，应该也是她现实生活中很少出现的，她弄不明白二叔的意思，只好笑着点头。

二叔继续说："你看这个可怜的獾子，马上就要做刀下鬼了，却让我们遇见了，这是它的福报，也是你的福报啊。"

女人说："什么意思，大师？"

二叔说："我佛慈悲，救人一命，胜造七级浮屠啊，也就是说，救了它一命的人，将来是有大福报的，会逢凶化吉，遇难成祥的。"

女人不笨，她忽然明白了二叔的意思，她朝同伴望了一眼，脸上飞快地闪过一丝笑意，像是突然有了一个新发现似的，她对二叔说："你的意思是，将这只狗獾放生？"

瘦子听出个大概了，他抓紧了竹笼子，大声说："什么，要放生？我不干，我好不容易花了几天工夫，逮着了它，指望着能卖几个钱呢，马上过年还要花钱呢，年关年关，过年是个关哪，哪一个地方不要花钱？”

二叔打断了瘦子：“施主，你这个狗獾能卖多少钱？”

瘦子顿了一下，说：“少了四百我不出手。”

二叔点头，对女人说：“四百不多啊，施主，这都是前几世修来的缘分哪，阿弥陀佛。”

女人答应得干脆，她对瘦子说：“行，这四百我出，你有微信吧，微信付你。”

瘦子没想到这笔生意做得如此顺畅，他有点后悔自己刚才没有再抬抬价格，但说出去的话泼出去的水，况且，又有个壮和尚在一边老念着佛，也不好再说什么了，便和女人扫了微信，加了好友，付了钱。

钱付了，笼子转而拎在了女人的手中了，她像是被自己的那份善心感动了，欢欣地将笼子递给二叔：“大师，这就拜托你拿去放生了。”

王良生看见二叔的嘴角咧了一下，和刚才狗獾的表情如出一辙，这是二叔每次即将做成一笔生意时的表现，旁人看不出来，王良生可是看得明白，那是他得意时的表现。

3

两周前，王良生找到二叔的时候，是在南方城市一个城中村的出租房里，屋里除了一张床，就没有别的大件了，当然，再有别的大件也放不下。

二叔戴着一顶奇怪的瓜皮帽子，盘腿坐在床头，让王良生坐在床尾。看着王良生吃惊的眼神，二叔说：“怎么了，看不起你二叔了？你以为城市里是好混的？弯下腰就捡到钱？”

王良生说："二叔，我爸可说你走了狗屎运，一下子撞到钱窠了，说你现在做销售，只要伸伸手就把钱挣了。"

二叔不屑地一笑："你爸一辈子没出过瓦庄脸盆大的地方，他哪里知道外面的世界啊。"

王良生说："那你在做什么销售呢？"

二叔并没有直接回答王良生的提问，而是想了想后说："良生，你说做销售的本质是什么？"

王良生隐约记得初中的政治课上老师似乎说过，什么等价交换原则，什么价值决定价格，但具体到做销售的本质是什么，好像并没有涉及。他看看二叔，盘坐在出租屋低矮的床头上的二叔，戴着瓜皮帽子的二叔，此时的气势却像一艘巨大的轮船上的船长，在大海上乘风破浪一样，目光深邃，直直地看向辽阔大海的另一边。

看着王良生抓耳挠腮，二叔又笑了，他说："一切销售都建立在欺骗的基础上，这是它的本质。"

王良生说："什么？欺骗？做销售就是欺骗？那我爸背着自己扎的芒花扫帚去集上卖，也是欺骗？"

二叔点头说："严格来说也是欺骗，比方有人问你爸，这扫帚扎得牢靠不？你爸一定说，结实着呢。人又问，可能用得了一年？你爸一准说，三年用不坏。是不是这么回事？"

王良生想了想，说："是这么回事，可我爸并没有欺骗啊？"

二叔说："你爸能保证每把扫帚都结实？每把都能用上三年？哄鬼呢，但你爸要是照实说，我这扫帚啊，有的牢靠有的不牢靠，有的能用三年有的用不了三年，那他还卖个屁呀，是不是？"

王良生觉得二叔说的是歪理，但想反驳他，却又一时找不到例子。

二叔随后并没有告诉王良生他做的是什么生意，搞的什么销售，而是带着他去了一个地方。

那是个郊区，一条小河边，围着一面院墙，院子里种着两亩地的菜，养着几头黑毛猪，还有一个池塘，池塘里养着鱼。二叔告诉王良生，打理这里的人，是自己的一个朋友，他们原来是一个传销团伙的，当年公安冲进他们的传销大本营时，他们俩是一起趁乱跑出来的，算是难友。

“那他现在种菜养鱼？”王良生说，“这么说，你做的生意就是替他卖菜卖鱼了？”

二叔笑着说：“你这孩子，叔不卖这些具体的东西，我销售的是更高级的东西。”

二叔的朋友姓高，见到二叔，便带着他和王良生在菜地里转了一圈。菜地里种的也就是白菜、芫荽、茼蒿、萝卜等平常品种，也没有建大棚，白菜叶上长了不少小虫眼。再去看那几头黑毛猪，精神是精神，却并不像养猪场里的猪，又大又肥。王良生心中起疑：就凭这菜这猪，能挣钱吗？

老高蹲在菜地里，不时伸出手在菜叶上捏一下，他是在捏虫，绿绿的菜心虫，捏死了，往菜地上一扔。

王良生心想，这老高也笨死了，不知道打药？

逛了一圈，老高打了个电话，脸上高兴起来，对二叔说：“走，你这小侄儿运气好，我们到城里送菜去。”

王良生悄悄拉住二叔说：“送菜去卖就是运气好？怎么好了？”

二叔说：“你跟着就是了，这是我特意安排让你去见见世面的，不是每天都可以去送菜的，也不是每次送菜都可以进去那个地方的。”

老高开着一辆小面包，后车厢里装着一篮子蔬菜、几条从鱼塘里捞上来的鲫鱼、一条老南瓜，一路和二叔说笑着，到了市里的一个小区，小区的门口立了个雕塑般的穿制服的保安，门口横着一条硬邦邦的栏杆，保安一看老高的车牌号，按起了栏杆，对老高点头说："又送菜来了？"

老高进了小区，拐入地下车库，自己拎起蔬菜，二叔一手拎起鱼，一手将那条老南瓜塞在王良生手上，两人跟着老高走，走到了一处电梯前，并排的是两台电梯，一台宽大，一台窄小，宽大的那台电梯门前站着一个人，和门口保安是一样的装束，只不过是个女的。

王良生正望着发呆，宽大的电梯口忽然"叮当"一声响，指示灯亮，女保安忙上前，弯着腰，脸上堆起笑，侧起身，用戴白手套的手扶住电梯门。从电梯里走出一个七八岁的小男孩，跟在他身后的是一个大个子中年人，他们出来后，目光并不向女保安以及老高他们这边看一眼，径直向前走，不远的地方，车尾灯闪烁着。

老高轻声对二叔说："听我老婆说，这家人比我们那个主儿差不了多少，男主人也配了保镖。"

说着，他们的电梯也到了，关了电梯，升到了一楼，王良生说："嗨，到一楼还要走电梯啊。"

老高笑着说："不走电梯不成啊，这是规矩。"

到了一楼，按门铃，一个女人来开门，接过菜。老高指着王良生轻声说："老王的侄子，带他过过眼瘾。"

女人点点头，嘱咐说："别大声啊。"

王良生觉得他们真的好神秘，像是电视里在从事地下党活动的情报人员。

女人放下菜，倒了茶水给他们仨喝了，王良生这才知道，这个女人就是老高的老婆，再然后，就明白了，老高的老婆是这家的厨师，老高是这家的菜农，老高种的菜、养的猪、鱼都只供这家人吃，所以，菜不能打药、施化肥，猪和鱼不能喂工厂生产的饲料，而且，那些菜和猪的品种都是土品种，是从这家主人从小生活的那个地方挑选出来的。

老高的老婆很乐意向王良生介绍这里的情况，她对老高和二叔说："你们俩反正早先也看过了，就别上去了，我带着咱们大侄子上去转一下，毕竟人多了不好，有监控呢，老板管家要是发现了，可要骂我哟。"

老高的老婆说，主人一家子都到国外度假去了，这里只留下了两个保安，一个保洁，一个园丁，还有她这个厨师。她领着王良生参观了这幢别墅，共四层楼，只转了一楼的客厅、餐厅、活动房、琴室，看了绿植、花朵、家具、钢琴、墙上的画、地上的砖、马桶上的智能装置。老高的老婆说不清那墙上画的名堂，画的就是好几个光头男人，一个个都张大嘴，但她告诉王良生，这几个光头可值钱了，好几百万，好几百万哪。

王良生从老高老婆那里全程只听到价格，马桶盖好几万，餐桌几十万，每一种价格都超出王良生的想象，他想摸摸马桶盖，但老高老婆制止了他，可不敢乱摸。

等王良生回到老高老婆的那间佣人房时，他发现自己后背被汗湿透了。

参观完，出了小区别墅，二叔带着王良生向老高告辞了。

二叔问王良生："怎么样，什么感受？"

王良生说："背上出汗了。"

二叔扑哧一下笑了："那就对了，你是紧张的，人在巨大的财富面前是会紧张的。"

王良生否认说："紧张？我不紧张，我又不是去偷去抢，紧张什么？"

二叔摇摇头说："别不承认，除了紧张，你还有一个感受，一定是仇恨。"

王良生说："仇恨？仇恨什么？我不仇恨。"

二叔又摇头："你没有细细体会你的感受，其实，你是有仇恨的，你难道不觉得，同样是人，为什么别人过得如此富贵，自己过得如此卑微？没有比较就没有伤害啊，受到伤害的人怎么会没有仇恨？"

也就在这天晚上，挤在二叔那张狭小的床上，二叔告诉了王良生自己销售的是什么。"我销售的是希望，是信仰，是灵丹妙药。"二叔呵呵地笑，笑得很得意，然后他扯下瓜皮帽子，脱下大衣，露出胳膊，胳膊上套着足有几十个佛珠手串，再罩上一身佛黄的僧衣。

出租房昏暗的灯光下，二叔微笑着，看着就如同一个真的高僧。这位"高僧"接着说了一句话，像一句偈子："你记住啊，做销售的，心里一定要有仇恨，但却是以给人希望、信仰、拯救的名义。"

王良生觉得二叔成了另外一个人，一个陌生的人，他听不懂二叔的话，他嘟囔着说："我不跟你做销售，等我到十八岁，我就去送快递，你还是快点跟我回家吧，我爸说，这回你无论如何要回瓦庄去一趟，大爹的祖坟要迁，你必须得赶回去。"

4

二叔却并没有立即从那个黄头发女人手上接过竹笼子，他只是微笑着，又合掌念了声佛号。应该说，二叔脸上的微笑还是拿捏得很到位的，既亲切又威严，既和善又郑重。

女人一愣："怎么了？"

二叔说："阿弥陀佛，施主福报不可思量，只是放生有放生的规矩，必须由我们出家人找一个僻静适宜之地，要颂平安咒，颂大悲咒，颂地藏经，这就是做一场法事啊。这法事是替你施主做的，只有做了法事，你的福报才会记录在册。"

女施主明白了，她说："那，做一场放生的法事要多少钱？"

二叔摇头说："阿弥陀佛，出家人不谈钱的，随缘施舍，一两元不算少，三五百不算多。"

听二叔这么一说，那女的迟疑了一下，说："我没带现金，微信红包吧。"

二叔手一指王良生说："你交给他吧，出家人不接触钱财。"

王良生只好站起来，和那女人加了微信，那女人先发了个红包，两百元，又加了一个红包，又是两百元。

二叔瞄了一眼红包数字，嘴角又飞快地咧了一下。

到了正阳关镇，二叔示意王良生拎起竹笼子跟他飞快地下车。不料，那个女人紧跟了上来，她不停地摸着胸口大衣上的扣子说："大师，我要跟着你去放生。"

周围赶集的人群闹哄哄一片，二叔听了女人的话有点意外，他说："放生可得是偏僻的山上，这附近只有一座山，有十多里地呢，而且，为了起虔诚心，是不能乘车去的，要一步步走着去，你想好了，你能不能走着去？"

女人看看自己脚上穿的高跟鞋，说："你等等，我去买双运动鞋来，既然放生，心就要诚，是不？我就跟着走去好了。"

与女人同来的那个男人大概是急着要去办别的事，他先走了，女人和二叔约好了，就在旁边的那家饺子店门口等她，她很快过来会合。

那女人一转身，消失在人群中，二叔立即戴上瓜皮帽，套上长大衣，拎起竹笼，对王良生说："快走！"

王良生说："可是，她还没来呢。"

二叔说："笨蛋，她来了，我们就损失四百块钱了。"

王良生说："不是放生吗？"

二叔不屑地冷笑了一下："你以为我真是和尚？"

王良生这才明白，原来二叔并不是要将那只狗獾放生。

二叔轻声笑着，笑得胸口一起一伏："这是送上门来的过年的慰问金，等会我们就在集上把它卖啦，说不定还不止四百呢。"

王良生觉得二叔这也太无耻了，他不想走，他想等那个女人，可是，如果自己等到那个女人后，她发现那个和尚不见了，狗獾也不见了，那个女人不就更绝望了吗？而自己该怎么向她解释呢？还不如消失吧，最好，那个女人会愚蠢地认为，二叔和自己是不小心与她走散了，而不是故意溜走的。

二叔急于摆脱那女人，往集上的人群看了看，就果断往镇门外走，门外是一条县乡公路，路两边是麦田，零零星星的，也有一些人将摊子摆在这路两边，因为镇街中心实在是摆不下了。二叔决定就在这里停一会儿，将那狗獾能卖就卖，出手不掉，就再去镇子中心，利用这段时间差避开那个女人。

王良生拒绝拎那只竹笼子，他愤怒地跟在二叔身后，心里想着，那个女人这时候没找到他们，不知道该怎么着急呢，他有些后悔刚才没长脑子，没有坚持留在那里等候她。

走了一会儿，王良生的手机忽然响了，一看，是那个女人打来的。

二叔问:“谁打来的?”

王良生将微信电话掐断了，说:“门口卖豆腐的，懒得接。”

二叔选了一个地方，放了竹笼子，蹲了下来。

王良生悄悄地给那个女人发了个定位，留言说:“我们在这里等你呢。”

过了一会儿，一辆破旧的小车颠颠簸簸地开过来，“唰”的一下停在了二叔面前，从车上跳下那个女人，她果然换了运动鞋，脑袋上还缠绕了一个类似蓝牙耳机样的东西。她笑着说:“对不起，对不起，我来晚了，走吧。”

二叔惊愕地站起来，随后狠狠地盯了一眼王良生，他脱下了帽子，脱下了大衣，又成了一个大和尚。“拎着!”他命令王良生，“走!”

视野的前方果真有一座小山。

“那有十里吗?”女人问。

“望山跑死马。”二叔说，“至少得走两个小时。”

“啊，那么远?”女人说着，犹豫了一下，但还是咬咬牙坚持，她说，“这也是对我们善心的一次考验，走吧，哪怕走得脚起泡呢。”

二叔说:“其实施主你不必跟着的，交给我们办就好了，专业的人做专业的事嘛。”

女人似乎在自言自语，又像是给别人打电话，她摸着胸口的纽扣说:“这位大师说话真逗，很接地气，也是哈，他就是放生专业的嘛。”

说是这样说，女人却始终紧跟着二叔的步伐。

腊月的田野上，飞过一群群黑色的慈乌鸟，小北风吹得人脸上寒凉刺痛。

那个女人不时地举起手中的手机，去拍着眼前的景象，嘴里不时说着话："大师，念经是什么时候念哪，这一路上总得念几句吧？"

二叔见那女人铁了心要跟着自己，闷头走了一段路后，便又换了脸色，做出大师样，果然在嘴里嗡啊哇啊地念了起来。念了什么，王良生并不懂，但二叔倒好像念得特别投入，特别认真，特别严肃，特别当一回事儿。你别说，二叔一旦装着念经的大师，模样儿真是庄严极了。

其实，二叔告诉过王良生，自己只会念几句阿弥陀佛，其他都是瞎哼哼，反正只要调子对，也没人在乎听不听得懂。

二叔一口气念了一大段，然后歇了下，不知什么时候他手里又多了只佛串。他放缓了步子，等着那女人走上来，他说："施主，一看你就有慧根哪，你和佛的缘分太大了，你祖上有人信佛吧？"

女人迟疑地说："这个，不知道呢。"

二叔说："不信你回去问问，你家族里一定有人是大居士。"

"居士？什么是居士？"女人问。

"阿弥陀佛，居士就是在家修行学佛的人哪，这样的人，和我们出家人其实是一样的，都是佛门弟子，将来的福报也和我们出家人一样。"二叔的这一套说得流利极了。

女人说："这样啊。"

"诸恶莫做，众善奉行，这就是修行，施主，我今天一见到你，就看到你的慧根了，你这一生注定是要与佛结缘的，这在你上一世就决定了。"二叔说着，就撑开手掌，露出掌心那只佛珠手串，郑重地说，"施主，这个送你，你是佛的有缘人。"他不由分说，将佛串抵到那个女人手上，近乎强行地替她套到手腕上。

“阿弥陀佛，今天又结下了一桩善缘。”二叔说，“女施主，你知道吗？这可是大灵隐寺方丈开过光的，有佛法加持的，不是一般的手串哦。”

女人低了头看那串佛珠，仿佛那佛珠此时已经镀上了一层佛光和法力，怎么看怎么都不一样了。

二叔继续鼓动：“你平时不戴佛珠手串吧，这个也不一定要你天天戴，佛祖是最通人性的，他不强迫你，但你一定要记住一点。”二叔说到这里停顿了一下。

“记住什么？”果然，和大多数人一样，女人也慢慢中了二叔的招儿。

“要有愿心，心要诚。”二叔强调说，“你心不诚，谁都不能保佑你，心诚了，家有佛珠，大师开光，绝对能让你和你全家逢凶化吉、遇难成祥、一世平安、荣华富贵。”

“哦！”女人说，“心诚，心诚，我肯定心诚的。”

二叔说：“这个佛珠手串大师只送了我三个，说是路上遇到有缘人就结缘，可不是随便给的哟，这可是紫檀木的，很珍贵的，你闻闻，有香味吧？光是木头都要值三四百块的，当然，佛的东西不能说买，只能说是请。阿弥陀佛，阿弥陀佛。”

女人说：“好的，好的，我懂，我请，我来发微信转账。”她说着，就用手机给王良生转了四百元。

二叔也不恼了，嘴里的大悲咒念得更利索更响亮了。

没用到一个小时，他们就到了那座小山边，山上长着稀稀拉拉的小灌木，荒草丛生，他们停了下来，放下了竹笼。

二叔对着小山，煞有介事地拜了三拜，随后便念经。

二叔的声音渐渐大了起来，抑扬顿挫，高低起伏，听起来还怪有味道的。王良生听着听着，咂摸出来了，二叔的唱经声中，还遗留着瓦庄人唱拉魂腔的尾巴。

二叔一边唱，一边做一些动作，诸如敬拜、转身、挥手，等等，真像一个大和尚呢。

而那个女人呢，站在那里，不时地整理胸前的纽扣，她偶尔用手机要给二叔拍照，二叔阻止了她，挡着面孔说："佛祖说一切皆空，过往不住，千万不要拍照哦。"女人也就不再坚持。

小北风吹起了山上的落叶，有一缕风竟然挟着一群落叶，绕着竹笼子吹，好几分钟都不离开，竹笼子里的狗獾仍然沉默着，鼻孔里偶尔哼哼两声，它似乎对即将到来的自由并不感兴趣。

折腾了一番，二叔伸手在竹笼里迅捷地捉住了那只狗獾，一手捂住它的嘴，一手握住它的四蹄，狗獾全身颤抖了一下，蹬踏着。二叔没让它发出声音，捧着它，走了一段路，在一处较大的灌木丛下放下了它。

那狗獾大概是在笼子里被关久了，在树丛下竟然不动，嘴里发出细细尖利的哼哼的叫声。

二叔说："你看，它这是在感谢施主呢，我们走吧，不要再打扰它了。"

5

往回走了几步，二叔对女人说："回去就可以叫车了，施主，你叫车先走吧。"

女人说："我已经叫了，马上车就到。"

不一会儿，果然，先前的那辆破旧的小车开过来了。女人说："大师，我们一起坐车去镇上吧。"

二叔却摆摆手说："不，不，我们还是要步行回去，受人之托，忠人之事，我回去的路上还得念几遍咒的。"

车子载着女人，腾起一股灰尘走远了，像一头远古的恐龙走过。

二叔却并不走，他返身回去，往山上走。

王良生说："怎么了？"

二叔终于放声地笑起来，说："捡那狗獾去。"

王良生说："不是放了吗？"

二叔说："还放个屁，那根本不是狗獾！是果子狸，也不是那个瘦子逮的，是人工家养的。我前几年在外面打工时，就在果子狸养殖场干过几个月，我一眼就看出来了。"

王良生说："可是，不管是果子狸还是狗獾，刚才不是放生它了吗？"

二叔说："放是放了，可它跑不了。"

王良生说："它长脚的怎么跑不了？"

二叔说："它的前脚骨折了。"

王良生的脸"唰"的一下白了，这么说："是你刚才折断了狗獾的脚？"

二叔得意地说："跟你说了，不是狗獾，是果子狸。"

王良生跺了一下脚，他看见满山发黄的落叶又一次在北风中腾起，像一群鸟。"你混蛋！"他大喊了一声，扭头就走。

二叔在他身后喊："良生！良生！跑什么，你这个没出息的屄怂货！"

王良生不再理会二叔，他在土路上越走越快，最后，他放开脚步跑了起来，他一直跑，一直跑，跑成了一个小黑点。

6

腊八的晚上，王良生在一场小雪中，回到瓦庄家中，他一回家就躺倒在自己小屋的床上，什么话也不愿意说，任凭爸妈怎么问他，他就是不开口。

二叔也在随后回到瓦庄，晚上，为迎接二叔回来，母亲多烧了几个菜，家里堂前弥漫着菜香，可王良生说什么也不肯上桌吃饭。

王良生的妈说："良生，你还不起来吃，等会獾子肉都没有了，獾子肉好鲜啊。"

不提狗獾还好，一提起，王良生胃里一阵恶心，剧烈地呕吐起来，他趴在床沿上，把肚子里早先吃的都吐光了，后来，吐出来的全是苦水，苦水吐完了，又吐清水。

家里人只当王良生是感冒了，也就不再坚持，任由他睡去。

王良生昏昏沉沉地睡到下半夜，他感到口渴，醒了。

窗外的雪还在下，听声音，是越下越大了，越下越密了，王良生起床喝了点热水，心下总算好受了些，却一点也睡不着了，就躺在床上刷抖音。突然，他看到一幅熟悉的画面，画面上，穿佛黄僧衣的二叔正在念经，而自己正傻傻地呆立在竹笼边，竹笼里，那只不知是狗獾还是果子狸的东西，睁着一双非猫非狗的眼，冷冷地看着二叔和自己，山上的落叶在北风中上下纷飞，像一群惊恐的鸟……

抖音里不时出现那个女人和二叔一路上的对话，并配上了字幕，全过程记录了这一场"放生"。

王良生去看看那下面的浏览量，天哪，短短几小时，这段视频观看数竟然达到了八万多，留言点赞的也有三万多条，而那个女人在自己的微信中截了屏发朋友圈，她说："事实证明，临时决定去直播这个现场放生是对的，我采取的现场隐蔽拍摄方案更是对的，就这样，又一条十万+就要诞生了，耶！"后面是一连串的鲜花、爆竹、跳跃的表情符。

王良生刚喝下去的水又从胃里鼓涌到喉咙口，他"哇"的一下又吐了。他狠狠地用双手拍打了一下床沿，手砸在硬木头上，竟然没觉得一点痛。

(原载《长江文艺》2022 年第 3 期)